Editorial Cronos (Autores Independientes)

©Flora Smith, 2017

http://navegaconflorasmith.blogspot.com.es
Instagram: @florasmithbcn

Depósito legal: B 4316-2017
ISBN: 978-84-617-8237-6

Impreso en España

Aula de Escritores – Editorial Cronos (Autores Independientes)
Sant Lluís 6, bajos - 08012 Barcelona
E-mail: info@editorialcronos.com
www.editorialcronos.com

Entre-TREN-imientos
Relatos para el trayecto

Flora Smith

A mi madre.

A mi marido. A mis hijos, especialmente.

A mi hermano y a mi cuñada.

A mi *tuñada*.

A mis nueras.

A mis cuñados. A todos mis sobrinos.

ÍNDICE

CRÓNICA DE UNA MUERTE POSTERGADA

No paraba de entrar gente. Mariachi se entretuvo en contarlos: doce, trece… veintidós. ¡Qué barbaridad! Sabía con certeza que no quedaría ninguna mesa libre aquella noche. Apoyado en el cristal, contaba los minutos desesperadamente —observando el reloj que presidía la sala—, precisamente sobre el aparador del menaje. La mesa que había reservada delante de Mariachi fue ocupada al instante por una pareja que le miró con cierto reparo. El hombre acudió cortésmente a colocar la silla de la mujer que le acompañaba, cuando apareció el camarero.

—¿Van a escoger el menú o les traigo la carta? —dijo Pancho, dirigiéndose a la señora.

—Traiga la carta, por favor. Gracias.

Luego de mirarla y remirarla, los comensales se decidieron por fin. Pancho escanció el vino en las copas y la mujer bebió un sorbo, tras el cual felicitó al camarero por su recomendación, mientras este les ponía un abundante entremés. Luego les sirvió el entrecot con setas que habían pedido como segundo plato. Mariachi se relajó por unos momentos, pero siguió mirando obsesivamente el comportamiento de los comensales. Diríase que sus ojos se salían de las órbitas, y su ansiedad crecía ante la vista de los suculentos platos. Klaus, el gato del cocinero, estaba sentado al otro lado del cristal, husmeando el aroma que salía de la puerta de la cocina a ritmo de vaivén, relamiéndose de gusto. Como siempre, giró la cabeza hacia Mariachi —con esa mirada gatuna tan peculiar—, como queriendo disimular que le miraba.

La mirada de Klaus se desvió hacia la puerta principal cuando entraron tres jóvenes músicos provistos de sus respectivos instrumentos. Dejaron estos en el *hall* y se acomodaron en una mesa preparada para doce cubiertos, que ya tenían reservada.

Mientras esperaban al camarero, quitaron el mantel de la mesa de al lado y comenzaron a colocar las copas boca arriba; las llenaron de agua a diferentes niveles. Entonces, dos de los muchachos pasaron la yema de sus dedos por el borde, resiguiendo el círculo y provocando unos sonidos musicales que llamaron la atención de los presentes.

Uuiiiiii… Uuuiiiiii… Uiiiiiii…

Pancho —sorprendido por aquel inusual sonido— miró a través del ojo de buey desde la puerta de la cocina, y vio que entraba más gente en el local: eran las acompañantes de los músicos que estaban componiendo una original melodía con los sonidos de las copas. Una de ellas, al ver al camarero, le hizo unas señas. Este acudió para ver qué quería la muchacha.

—¿*Podlía alcansarme* unos *palilos* y la *calta, pol favol*? —le dijo, añadiendo—: si puede *sel plonto, mejol*, que tengo *plisa*.

—Por supuesto. ¿Cómo va a querer el arroz de acompañamiento? ¿Mil delicias?

—¿*Aloz*?.... ¡No mí gusta el *aloz*! *Pedilemos* más *talde*, que *espelamos* a una *pelsona*…

Pancho le trajo rápidamente los palillos, que envolvió en una servilleta impecable.

—*Glacias* —le dijo Li Yi, cogiéndolos de inmediato. Entonces comenzó a golpear las copas que había llenado con la botella del agua de mesa, con un ritmo peculiar:

Tac, tac, tac.

Otra de las muchachas —la pelirroja— cogió uno de los cubiertos y, con un ritmo diferente, golpeó suavemente el borde del plato.

Tic, Tic, Tic

Al que sumó una palmada en la pierna:

Pam, Pam, Tic, Pam, Tic, Pam.

Dap, Dap, Dap…

Se oyó un nuevo sonido, pues la tercera muchacha, que era mulata, comenzó a chascar los dedos y a cantar góspel.

Seguidamente entró el resto de la orquesta en tropel, acompañando el ritmo de sus colegas —algunos de ellos con unos sonidos guturales y dando palmadas al unísono—. Otros, cogieron los saleros de las mesas, ante la perplejidad de los clientes, y comenzaron a agitarlos arriba y abajo, aumentando la variedad de sonidos.

La voz del coro subió de volumen ante la presencia de una figura que estaba franqueando la puerta acristalada de la sala, donde había dos frondosas kentias. Un elegante anciano traspasó el umbral, andando con cierta dificultad. Tenía el cabello cano y largo. Se detuvo y los miró por encima del cristal de sus gafas redondas, a las que dio un toque con el dedo para evitar que siguieran deslizándose por su aguileña nariz. Con un talante afable, se acercó al grupo de jóvenes con la lentitud propia de su edad y con los ojos anegados; visiblemente emocionado, les dijo:

—Gracias. Muchas gracias a todos. Ha sido una agradable sorpresa, muchachos. Y se sentó presidiendo la mesa.

Era el profesor de la escuela de música que había enfrente. Los alumnos quisieron agasajarlo para celebrar su tardía jubilación de una manera armoniosa y acorde con la profesión del anciano, que cumplía ochenta años.

Mariachi estaba cada vez más inquieto, yendo de aquí para allá. Algunos de sus compañeros, como Tenazas, también se acercaron al cristal para observar de cerca a Pancho, que ya estaba tomando nota de los platos que le pedían.

—¡Aparta, Mariachi, que no veo nada! Oye, ¿podrías ayudarme a quitarme esta goma? ¡No la soporto más! No puedo abrir las pinz…

—Tranquilízate —interrumpió Mariachi, mientras unas diminutas burbujas espumosas asomaban por su boca. Creo que ya han terminado de pedir. Hoy vamos a tener suerte —suspiró aliviado.

Pancho repitió el pedido de la mesa a viva voz a los comensales, para corroborar que no hubiera ningún error, y luego se dirigió rápidamente a la cocina, recitando, con su cantinela habitual, la comanda de los platos al chef, quien exclamó sorprendido:

—¡Vaya, hoy nadie nos ha pedido bogavante!

¡¡AAATXCHUÚ!!

Surcando el agua como un arado, se abría paso el tajamar de una fragata imponente: La Atrevida, que lucía bajo el bauprés una bonita talla de mujer como mascarón de proa, y una bandera negra, con una calavera blanca, ondeando al viento.

—¡Izad el racamento hasta el tope! —gritó el rudo capitán Dehsastre desde el alcázar, mientras se atusaba la escasa perilla trenzada, bajo la que se escondía una fea cicatriz. Luego ciñó un fular rojo en su cabeza para sujetar su largo y encrespado cabello negro. Seguidamente cogió con firmeza las cabillas de la rueda del timón y mantuvo el rumbo del barco.

—A la orden, capitán —gritó el fornido contramaestre.

—¡Aaáuummmmm! ¡Aaáuummm! —Canturreaba con ritmo la tripulación, mientras hacía acopio de fuerzas suficientes para jalar de manera coordinada aquellos ásperos cabos de cáñamo.

Tinto y Albariño, dos conocidos mercenarios españoles que se habían enrolado en el último puerto en el que había atracado el buque —seguramente para tentar a la suerte y procurarse una mejor vida—, andaban trapicheando y malmetiendo con apuestas clandestinas, a pesar de que a bordo estaba prohibido por orden expresa del capitán, que intentaba con ello evitar peleas entre la tripulación, muy propensa a las escaramuzas.

La Atrevida siempre navegaba con rumbo incierto, ya que iba al acecho de los buques y galeones que partían desde Las Indias, repletos de oro, riquezas y vituallas,

—¡Daos prisa! ¡Haraganes! ¡Que va a ser mediodía! —gritó enérgicamente el capitán, mientras intentaba mantener el equilibrio en el puente, pues el mar de fondo provocaba fuertes vaivenes y guiñadas.

Los harapientos piratas de cubierta halaron con fuerza los cabos, izando aquellos aros de metal, que se deslizaron por el mástil hasta el tope —como había ordenado el mandamás—, obteniendo así la máxima altura del aparejo en cruz. Seguidamente, los gavieros, apoyados sobre las vergas, desataron los matafioles —los cabitos que sujetaban las velas plegadas— y largaron los juanetes y el velacho —las velas cuadras más altas— para que cazaran el preciado viento. Luego desplegaron a ambos lados las velas arrastraderas para ganar la máxima velocidad posible. Y con el magnífico ceñido de las imponentes velas cuadras —que son las que muestran en cada barco la calidad de la tripulación que alberga—, navegaron a todo trapo en pos de su presa. El capitán de La Atrevida pretendía conquistar el barlovento —por donde sopla el viento—, para aprovechar su máxima fuerza, llenar las velas al máximo y disponer así del poder para maniobrar con pericia y ganar la ventaja suficiente sobre su víctima: un bergantín al que perseguían desde hacía dos días. No había tiempo que perder. El capitán —catalejo en mano— había divisado ya a su posible presa en la línea del horizonte.

—Ahí está, muchachos… ¡Orientad las vergas! ¡No podrá escapar esta vez! ¡Puños de escotas firmes!

—¡Puños de escotas firmes, capitán! —confirmó a viva voz el contramaestre Andanada, un fornido escocés de expresión afable y socarrona, cuya nariz prominente y enrojecida sobresalía generosamente de entre una poblada barba canosa, que se unía a unas imponentes patillas.

—Aperos de abordaje y artillería en orden, señor —confirmó al contramaestre, el joven Polvorilla, desde el pañol.

14

Aquel joven pecoso y delgado —cuyo nombre real era Pedro— era el encargado de preparar los aperos, las armas y las papelinas de pólvora en los baldes para los artilleros.

—Más te vale, chaval, o por mis barbas que te haré pasar por la quilla —dijo el contramaestre, al mirar de reojo a su hijo, con sus verdes ojos achispados, mientras trataba de ocultar un atisbo de complacencia calándose su gorro.

—*Cof, cof, eeejem* —carraspeó aquel muchacho pelirrojo, tras lo cual soltó un gargajo por encima de la borda de sotavento, como queriendo imitar la rudeza del resto de la tripulación.

—Sí, señor, todo en orden —contestó con orgullo a su padre.

Bajo la cubierta de la Atrevida, los preparativos para el combate mantenían ocupados a los marineros que, metidos en faena, trincaban y aseguraban la carga y los utensilios con cabos y redes a son de mar, para que no rodaran o se abalanzaran sobre ellos a causa de las detonaciones de los cañones, y para prevenir las bruscas viradas y la escora de las maniobras con las que efectuarían un contundente abordaje. Unas seis o siete millas por delante, a distancia de catalejo desde el alcázar, navegaba un buque con bandera inglesa que, transcurridos unos minutos, hizo largar todo el velamen, pues se sabía perseguido.

Tras algunas horas de persecución, a una milla escasa, navegaba por la amura de estribor de La Atrevida la fragata de sexta clase de la flota de su majestad, el HMS Rapé, gobernado por un flemático y joven capitán, cuya peluca e impecable uniforme, delataban su origen inglés. Se le conocía como Corsario Sneeze. Dicho capitán tenía encomendada la misión —avalada por una patente de corso que tenía a buen recaudo en un cofre de su camarote, y sin duda por sus veintiocho cañones— la orden de saquear a todo galeón español que partiera de Las Indias. También tenía el encargo de llevar a su propia hermana —una joven y agraciada adolescente, de larga cabellera rubia, llamada Jane Sneeze— desde Jamaica hasta Inglaterra, para que contrajera matrimonio con Lord Wig, un afamado y rico personaje de la corte.

A Jane la habían embarcado en esta singladura, muy a su pesar —ya que era alérgica al olor de la brea, pues le provocaba repetidos estornudos—, y porque ni conocía a su prometido ni quería casarse. Lord Wig era un sesentón con malas pulgas nunca estaba sobrio.

Por otra parte, el HMS Rapé era navío imponente, pero en esta ocasión había sobrepasado de largo el tonelaje de su carga por la avaricia de su capitán —pues lo había hecho cargar en exceso con el oro, la plata y las especias que habían robado a un enorme galeón español, llamado Hastalastrancas—. El exitoso abordaje que el buque inglés había llevado a cabo se produjo justo cuando el buque español había zarpado de Puerto Plata, frente a las costas de Tortuga, en la Hispaniola. Allí recién se había aprovisionado de frutas y carnes, y habiendo hecho ya la última aguada el galeón Hastalastrancas, había emprendido, como de costumbre, el tornaviaje hacia la península.

El caso es que La Atrevida ganó varios nudos en su persecución tras el HMS Rapé, a pesar de que el buque inglés surcaba el mar a todo trapo.

La fragata pirata —más veloz y maniobrable— dio alcance al pesado buque inglés. El contramaestre constató que, como habían sospechado, llevaba un exceso de carga, que fue delatada por la línea de flotación del buque. Y viendo que la popa del barco se hallaba más hundida, se afanaron en preparar su artillería, de rango superior, para hacerse con el ansiado tesoro.

—¡Ajá! Ahora verán lo que es bueno. Nos haremos con los tesoros que han traído de tierras indígenas —dijo impaciente el contramaestre a su hijo.

—Lo difícil será mantenerlo a salvo, señor, con tantos ladrones en mar y en tierra firme.

Andanada sonrió clemente ante el comentario de su vástago. El capitán Dehsastre, impaciente por hacerse con el botín, dio orden para el primer aviso de abordaje: dos balas a escasos metros del barco acechado, puesto que no quería hundirlo, sino saquearlo.

¡Bum… bum…!

El escuálido contramaestre del buque inglés, llamado Shuthup, ordenó a los gavieros y a los marineros ingleses que estaban en cubierta que reorientaran la jarcia de labor para dar más vela, aumentar la velocidad del navío y así poner más distancia entre ambos buques. Pero todo fue inútil. Su mirada se dirigió de nuevo hacia la popa, y observó que La Atrevida navegaba ya en su estela, por la aleta de babor, desventando al navío inglés. La pericia de los piratas y la veloz fragata que tripulaban les había atrapado.

Una ráfaga de viento entró por el través de La Atrevida, que Andanada —el contramaestre—, supo aprovechar para abarloar el barco hacia su presa. Y gritó:

—¡Ceñid el trapo, gandules! ¡A las escotas! ¿A qué esperáis? —gritó desgañitándose—. ¡Artilleros! Cureñas trincadas —añadió con firmeza, mientras se calaba el ancho cinturón de cuero en que llevaba la vaina de su alfanje. Y con gran destreza sujetó su pistola entre la faja de sus calzones.

La fragata pirata alcanzó por fin a su presa, y abarloándose —en paralelo, a tiro de pistola—, los cañones hablaron de guerra sin tregua.

¡Bum, bum…!

¡Bum, bum, bum, bum!

En ambos alcázares, las voces de mando —aunque en idiomas diferentes— sonaban atronadoras dando las mismas órdenes:

—¡Alfanjes y hachuelas en ristre!

—¡A la batayola!

—¡Fusileros de cofas, fuego a discreción!

En pocos minutos se hizo el infierno sobre aquel mar de viento, que se encrespaba por momentos, salpicando con sendos rociones a los marineros en el francobordo, sobre todo en la serviola —en la proa, donde el tajamar del barco surcaba las aguas con bravura—. Y los dos navíos vomitaron fuego cual dragones malheridos, resoplando humo y fumarolas por doquier. Simultáneamente, en las cubiertas de los dos buques, los cubos pasaron de mano en mano: unos con las papelinas repletas de pólvora, y otros con arena. Las pesadas balas de los cañones eran cargadas sin demora. El crujido de las pisadas de los marinos sobre la cubierta constató que ya no había vuelta atrás. El chirriar de la ampolleta al dar la vuelta midió el tiempo: perdido para unos; ganado para los otros.

¡Bum...! ¡Bum...!

¡Ssssziip, sssszziip...! ¡Siuu!

El silbido de los disparos efectuados desde las cofas cortó el aire. Un griterío infernal reinó en la cubierta de ambos buques, pero súbitamente fue acallado por el sonido de un soberbio crujido.

¡¡Crrraaaackkkk!!

Se hizo un silencio franco durante un par de segundos, quizás ni tanto. Como un imán, las miradas de ambos contrincantes se dirigieron hacia el palo mayor del barco inglés, que cayó rendido entre el crepitante chasquido de la madera quebrada del mástil mayor, que se hundía entre las olas. Y se llevó tras él las maltrechas velas humeantes y algunos hombres enredados en ellas —que gritaron despavoridos al no poder zafarse de su blanca mortaja—, con las que se hundieron en las profundas aguas, bajo la obra viva de ambos navíos.

¡Zssssit! ¡Tssxac! ¡Zssinn!

Las astillas y los cabos volaron como flechas y látigos, despedidos contra la jarcia de labor y la cubierta de ambos navíos, que, sembradas con arena y sangre, estaban repletas de hombres heridos y muertos.

—¡Velas en facha! —ordenó el capitán de La Atrevida—. Navío al pairo, Andanada.

—Velas en facha, muchachos —vociferó el contramaestre. ¡Buque al pairo, señor! —repitió tras unos minutos, confirmando así la maniobra con que detuvo el barco, entre los silbidos de las balas cruzadas que unos y otros disparaban, intentando causar más bajas en la tripulación contraria.

Algunos minutos más tarde, las tablas de abordaje fueron arriadas y descansaron sobre la batayola del HMS Rapé, cuya distancia era mantenida por los aperos de abordaje, clavados en la batayola del navío contrario, que hizo lo propio, para intentar someter a la tripulación de La Atrevida en el cuerpo a cuerpo, traspasando por aquellas inestables pasarelas, al navío contrario.

—¡Al abordajeeee! —gritó con su voz ronca el capitán Dehsastre, desgañitándose y señalando al buque enemigo con su alfanje, para conferir más coraje a su tripulación—. ¡Tú, Andanada!, ocúpate de que ella llegue sana y salva a mi camarote —dijo, haciendo alusión a la joven de larga melena rubia que habían visto correr desesperadamente por la cubierta del buque inglés.

—A la orden, mi capitán —respondió diligente Andanada—. Tinto y Albariño, ¡id a por ella! Y la quiero viva.

—A la orden, contramaestre —gritaron al unísono los dos borrachines.

—Señor… —hablaba con una mirada angustiada Pedro Polvorilla al contramaestre—, mientras le estiraba de la ropa para detenerle. Señor… —dijo, suplicando esta vez—: no le hagan daño.

Andanada miró a su hijo fijamente por unos instantes. Le apretó el hombro con su mano. Y se alejó rápidamente, sin abrir la boca. Cruzó la pasarela blandiendo su alfanje y, tras unos minutos, culminó con éxito el abordaje del navío inglés. El Corsario Sneeze y algunos oficiales sucumbieron al ataque de La Atrevida. Y fueron echados al mar. Los ingleses que sobrevivieron fueron llevados al calabozo del navío pirata, para más tarde ser abandonados a su suerte en Isla Escarmiento. Pero de aquella rubia muchacha no encontraron ni rastro. Por mucho que rebuscaron en aquel barco inglés, allí no estaba. Polvorilla señaló con tristeza hacia las olas, donde se balanceaban, a son de mar, algunos ropajes y vestidos femeninos, por lo que supusieron que quizás, pretendiendo huir, se habría ahogado.

Días más tarde, la fragata pirata fondeó en la ensenada de Isla Gambuza, donde el capitán Dehsastre celebró su gran triunfo con botellas de ron y cecina de vaca en la taberna de aquel pueblito costero, de tal manera que fue empalmando una cogorza con otra. Polvorilla hizo su primera guardia como serviola en la proa, y su lugar de descanso pasó a ser el camarote de Andanada, quien solicitó al capitán ciertos privilegios para su hijo, dada su magnífica actuación en la batalla naval. Fue al llegar al camarote de Andanada cuando Polvorilla —que llevaba un par de manzanas escondidas debajo de la camisola— sacó una de las tablas y las introdujo en un doble fondo que había en la litera, donde le miraban los azules ojos almendrados de Jane, la rubia muchacha, a la que su padre había escondido, atendiendo a la súplica de su hijo.

¡Attchiís!

—Salud —contestó Pedro, facilitándole un retal de ropa a modo de pañuelo.

—Gracias, Pedro —dijo la muchacha, mientras comía con ansia los alimentos que le suministraba cada día a escondidas aquel muchacho.

Transcurrieron un par de días, y el capitán Dehsastre seguía borracho, quizás porque su contramaestre lo incitaba a beber siempre que podía, sabiendo que las mujeres y el ron eran su perdición, y tal vez con la intención de hacerse con el mando del navío.

Polvorilla estaba baldeando la cubierta con algunos marineros, cuando el contramaestre, en un tono seco y en voz alta, se dirigió a él:

—¿No tienes nada mejor que hacer, chaval? —dijo con una mirada inquisitiva Andanada—. Ve por agua y un cazo, que me toca descanso de guardia y tengo sed; y dile al cocinero que llene una escudilla y la llevas a mi camarote —le ordenó, mientras le guiñaba un ojo disimuladamente.

—Sí señor. Ahora voy —dijo balbuceando, mientras bajaba las escaleras del tambucho de popa de dos en dos, con sus pies descalzos y con la agilidad de un gato.

—Cabillas, toma el relevo —ordenó el contramaestre al timonel, que era el más viejo y leal a él de toda la tripulación—. Avísame cuando se despierte el capitán. Y mantén el rumbo…

¡¡Aaatxchuú!!

—¡Salud! —dijo Pedrito, mientras se restregaba sus verdes ojos con el puño del pijama y bostezaba de puro sueño.

Snnnezzz, cof, cof…

—Gracias. Creo que lo dejaremos para mañana, que ya es muy tarde.

—¡Abueloo! Un poco más —dijo el niño con voz suplicante.

—Ya es muy tarde. Mañana seguimos. Anda, tápate bien, que la noche se está poniendo muy fría —dijo el anciano, dejando sus lentes sobre el libro.
—Vale-
¡Aatchxiiiís!
—Brrrr… —masculló el abuelo frotándose las manos, pues las tenía hinchadas y entumecidas.
—Abuelo, estás muy resfriado.
—Hmmm. Es que hace mucho que no embreaba. Esta puñetera alergia…
—¿Ya has arreglado mi barca? ¿Mañana podremos navegar, abuelo?
—Ya está arreglada, Pedrito. Pero hay temporal. Habrá que esperar. Un buen marino ha de ser paciente. Son el viento y el mar los que mandan. No lo olvides nunca.
—Aaaohhhh… —bostezó el niño—. Vale, abuelo— contestó mientras se acurrucaba entre las mantas.
—¡Rayos, truenos y galernas! Menudo resfriado he pillado. ¡Maldita alergia!
—¿Estás bien?
—Sí. No te preocupes. Un tazón de leche caliente con un buen chorro de ron y miel, y en un par de días estaré bien. Ahora tengo que subir a comprobar que todo está bien por allá arriba —dijo mirando los haces de luz que se veían intermitentemente por la ventana. Y dicho esto, cogió un antiguo farol acristalado.
—Abuelo… ¡Espera!
—Dime.
—Al final ¿quién ganó? —le preguntó su nieto con impaciencia, mientras rebujaba su cabeza en el almohadón de plumas.
—Esa es una buena pregunta —dijo el anciano marino, atusando los cabellos de su nieto, mientras sonreía ante su curio-

sidad e impaciencia—. Creo que tu tatarabuelo se llevó el mejor botín, Pedrito. Sí, señor… Se llevó el mejor botín —repitió complacido—. Mañana seguiremos con la historia. Buenas noches —dijo besándolo en la frente y arropándolo con ternura.

Luego apagó el quinqué que había sobre la mesilla. Y cerró aquellas crónicas, convenientemente noveladas. Dejó el libro sobre una vieja caja de marino, que fue de su padre y que se hallaba repleta de antiguos artilugios de navegación, los cuales conservaba con celo, porque le suscitaban gratos recuerdos.

—¿Cuándo vendrán papá y mamá a buscarme?

—La semana que viene —dijo con cierta tristeza el anciano.

—Me gusta estar aquí —dijo el niño, echándole los brazos al cuello.

—Ejem… —carraspeó, para deshacer el nudo que se le hacía en la garganta—. A mí también me gusta que estés aquí conmigo —dijo, susurrándole con voz entrecortada—, pero ahora duérmete. Buenas noches.

Y fue andando con su farol hacia el hueco de las escaleras que estaban en penumbra.

En la pared, al lado del camastro donde dormía Pedrito, había colgado un viejo lienzo enmarcado con una madera salpicada con incrustaciones de pepitas de oro, en el que había pintada una escena de la escaramuza naval que le había contado su abuelo.

Armando Andanada. descendiente del contramaestre de aquella imponente fragata, obvió adrede algunas anécdotas violentas y también improvisó algunos cambios en la narración histórica —como habían hecho sus antecesores—, por deferencia hacia un niño de tan corta edad.

Cerca de la puerta, había colgados dos retratos familiares: el de Pedro, un apuesto marinero, pecoso y pelirrojo de expresión afable; y a su lado el bello autorretrato de Jane, una joven mujer rubia, cuya rúbrica daba fe de la autoría de aquellas pinturas centenarias.

Tap, tap, tap.

Algunas gotas de lluvia chocaron contra los cristales de la ventana, desde la cual, el niño —que se había levantado a hurtadillas— escudriñó la negrura del mar, tan solo visible por la espuma que brotaba de las olas al chocar contra las rocas, allá abajo, en el rompiente. Súbitamente, la pequeña estancia quedó iluminada por algunos relámpagos, cuyos destellos intermitentes realzaron las blancas y henchidas velas de La Atrevida unas veces, y otras dejaba el magnífico lienzo sumido en las sombras. Y el niño se quedó embelesado mirando aquellos cuadros fantasmagóricos.

Un rayo aterrador y deslumbrante desgajó el cielo y los truenos, que retumbaron de inmediato, provocaron que Pedrito volviera a la cama corriendo. Y se tapó hasta la cabeza con el cobertor. Un nuevo estruendo espantoso hizo temblar los cristales y las ráfagas de aquel viento huracanado ulularon viajando hasta los confines del océano. El niño quedó pensativo bajo el tejido de su refugio, y finalmente hizo acopio de valor y destapó su cabeza, decidido a no amedrentarse ante la furia de la naturaleza; aun así, contuvo el aliento al observar las bolitas de granizo que repicaban ahora con fuerza en los gruesos cristales, diríase que con la intención de romperlos.

Tras unos instantes, se rebujó con el cobertor y, a duermevela, escuchó aliviado los pasos de su abuelo, que bajaba lentamente por las escaleras de caracol del faro de Isla Picardía.

PIEL DE OVEJA, DIENTE DE LOBO

Llamó con insistencia al interfono de la portería de Vera. Paró por un momento, abstraído. Y esperó, mientras evocaba de nuevo y obsesivamente su imagen, divulgada en YouTube. ¿Cómo se atrevió? Volvió a llamar insistentemente, mientras manejaba con nerviosismo el gancho de la fábrica de hielo donde trabajaba. No iba a perdonarla. Por supuesto. ¿Cómo se atrevió a pensar que él soportaría tal afrenta? Nacho tenía claro que esta vez sí que le dejaría las cosas claras.

Riiiiiing, Riiiiiing, Riiiiiiiiiiiiing.

Veinte metros más allá, lo observaba inquieto su amigo Ricardo, un hombretón aparentemente apocado.

Vera respondió:

—¿Quién es? ¿Qué pasa?

—Vera… ¡Abre!

—¡Ah! ¿Eres tú, Nacho? Mira que llamar de esa manera. ¡Qué barbaridad! ¿Te has vuelto loco?

—Tengo que hablar contigo ahora.

—Estoy en camisa y zapatillas. —Y se hizo un silencio.

—¡Ábreme! ¡Bajas, o subo yo como sea!

—Buff. Ahora bajo.

Debían de ser cerca de las doce de la noche. Una noche fría en la que por el callejón se olía el aroma de boniatos y castañas asadas. Días grises de soledad, días de muertos. Ricardo, desde una posición apartada, quizás para no inmiscuirse en aquel embrollo, le instó:

—¡Déjala, Nacho! Estás muy nervioso y sabes que pierdes los papeles. Hay muchas como ella. ¡Olvídate!

—¡No! ¡Se va a enterar esa puta! Se va a enterar de quién manda aquí. Por mis cojones que…

En ese instante, se encendió la tenue luz de la portería. La ventana que había al fondo reflejaba la puerta del ascensor, y una muchacha rubia, que calzaba unas zapatillas azules, salió de él, atolondrada. Se oyeron los tres cuartos del campanario de la iglesia de la plaza de San Blas, que estaba al final del oscuro callejón. La muchacha miró fijamente a Nacho tras los cristales de la puerta de hierro forjado, y contuvo el aliento ante la feroz expresión del que ella había pretendido que fuera, antaño, también algo más —además de su cliente habitual—. Aun así, abrió la puerta dispuesta a enfrentarse a él. Y con una voz resuelta, le dijo:

—Nacho, ¿tú crees son horas de venir? Uf, ¡apestas! Al menos podías haberte duchado al salir del trabajo.

—Óyeme bien, puta. He sido el hazmerreír en el trabajo. ¿Cómo te has atrevido a colgar los vídeos de nuestras fantasías de rol en YouTube? ¿Sabes la vergüenza que he pasado? ¡Esto no te lo perdono!

—¿Qué yo qué? Si acaso los habrás colgado tú, cabronazo, si tan siquiera sé… aunque no es para tanto; tampoco se veía nada escandaloso —dijo ella, levantando la voz para demostrarle que no se amilanaba.

—A mí no me levantes la voz, zorra —dijo con un ademán malintencionado.

—¡Oye! ¿Me estás amenazando con ese garfio? Que no me das miedo, ¿te enteras? ¡Asqueroso machista! Déjame tranquila, que no quiero verte más —añadió Vera a voz en grito—. Y tú, ¡no te escondas, que te he visto!

Ricardo salió entonces de un recoveco de la fachada, cobijado por las sombras del callejón, diciendo:

—Lo siento, Vera, pero no he podido convencerlo —dijo, mirándola con lascivia.

—No disimules, que mucho empeño seguro que no le has puesto. ¡Cobarde! Que ya nos conocemos.

—¿Que no quieres verme más? ¡A mí no me deja nadie! ¿Entendido? —gritó Nacho.

Y, cogiéndola por los hombros, la zarandeó como un trapo, obligándola a respirar su pestilente aliento mientras le sujetaba la cara.

—¡Suelta! —gritó Vera, zafándose de él bruscamente—. Pues que te enteres que me voy a un concurso; y me disfrazaré de Cenicienta para la *pole dance* en el festival de strippers de Macabrus. Eso sí que es un juego de rol elegante.

—No quiero que vayas a esa fiesta. Solo vas a estar conmigo, como y cuando yo quiera —dijo Nacho tajantemente—. ¡Ven aquí!

—Ya. ¡Porque tú lo digas! Pues no vas por buen camino. ¡Quita, imbécil! ¡Que te zurzan! Déjame pasar, que me espera mi acompañante.

—Tu ¿qué?

—¿Acaso no me has oído?¡Claro que no! Tú, a lo tuyo, a piñón fijo. Pues sí. Nos vamos con la asociación de gays y lesbianas de Madrid. Nos han preparado una carroza preciosa, tirada por tres caballos, para recogernos a todas las que concursamos.

—Esto no se va a quedar así —masculló Nacho en un arrebato de ira, golpeando con el garfio el cristal de la puerta, que estalló en pedazos; y añadió—: dile a tu acompañante que, si es un hombre, que baje aquí ahora mismo. ¡O subo yo!

—¡Ja, ja....! Pues no va a bajar si es por eso. ¡Uiií! Mira por donde, ¡aquí viene! —dijo Vera con un gesto desafiante.

Nacho hizo una mueca de fastidio, que en un instante se tornó en perplejidad. Por las escaleras bajaba La Elo, la íntima amiga de Vera, con un impecable y escaso atuendo de Príncipe. Cuando llegó hasta el umbral de la puerta, Elo miró a Nacho con descaro y, abrazando a Vera delante de él, la besó en la boca. Diez segundos. Veinte segundos y sus labios seguían deslizándose, húmedos, delante de sus narices; torturándolo con aquel placer ajeno que él no podría ni disfrutar ni poseer.

—Te espero arriba. Date prisa que llegamos tarde —dijo Elo—. Despáchalo pronto, que solo te ha dado malvivir —insistió, mirándolo de arriba a abajo despectivamente.

Nacho crispó los puños y se hizo un silencio sepulcral. Proveniente del final del callejón, se escuchó el resonar de los cascos de unos caballos que se acercaban al trote, seguidos por unas sombras fantasmagóricas que recorrían las paredes, deslizándose también por la calzada adoquinada de aquel viejo barrio.

Delante del portal se detuvo una carroza tirada por tres briosos corceles, provocando tal sorpresa en los presentes, que nadie dijo ni mu. El que hacía las veces de lacayo era un fornido y apuesto joven que llevaba un extravagante atuendo de cuero negro; iba maquillado, con las cejas muy perfiladas. Se bajó, abrió la portezuela de la carroza y dijo presentándose, con una voz potente:

—Hola, soy Fred.

—Hola, guapo —respondió Vera.

Nacho se quedó estupefacto. Ricardo contempló la escena pasivamente, con una mirada un tanto extraña. Vera aprovechó aquel intervalo y le dijo al anfitrión del carruaje:

—¿Así que tú eres Fred? Yo soy Vera. Traes una carroza muy bonita y me encantan esos caballos. Son preciosos.

—Sí. Este año se han lucido con el atrezo. He venido un poco antes de lo convenido para ir con más tranquilidad. ¿Ya estáis listas?

—Espera unos minutos. Fred, que tengo que ir a buscar algunas cosas.

—Okey —respondió Fred—. Hace una espléndida noche —dijo entusiasmado, sin percatarse del mal rollo reinante.

—¡Tú no vas a ir a esa fiesta! ¿Me oyes? —gritó Nacho gesticulando, mientras Ricardo le cogía del brazo. Sujetándolo como hacen los que promueven las peleas caninas con los perros.

Haciendo caso omiso de aquel bravucón, Vera subió rápidamente al piso, cruzándose con Elo, que ya bajaba por la escalera.

—Este maldito ascensor ya se ha estropeado de nuevo. ¡Qué oportuno! —murmuró de mal talante.

Elo iba al encuentro de Fred cuando susurró maliciosamente a Nacho —que estaba en medio de la acera— unas palabras cerca de la oreja. El rostro del chico se encendió iracundo y, con una mueca de indignación, propinó a Elo un soberbio puñetazo en la boca del estómago, que la dejó doblada por el dolor.

Ricardo mantuvo las distancias y, sin inmiscuirse, gritó:

—Nacho, ¡que te pierdes! Déjala. Vamos a buscarnos dos chorbas por ahí, que hoy es día de botellón y seguro que van salidas.

Pero fue inútil. Nacho comenzó a golpear a Elo de nuevo. Y esta, sacando fuerzas de donde no tenía, profirió toda suerte de insultos, dándole una patada en la entrepierna que le dejó arrodillado en el suelo, sin aliento. A todo esto, Vera bajaba las escaleras con precaución, haciendo alarde de unos zapatos como de cristal. Apareció bellísima, con su rubia melena recogida en un moño y coronada por una magnífica tiara; lucía una transparente gasa blanca que, como velos, apenas cubrían un ceñido y escueto *body* de piel de color azul.

—¡Noooo! —gritó angustiada al contemplar, con los ojos desencajados, el desaguisado que se había montado en su breve ausencia—. ¡Por Dios! ¡Bruto! ¡Hijo de puta!

Y dicho esto, se agachó a atender a Elo. Nacho se levantó con la mirada enloquecida y arremetió contra Vera, revolcándola por el suelo, con tal mala fortuna, que el *body* se desgarró con los cristales rotos que estaban diseminados por la calle. Vera montó en cólera y comenzó a pegarle. Él la sujetó violentamente.

—¡Déjame! ¡Que te he dicho que me dejes!

—¡Puta lesbiana! Menos mal que no me dejé engatusar. ¡Desgraciada! Te voy a escarmentar.

Ambos rodaron por el suelo, tiznándose con la mugre de la calle, mientras se insultaban frenéticamente. Vera cogió entonces un pedazo de cristal grande que había sobre la acera y asestó un golpe a ciegas, yendo a dar en el hombro de Nacho, quien comenzó a sangrar a borbotones. Se oyó un alarido de dolor, seguido de varios insultos. Y la soltó.

Los caballos relincharon nerviosos ante los gritos y el ajetreo, comenzaron a jalar con fuerza de las riendas, a pesar de que el lacayo les mantenía el bocado firme, a fin de que no se desmandaran.

Elo, ajena al cariz sangriento que había tomado la pelea —pues la penumbra dificultaba lo que ocurría—, sabía, no obstante, lo que sugerían aquellos gritos y forcejeos, pues era una conducta recurrente entre los dos desde que los conocía, y les gritó:

—¡Parad ya! ¡Vámonos! —dijo con una mano en la boca del estómago y con la otra agarrando a Vera del brazo.

Las doce campanadas de la iglesia sonaban a sentencia. A muertos. Vera, despeinada, y con el *body* roto y manchado de sangre, intentó huir, pero Nacho se lo impidió, estirándole del moño con el garfio y tirándola al suelo.

—Ayyy… Brutooo. ¡Suéltame!

Elo, en el afán de socorrer a su amiga, lo agarró por detrás y le trabó las piernas para que cayera.

—¡¡Dejalaaa, cabrón!!

Fred, asustado y desconcertado, prefirió no inmiscuirse y se refugió en el interior de la carroza. Simultáneamente, un caballo se soltó del tiro. Elo y Vera se zafaron del agresor y se subieron a la grupa de aquel caballo blanco con agilidad, espoleándolo con los tacones. La carroza se tambaleó al ser levantada del suelo por los otros dos caballos negros, que relincharon alzando las patas, pero sin soltarse del tiro. Nacho y Ricardo lograron coger las riendas al vuelo y consiguieron dominarlos. Enfilaron la carroza por el callejón y fueron tras ellas.

Al día siguiente, el titular de la sección de sucesos del periódico *Guadaña Press* decía así:

GUADAÑA PRESS – SUCESOS – COMARCAS

Ultraje en el cementerio del pueblo
Unos hechos vandálicos han tenido lugar en la madrugada de la festividad de Todos los Santos. Dos muchachas del barrio, ex−alumnas del colegio de monjas de Nuestra Señora de las Virtudes, Eloísa Nirvana y Vera Loquesbueno, fueron ultrajadas sobre la lápida de Casto Sempervirens, el que fuera mecenas del cementerio de nuestro municipio.
El presunto criminal, un tal Nacho T., violó a las muchachas, que se hallaban conmocionadas tras la caída de un caballo, en el que supuestamente cabalgaban para participar en la fiesta Macabrus, evento al que debían asistir con la carroza de la comitiva inaugural. En el carruaje fue hallado inconsciente Fred, otro joven que todavía permanece en estado de coma en el hospital comarcal, por lo que no ha podido prestar declaración alguna a la policía.
Ricardo C., un amigo del violento agresor, ha manifestado en sus declaraciones que subió con Nacho al

carruaje para detenerlo por todos los medios —incluso poniendo en peligro su propia vida—, pero que, debido a un fuerte golpe que le asestó Nacho, quedó sin sentido. Ricardo refiere que, cuando volvió en sí, ya en el cementerio, el presunto criminal yacía muerto junto a las muchachas. Ricardo ha manifestado su repulsa ante estos hechos, tanto a los medios como al prestar declaración ante el juez. Y ha lamentado que, por una negligencia, no se hubiera internado a su amigo en un centro psiquiátrico hace ya algunos años, pues desde que agredió a Piluca, la actual meretriz del conocido prostíbulo Queledén, era previsible que volviera a cometer alguna nueva fechoría. La inculpación del tal Nacho parece más que evidente, pues Ricardo había grabado con el móvil una pelea ocurrida frente al domicilio de las muchachas, en el barrio de San Blas, esa misma noche. El caso es que el violador murió con la cabeza aplastada por la cruz de mármol, en la misma lápida donde llevo a cabo su felonía; parece ser que esta cayó fortuitamente sobre él. Algunas beatas de la parroquia han catalogado este hecho como un castigo divino.

Ricardo Cordero ha sido una pieza clave en este suceso, ya que parece ser que socorrió con diligencia a las muchachas heridas hasta que llegaron las ambulancias. Los sanitarios las encontraron en un fuerte estado de shock y sin poder articular palabra alguna, por lo que las ingresaron en el hospital comarcal, en la unidad de psiquiatría, donde permanecerán hasta su completo restablecimiento.

El concurso Macabrus fue suspendido por el pleno del consistorio a causa del trágico suceso. El cuerpo del fallecido: Nacho Telobuscaste, apodado «El Desgracias», estará expuesto a partir de mañana en el tanatorio de su pueblo natal, Quientevierayquientevé.

Bienvenido, Kalavera.

UN DÍA DIFERENTE

Mar era una joven veinteañera que vivía con su hermano, en una casa que habían heredado de sus padres, en la bucólica costa noroeste de Francia. Hacía un par de semanas que había roto las relaciones con su novio, y desde entonces, la casa se le caía encima pues se encontraba sola, ya que su hermano había ido a Toulouse por asuntos de trabajo; y aunque era reacia a cambiar sus rutinas, al final siguió los consejos de sus amigas y decidió viajar y cambiar de aires durante algunos días. Afortunadamente, en esos días de angustia la llamó un amigo de su hermano que vivía en París, Vincent. Y hablando de lo que había sucedido, el muchacho le ofreció su apartamento, pues él se iba de viaje durante un par de semanas, y gracias a ello, Mar se ahorraría el coste de un hospedaje. Mar vivía en Brest. Y esto era una excepcional oportunidad para poder visitar la capital. Sonó el teléfono. Era Vincent, que le dio algunas indicaciones para moverse por la ciudad.

—Decídete —le decía Vincent desde el otro lado del auricular—. La tranquilidad del barrio y pasear por Montmartre, el glamuroso barrio de los artistas, cuando te apetezca, es un lujo.

—Ya. Supongo que me gustará.

—¡Te va a venir muy bien! —insistió para acabar de convencerla—. Aprovecha y visita la ciudad. Seguro que te gustará. París es fascinante.

—Sí, ya lo sé. Tengo que distraerme. Todo el mundo me lo dice.

—Así pues, cuento con ello. Además, me haces un favor, que me viene muy bien que alguien esté al tanto del piso en mi ausencia.

—Bueno. Pues nos vemos a la vuelta. Supongo que te vendrás a casa a pasar el fin de semana, cuando vuelva Gerárd.

—Por supuesto. Estoy deseando ver el mar y pasar unos días con vosotros.

—Pues quedamos así. Gracias. ¡Que te vaya bien, Vincent!

—¡Hasta la vista!

—Adiós.

Y dicho esto, colgó el teléfono, aunque se quedó pensativa. Como no coincidiría con Vincent, este le dejaría las llaves a un amigo, que regentaba el Pub Leclé, y que según le había indicado, estaba dos puertas del domicilio parisino.

Transcurrieron unos días. Mar llegó a la ciudad de las luces y prefirió, antes de ir al piso, coger un taxi y aprovechar el día para ver Nôtre Dame y pasear por las orillas del Sena. No le apetecía encerrarse en un piso solo llegar. Estaba fascinada con el lugar, pero echó de menos una buena compañía. Se sentía sola, precisamente en aquellos románticos lugares, donde suelen citarse los enamorados. Desanimada y cansada, se encaminó hacia su alojamiento en taxi, bajo una lluvia torrencial. Y el taxista la dejó justo en la puerta del local donde tenía que recoger las llaves. Había parado de llover y fue hacia el apartamento andando, pues, como le había dicho Víncent, estaba justo al lado. Luego del ritual de deshacer el equipaje y curiosear la estancia, fue hacia la cocina y se asomó a la ventana, donde vio que abajo del edificio había un frondoso jardín entre los edificios colindantes, que lucían las típicas buhardillas acristaladas sobresaliendo de los tejados de pizarra. Un bonito paisaje urbano. Enseguida se hizo un café, pues estaba destemplada. El caso es que con aquel café caliente no tuvo bastante, y como había café de sobras, decidió tomar esta vez un café con leche y comer algo; y fue hacia la nevera por si había alguna botella de leche abierta, pues se había empapado con el aguacero y había cogido frío.

—¡*Mon Dieu!* —exclamó sorprendida.

Solo faltaban las telarañas de un cómic en los estantes de la nevera. ¡Estaba completamente vacía! Solo había mantequilla, una botella de leche por abrir y media docena de huevos. Y cayó en la cuenta de que, además, al día siguiente era festivo; tenía que ir *ipso facto* a por alimentos, si no quería gastar un montón de francos en el restaurante o en la rotisería. Puso la leche en un cazo a calentar en el fuego. Miró el reloj y vio que solo quedaba media hora para que cerraran los comercios. Afortunadamente, las nubes se abrían, dejando paso a un tímido sol. En un santiamén, cogió un carrito de la compra que había visto en un armario; casi que se olvidó su bolso con las prisas, y se lo colgó en bandolera. Bajó las escaleras de aquel viejo edificio, azorada por el poco tiempo de que disponía, y también porque no estaba familiarizada con el barrio. Luego de dar mil y una vueltas, por fin encontró un supermercado pakistaní, donde compró algunos alimentos básicos: pan, mermelada y quesos variados. Y algunos cruasanes para el desayuno. También hizo acopio de algunas verduras y frutas.

Llegó por fin delante del edificio donde estaba el apartamento de Vincent. Buscó las llaves del piso en su bolso, mientras miraba de reojo por entre los rizos negros de su flequillo, que se deslizaban por su frente, hacia un grupo de gente que murmuraba cerca de un camión de bomberos que estaba en mitad de la calle, con la cesta sobre las ventanas que daban a un jardín interior, justo en el bloque de al lado.

—¿Dónde están las malditas llaves? —murmuró angustiada.

Y volvió a rebuscar y revolver con su mano por entre los enseres del interior. ¡Nada! No estaban. Entonces repasó mentalmente lo que había hecho desde que llegara al piso y recordó que no las había cogido. ¡Se había dejado las llaves adentro!

—¡Alto! No puede usted entrar en este edificio, señorita —le dijeron al unísono un par de bomberos que se acercaron a ella, instándole a que se apartara de una valla amarilla y unas cintas rojo fosforito que estaban colocando.

—¿Qué es lo que pasa? —dijo, atusando su melena rizada hacia atrás.

—Hay un aviso de incendio. ¡Apártese, por favor!

Mar miró pasmada hacia arriba y se asomó al jardín que había entre los edificios, donde vio que la cesta del camión de los bomberos se había elevado hasta la altura de varios pisos. Se fijó en que un apuesto bombero salía por la ventana del apartamento de Vincent, entre una negra humareda, y este bombero, que era muy rubio, le dijo al que estaba abajo:

—¡No es nada! Solo era un cazo requemado que la ha liado parda, y un visillo carbonizado. Voy a volver a revisar que esté todo bien, ahora que se disipa el humo.

—Pues ojea bien el piso y baja ya, que nos vamos —gritó el mandamás—. ¡Eh, chicos, recoged la manguera!

—Ayy, por favor. ¡No puede ser! —gritó Mar con nerviosismo al ver que era su apartamento.

Luego se quedó mirando hacia arriba sin decir nada más. Se había quedado sin palabras, viendo cómo los bomberos habían accedido al apartamento de Vincent con una rapidez inusitada. Al ver que los bomberos se relajaban, y que parecía que el peligro había desaparecido, reaccionó, y le dijo a un bombero pelirrojo que tenía al lado:

—Oiga, que es mi apartamento —dijo la muchacha, sin que el apagafuegos que tenía enfrente le hiciera caso alguno.

—Eh, jefe venga para aquí —gritó entonces el bombero a viva voz, pero sin apenas mirarla—. Esta muchacha parece que es la dueña del piso —dijo señalándola.

Mar se acercó hasta el bombero jefe:

—Hola, soy…

—¿Tiene usted en regla los papeles del seguro? Ha de rellenar usted el parte de asistencia —le dijo el mandamás.

—Pues verá, es que no soy la dueña del piso… —Y le explicó que Vincent, bla, bla, bla… Por fin, añadió: —¡y me dejé las llaves dentro!

El jefe de bomberos, un hombre entrado en años, sonrió con indulgencia al escucharla, y le silbó al bombero rubio que justo estaba saliendo por la ventana del piso. Este bajó a pie de calle en un santiamén. El jefe le guiñó el ojo, diciéndole:

—Puedes acompañar a la *mademoiselle*, a su apartamento, que se ha dejado las llaves dentro, pero no tardes, que nos vamos enseguida.

Riiiing…

—Disculpe, señorita, que tengo que atender una llamada. Didier, ocúpate tú de ella —dijo.

Didier le ofreció la mano a Mar, instándola amablemente a que subiera tras él por los peldaños de la escalera metálica del camión, y le dijo que se metiera en el interior de la cesta. Y luego puso las cinchas *salvacaídas*.

—¡Súbenos, Pierre!

—¡Agárrese bien, señorita! —dijo sonriendo Pierre, un fornido bombero de pelo canoso que manejaba los mandos de la cesta.

No quedaba ya ni rastro del humo. Una vez llegaron a la altura de la ventana de la cocina, el bombero salió de la cesta y saltó al interior de la vivienda, invitando a Mar a seguirle, por lo que le tendió la mano hasta que Mar se apoyó en el amplio alféizar del ventanal ágilmente —pues, aunque era de constitución rolliza, llevaba unos vaqueros elásticos—. Una vez en el suelo, sus bambas chapotearon en el suelo anegado de agua. Entonces vio que encima de la mesa de la cocina estaban las malditas llaves. Empapadas también, por supuesto. El bombero se despidió de ella:

—Lo siento, creo que tiene algunos desperfectos en el suelo y la pintura —dijo mientras volvía a la cesta del camión.

—Yo sí que lo voy a sentir —dijo apesadumbrada la muchacha— porque el piso no es mío. Es de un amigo. ¡Qué mala suerte! —se lamentó.

—Podía haber sido peor. No se preocupe. Lo principal es que nadie ha resultado herido. Mañana vendrá un compañero para que rellene y firme unos impresos por el tema de los seguros. O se acerca a la oficina de la calle…

¡¡Craaak!!

—¿Qué ha sido eso? —dijo Mar asustada ante el fuerte golpe que venía de la puerta de la casa.

—¿Héctor? —gritó en voz alta Didier desde la cesta, a ras de ventana.

—¿Qué pasa aquí? —dijo, visiblemente molesto el portador del hacha al ver que no había humo.

Justo entraba por la puerta de la cocina.

A Héctor y a Maurice, los bomberos encargados de descerrajar las puertas, nadie les había informado por radio de que se había abortado la intervención. Habían subido por las escaleras, como les habían ordenado, ajenos a lo que simultáneamente ocurría en el exterior, pues el jefe, distraído por su conversación con Mar y por la llamada de teléfono que recibió —en la que le comunicaron que su mujer estaba de parto—, había olvidado abortar la entrada en el piso de aquellos bomberos, que eran los destinados a evacuar los apartamentos colindantes y a acceder al interior de la vivienda.

—Lo siento. Esto no nos ha pasado nunca —dijo Héctor con incomodidad—. En todo caso, mañana si quiere puede ir a reclamar. Vámonos, Maurice, que aquí ya no hacemos nada.

—No pienso acercarme a ningún sitio —respondió Mar con los ojos llenos de lágrimas.

—Bueno, pues ya pasaremos nosotros —dijo Didier intentando mediar en el conflicto—. ¿A las diez de la mañana le parece bien?

—Aquí estaré. Aunque querría esfumarme… ¡Madre mía! ¿Y cómo limpio yo todo esto ahumado? ¿Y la puerta? ¿Y la ventana? Está todo empapado… ¡Qué desastre!

—Lo mejor sería que buscase ayuda. Le dejo unos teléfonos que pueden serle útiles —dijo el joven, facilitándole una pegatina para emergencias de todo tipo.

Fiufiiiii… ¡¡Boooooo…!!

—¡Que nos vamos! —gritó Pierre desde abajo, a la par que tocaba de nuevo la bocina.

¡Booooo…boooo…!

—Bueno, he de bajar, que me llaman. Hasta la vista.

—Espero que no.

—¿Cómo dice?

—Que no quiero ver más bomberos en mi vida. ¡Nunca más!

—Ya… bueno, es lógico. Todo esto ha sido un despropósito. Lo siento de veras. Adiós.

Y dicho esto, el bombero desapareció de repente de la ventana, pues Pierre estaba bajando la cesta con prisas.

—Adiós —dijo la muchacha, desencantada.

Mar permaneció asomada a la ventana por donde vio cómo bajaba la cesta con aquel guapo bombero. Mientras, la gente que había en la calle, al lado del camión, seguía murmurando apiñada en los alrededores de aquel frondoso jardín, señalando hacia su ventana.

Por fin todo el mundo volvió a sus quehaceres y los vecinos de la escalera volvieron a sus casas y a su rutina. Todos, menos ella, que tuvo que hacer mil y una llamadas. Luego se recogió el pelo en una cola y secó el suelo con una fregona, que quedó tiznada, al igual que el inodoro por donde vertía el agua negra; entonces puso algunos periódicos para empapar el exceso de humedad que quedaba en los rincones y esquinas. Una vez localizados un cerrajero, y un carpintero, Mar se armó de valor y, con algunas hojas de periódico comenzó a limpiar el hollín de los azulejos, con las manos enfundadas en unos guantes que había encontrado. Luego siguió con un estropajo y una bayeta que hubo de enjuagar mil veces. Al cabo de un rato, irónicamente —puesto que el carpintero todavía no había llegado y no había puerta que abrir —, llamaron al timbre. Pero su sorpresa fue al descubrir que se trataba del apuesto bombero rubio, que le traía ¡el carro de la compra!

—Hola. Ya he acabado mi guardia. Creo que esto es tuyo —dijo con una sonrisa zalamera y tratándola con más familiaridad, ya que no estaba sujeto a los condicionantes profesionales.

—¡La compra! —exclamó azorada, poniéndose la mano en la frente y riéndose de sí misma al darse cuenta de que acababa de tiznarse la cara y la nariz—. ¡Ni acordarme! Gracias. Muchas gracias, de verdad.

El joven pasó la yema de su dedo por la cara de Mar y se tiznó la nariz, diciendo:

—Así está mejor. ¿Dónde has visto un bombero sin la cara tiznada? —dijo riendo.

—¡Ja ja…! Pues sí. Ahora sí que te reconozco.

Didier se había presentado por sorpresa con el carro de la compra, con un ramo de flores y con una invitación para cenar, además. Mar lo escuchó sorprendida y titubeó unos instantes, pero finalmente aceptó el agasajo. Seguidamente llegó el carpintero y colocó una puerta nueva, con cerradura incluida. La ajustó y, cuando acabó, le dijo:

—Tenga usted. Le regalo el llavero. No vaya a olvidarlas de nuevo —dijo, enarcando las cejas.

—Le aseguro que esto no me vuelve a pasar en la vida. Gracias.

Como ya podía ausentarse del piso, Mar se apresuró a arreglarse, dejando el resto del tiznado de la cocina para mañana, que sería otro día. Se dio una buena ducha y se vistió con elegancia para la ocasión, con un vestido de color burdeos, que realzaba sus generosas formas; lo complementó con una chaqueta tres cuartos de color negro, combinada unos zapatos negros de tacones altos; se hizo un recogido en el cabello, sujeto con un broche dorado. Además, se puso un perfume sensual y dulzón para que disimulara el olor a humo, pues ella lo seguía percibiendo como si lo tuviera metido en el cerebro.

Didier, que la esperaba impaciente, salió al balcón y se distrajo contemplando los negros tejados de pizarra y las ventanas de las buhardillas de algunos edificios antiguos. Tras el umbral del salón, apareció la muchacha muy sonriente. Y, sacudiendo las llaves en el aire, a la altura de su cara, dijo:

—Nunca pensé que mi mala memoria tendría tal recompensa.

Y, dicho esto, las metió en el bolso.

—Tampoco yo pensé que con un fuego se pudiera apagar otro —dijo el muchacho, mirándola con una seductora intención.

Didier la cogió de la mano y, mirándola a los ojos, acercó su rostro, tentando con una corta distancia el beso con que pretendía fundirse en sus labios. Ella esperó un segundo, mirándolo… y luego se acercó hasta que sus labios toparon. Él la besó lentamente, esperando la aceptación franca de la muchacha. Se besaron una y otra vez fogosamente, pasando de los besos a un escarceo amoroso que acabó en el dormitorio.

Desnudos sobre la cama, se enzarzaron una y otra vez en un pícaro y apasionado juego, deslizando sus manos y sus labios por el cuerpo del otro con sensuales caricias, que culminaron placenteramente en un intenso orgasmo; y otro más. Y, somnolientos, permanecieron abrazados un buen rato. Luego se despertaron y decidieron salir a cenar. Anduvieron por las calles en penumbra y pasearon bajo una fina lluvia cogidos de la mano, hasta que llegaron a la *brasserie* Les deux Moulins, en Montmartre, donde disfrutaron de una magnífica velada.

No sería la única.

REVOLTILLO

—¡Desalojen! ¡Todo el mundo fuera! —gritó un hombre uniformado, abriendo la puerta de par en par con brusquedad.

Súbitamente, una ráfaga de balas destrozó la puerta acristalada, y las macetas que enmarcaban la fachada de la casa, donde hacía unos instantes lucían unas frondosas plantas a las que cobijaban unos mamparos de madera noble labrada —que habían constituido antaño el exquisito decorado de las paredes de aquel lujoso hotel—, ahora yacían en el suelo, destrozadas por el impacto de las balas.

Un joven soldado empujó, a golpe de culata, a una docena de personas que todavía permanecían de pie, aterrorizadas ante la salvaje y súbita incursión de una avanzada del batallón Blood, cuyo mando recaía en el mayor Lumbreras. Afuera, en la calle, el estruendo de las bombas y el silbido de las balas no hicieron más que añadir una sensación de caos insoportable. Los montones de cascotes y los edificios derruidos se adivinaban entre la polvareda y el hedor reinante, que provenía de algunos cadáveres que yacían bajo las montañas de escombros, a causa de otro bombardeo que había tenido lugar hacía más de una semana. Por fortuna, habían dejado de sonar las estridentes sirenas de las ambulancias que, sorteando las bombas, justo acababan de estacionar en la calle, frente a la puerta.

De inmediato entró en aquel local un pelotón de militares vociferando:

—Muévanse y dejen paso. ¡¡Ostias!!

—Pero… ¡Qué hijo de perra! ¡Eeehhh, tú! —gritó un sargento, cogiendo rápidamente por la ropa a un escuálido hombre que estaba cerca de la puerta—. ¿Estabas intentando escaparte?

—No, señor…

—Tú, vigila mejor —dijo a uno de los jóvenes soldados, que sujetaba el fusil como si fuera un ramo de flores.

—Sí, señor.

—¡¡Espabila, soldado!! Que estos malnacidos son capaces de quitarte el arma y matarnos a todos. ¡Como vuelva a ocurrir! —dijo amenazándole con el mugriento dedo índice apuntando hacia sus ojos—, ¡te quedas sin rancho y haciendo guardia hasta nueva orden! Quedas avisado.

Dicho esto, arrinconaron a los civiles en una estancia contigua, en cuya puerta lucía un letrero «Salón Delicatessen». Entraron tres uniformados más —estos con ciertos espolones—, y, metralleta en ristre, dispararon algunas ráfagas al aire, para intimidar a los rehenes.

—¡Dispararemos a todo el que intente salir de este recinto! ¿Está claro?

Los soldados se repartieron por las estancias del local en guardia, comprobando que no hubiera algún refugiado de las fuerzas enemigas. Una vez tuvieron la certeza de que no había nadie, uno de los soldados responsables gritó:

—¡Todo en orden, señor!

—Procedan, pues —dijo impasible el mayor, mientras se desabrochaba el cuello del uniforme y subía al piso de arriba para aposentarse, acompañado por una voluptuosa joven, a la que le cogió el cigarrillo que estaba fumando para darle un par de caladas; y se manchó con el carmín que lucía la joven, quien se apresuró a pasar su dedo por los labios del mayor, riendo.

Detrás de él subió su secretario —un tipo delgado y repeinado con brillantina, que también hacía de porteador del equipaje del mandamás—. Subió, pues, tras él, cargado con una maleta y una caja de víveres, de la que sobresalía el cuello de una botella de un caro licor. En unos instantes, el local de la planta baja se llenó de gente que iba y venía. Algunas ambulancias pasaron de largo, llevando a los pacientes evacuados del hospital bombardeado hasta una iglesia que todavía quedaba en pie, donde establecerían el hospital en el que permanecerían los convalecientes hasta que pudieran ser llevados a un hospital en condiciones, lejos del frente.

Un equipo de médicos y sanitarios —supervivientes del hospital bombardeado— entraron con diligencia en el hotel, cargando con algunas cajas de madera y con los maletines donde llevaban sus enseres básicos. Rápidamente juntaron varias mesas en un reservado de la sala, y un hombre alto y moreno, que llevaba una bata blanca sobre el uniforme y un fonendo colgado al cuello, le dijo al joven y delgado soldado que custodiaba la puerta del salón de los rehenes:

—Vacía la encimera del aparador, ese que está debajo del reloj de pared, justo al lado de las puertas de la cocina. Y deja las jarras de agua, los manteles, las servilletas; y los vasos y los cubiertos que haya en los cajones, también. Ponlo sobre el mármol de la cocina.

—¡A la orden, señor! —dijo el muchacho, muy cohibido y nervioso—. Pero el mayor…

—¡Date prisa! Ya hablaré yo con él. Eres el que está menos mugriento de los aquí presentes. ¿A qué esperas?

—¡Sí, señor! A la orden, mi capitán —dijo, cuadrándose.

—A ver, tú —dijo a un soldado alto y fornido que acababa de entrar por la puerta—. ¿Haces algo en este momento?

—Tengo fiebre, señor y venía a…

—¡Pamplinas! Bebe un poco de agua y tómate una aspirina; y ve a custodiar a los rehenes. Cuando pueda atenderte ya te relevarán.

—Sí, señor. A la orden, señor —dijo sin rechistar.

En esos momentos, aprovechando el vaivén de las puertas, se coló una de las enfermeras en la cocina. De inmediato encendió el horno y cogió unas bandejas metálicas que había en la encimera. Unas eran rectangulares y otras con forma de riñón. Y también cogió un par de bombonas metálicas rejadas, que contenían las pocas gasas que les quedaban para esterilizar.

—Tardaremos una hora o más en tener a punto el instrumental —le dijo al capitán médico, que justo entraba detrás, siguiéndola, como siempre, mientras la joven volcaba estrepitosamente el contenido de la caja del instrumental que había cogido con anterioridad de la sala.

El capitán era un hombre dominante y mujeriego que sabía manejarse bien con los mandos de la plana mayor. Su socarronería era conocida por todos. Y era temido por casi todos los que estaban por debajo de su rango, debido a sus violentos ataques de genio, pues cuando apretaba la mandíbula y sus ojos negros parecían echar fuego, solía despacharse con puñetazos y patadas en la mesa o en la puerta, como colofón a sus exigencias y despropósitos.

—Ponga especial cuidado con mi instrumental nuevo, ese que tiene el mango de oro, que me lo regaló el comandante. Es para mí. Cuando esto acabe, voy a llevármelo a casa.

—¿Y eso? —preguntó Bárbara con extrañeza—. ¿A su casa?

—Quiero abrir una clínica en el centro de la ciudad cuando vuelva. He solicitado una excedencia para cuando acabe todo esto, Bárbara. Los altos mandos rumorean que este bombardeo ha sido el último y que se firmará la paz en los próximos días. A ver si esta vez es verdad… Quiero reincorporarme a la vida civil. Es el mejor momento.

—¿El mejor momento?

—Sí, claro. Hay infinidad de heridos y mutilados de buena posición, oficiales y civiles que no repararán en gastos para mejorar sus cicatrices y su apariencia —argumentó, jactándose de la fama que había adquirido como cirujano en las altas esferas.

—Pero ese instrumental se ha comprado con dinero del ejército, por muy regalo que sea —replicó Bárbara, visiblemente indignada—. Yo también me entero de lo que se cuece en la plana mayor, ¿sabe?

—Pues no debería usted saber tanto, que algún día puede tener algún contratiempo, hágame caso. Aunque no lo crea, le tengo mucho aprecio, Bárbara, es usted una buena enfermera. —Y, mirándola de arriba a abajo con un conocido brillo en los ojos, añadió—: Una mujer inteligente y guapa como usted, si quisiera…

—No me regale los oídos. Y no. No quiero nada. Usted y yo no nos parecemos en nada, ¡a Dios gracias! Es usted un buen cirujano, pero no puedo hacer la vista gorda, capitán. Aquí no podemos atender a estos chicos como se merecen, y ustedes están menospreciando sus vidas y despilfarrando el dinero del contribuyente ¡por galones!

—No es para tanto, mujer. Todo el mundo quiere vivir bien y despilf…

—¿Es música lo que se oye? —dijo Bárbara interrumpiéndolo y acercándose a la puerta de la cocina con una mueca de desdén—. ¿Lo ve? Es indignante.

—¿El qué? Ahhh, lo de arriba. Pues creo que se lo están pasando bien. ¿De qué sirve el rango si no?

—Usted sabe, igual que yo, lo que ocurre. Desde luego, en la suite se lo están pasando en grande. Y no reparán en gastos. Nada que ver con lo que ocurre aquí abajo.

—¿Se da cuenta, Bárbara? Usted podría vivir mejor si no fuera tan… ¿cómo decirlo sin que se ofenda? ¿Rígida? Si dejara hacer y aceptara lo que podemos ofrecerle, viviría mucho mejor y podría disfrutar de algunos favores. Yo mismo podría… —dijo, acercándose a ella por detrás, intentando camelarla.

—Ni hablar. No me va a convencer. Es una cuestión de principios, señor —dijo, apartándose de él.

—Como quiera. Lamento su decisión, Bárbara. Y su actitud, pues pudiera llegar a oídos del comandante. La verdad que no querría que…

—Pasooo… ¡Despejen la entrada! ¡Apártense! —gritó el soldado que custodiaba la puerta, mientras bajaban a algunos heridos de una ambulancia que acababa de aparcar en la puerta.

El pulso que mantenían a viva voz la enfermera y el capitán médico quedó interrumpido ante la entrada de una nueva tanda de camillas, dejando a un chaval herido de gravedad sobre tres mesas de lo que había sido el restaurante y que, a modo de mesa quirúrgica, el resto de enfermeras había cubierto con blancos manteles, pues apenas quedaban tallas y había que reservarlas para los más vulnerables.

El capitán médico y cirujano, el doctor Mondongo —al que llamaban así porque siempre andaba con las manos metidas en las entrañas de alguien— era el capitán médico del batallón. Y además del mote, tenía fama de malas pulgas.

Un joven soldado malherido, que pusieron delante de él los camilleros, se quejaba a voz en grito. El capitán levantó los jirones de ropa embarrados y ensangrentados del roto uniforme del chaval y observó detenidamente aquella herida, por donde asomaba el paquete intestinal agujereado, rezumando sangre a borbotones, y algunos otros fluidos y heces. Con cierto desdén, hizo una mueca con la comisura de la boca. Luego cubrió la herida con los mismos jirones y ordenó que lo pusieran en la sala de desahuciados, ante las miradas sentenciosas del personal de enfermería y de los que aguantaban la camilla.

—¿Estáis dormidos o qué pasa?

—Señor, si nos permite....

—No permito nada. ¡Es una orden! ¡No podemos gastar más tiempo y dinero en los que seguramente no tienen remedio! Ya se verá… El mayor quiere gente que pueda ponerse de pie y combatir. O sea, que este va a esperar en la otra sala, colocado con un poco de morfina, que lo mismo no hay ni que operarlo dentro de un rato.

—A la orden —mascullaron entre dientes los soldados camilleros, mientras que sus ojos brillantes se resistían a dejar escapar la lágrima que bañaba tímidamente sus pestañas, pues el herido estaba escuchando perfectamente su sentencia, y era su compañero de trincheras.

—¡A ver! He dicho que primero entren los que tengan arreglo fácil, para que se incorporen cuanto antes a las filas. ¡¡No voy a repetirlo!! —dijo con mal talante.

—A la orden, señor —repitieron sumisos, aunque indignados.

—Traedme a esos dos —dijo, señalando a dos soldados que estaban de pie y que sangraban a chorro.

Metieron pues al primero, que tenía la mejilla estallada y un par de muelas a medio arrancar.

—¡Siéntate! Vaya, has tenido mucha suerte, chaval. ¡Abre la boca! —dijo sin hacer pausa alguna—. Y tú, aguántalo bien para que no meta las manos donde no debe —dijo al soldado que le ayudaba.

Casi de inmediato, le hizo una seña con la cabeza al soldado que sujetaba al herido y, con unos alicates, de un tirón acabó de arrancarle de cuajo las muelas.

—Ahhhhhhh —gritó el herido.

—¡Muerde esto! —ordenó con prisas el cirujano, poniéndole un palo de madera en la boca para que no le mordiera a él, mientras cogía con los dedos la misma gasa con la que había taponado los orificios de las muelas por dentro hacía unos instantes. Con la misma torunda, taponó el agujero de la mejilla, mientras le daba cuatro puntadas. Zurció y frunció aquella carne estallada.

—Pero, señor… —dijo Bárbara.

—No tengo tiempo para bordados delicados —dijo, mirándola de mala gana, mientras pintaba la herida con un antiséptico potente, al que llamaban coloquialmente Matalotodo, que era el que utilizaba el ejército por metros cúbicos; y le dio al chaval un botellín y una gasa para que la fuera mojando y se diera unos enjuagues y unos toques internos durante una semana. Luego sacó una aguja hipodérmica de metal y una jeringa de vidrio milimetrado de una cajita metálica. Y le inyectó, con una expresión desagradable, un antibiótico potente en el cachete del culo, pues las enfermeras estaban adecentando a los heridos, que ya habían copado al completo el vestíbulo. Le fastidiaba enormemente hacer de pinchaculos.

—¡Siguiente! Tú, *comotellames*, quédate aquí que me tienes que ayudar un rato a sujetar a estos —dijo al tímido soldado al que había amenazado hacía un rato.

Cogiéndose una mano con la otra, se acercó quejándose un muchacho con la cara tiznada, que tenía un dedo colgando y que sangraba profusamente.

—¡Has tenido suerte, chaval! ¿De dónde eres? ¡Sube la mano! Tú, aguántasela con fuerza.

—De Bu…

Raac, raac.

—¡¡Ayyy!! ¡Jodeeeeeer…!

Con las tijeras, el cirujano le cortó el dedo que colgaba y lo tiró a un cubo que tenía bajo la mesa. Recortó con una especie de alicate el hueso que sobresalía y el chaval se desmayó de puro dolor. Luego hizo una tapa con el colgajo de piel sobrante y le echó un chorro de solución Matalotodo, tras lo cual le puso una gota de cianocrilato de metilo en vez de suturarlo, para tapar el boquete sangrante con aquel adhesivo rápido, mientras el soldado sujetaba al chaval inconsciente, pues la anestesia era escasa y se reservaba para heridas de mayor categoría.

—Sujétale la mano en alto unos minutos —dijo secamente.

Luego, el cirujano se lavó y quitó los guantes que había estado reutilizando en repetidas ocasiones y se lavó las manos. Mandó a que montaran una mesa en la cocina, donde se dispuso a degustar un pequeño refrigerio, mientras dos de las enfermeras intentaban reanimar al herido para poder vendarle la mano y administrarle la consabida inyección de antibiótico, para lo cual abrieron el cilindro de metal que contenía las agujas hipodérmicas recién esterilizadas.

Más allá, en una mesa, había un par de las enfermeras de la sala contigua ocupadas con los reactivos del factor Rhesus, para saber el grupo sanguíneo de los soldados que se prestaban para donar sangre para sus compañeros malheridos. Un par de jóvenes médicos sin alto rango se ocupaban de revisar concienzudamente la evolución de las heridas y del postoperatorio, atendiendo a los soldados que solo requerían inmovilización con yeso, o suturas que no revestían gravedad. La verdad era que estaban temiendo que los llamara el cirujano jefe, pues no les permitía ayudarle, ya que, como solía decir, no estaba por ostias… y que allí las cosas las hacía él, sin cortapisas.

Mondongo se acercó a ellos para darles algunas indicaciones y un par de broncas. Luego se lavó las manos y volvió a hacia la zona de operaciones de mayor gravedad, que habían ubicado en un ala del salón más cercano a la cocina.

En medio del trasiego del ir y venir de los sanitarios —que ponían rápidamente a los heridos sobre las mesas del local, o los sentaban en los satinados tapizados de las sillas y en las alfombras del suelo—, se oyó una voz contundente, que provocó un repentino y efímero silencio:

—¡Bárbara! ¡Bárbaraaa!

—¡Ya voy! ¡Ya vooy!

Apareció la enfermera muy azorada por la puerta de la cocina, donde había reunido todo el material sanitario. Traía dos botellas de suero, con sus equipos; un bidón metálico de gasas estériles, un rollo de esparadrapo, un par de gomas y una gruesa aguja endovenosa, con la que pinchó rápidamente al herido, un chaval pecoso.

El doctor Beodo —el anestesista— franqueó la puerta despotricando, mientras sostenía con firmeza una botella de cloroformo, puesto que era un frágil tesoro. Le puso la mascarilla al muchacho y lo sedó con un continuo goteo. Y dejó el balón de reanimación en la cabecera, junto a una bombona de oxígeno.

—Pasadme aquel esfigomanómetro de mercurio para medirle la presión arterial, que creo que se nos está bajando el chaval. Linda, quédate aquí conmigo, que es fácil que entre en shock —dijo el anestesista.

—Voy corriendo —dijo Linda.

Un par de enfermeras fueron a lavarse las manos a la pica de la cocina y luego se colocaron los delantales, las mascarillas y los guantes. Bárbara montó el único equipo de instrumental de laparotomía que tenía esterilizado. Estaba de malhumor. Además del estrés propio de un hospital improvisado, era el único equipo estéril del que disponían. Lo puso sobre una talla estéril colocada sobre un blanco mantel que habían planchado y que cubría una mesa de caoba, a falta de las dos mesas de Mayo de acero inoxidable, que quedaron destrozadas por el bombardeo en el hospital del pueblo vecino, motivo por el cual se habían trasladado. Allí quedó aquel lugar, salpicado con la sangre de todos los que pilló dentro, casi todo el elenco médico, pues estaban operando a un general y a un sargento dos de los tres equipos de personal de quirófano del hospital. Bárbara y el equipo que había ahora en el hotel se habían salvado por pelos, pues habían salido de guardia y se hallaban descansando en una casa que habían adjudicado para el personal sanitario, en las afueras.

Bárbara montó la mesa quirúrgica refunfuñando, pues tan solo disponía de dos equipos quirúrgicos para estos menesteres, con lo cual tendría que hacer una desinfección química, entre operación y operación, a cada uno de los equipos, mientras el otro se estuviera esterilizando térmicamente, además. Un despropósito que la indignaba, pues no era garantía suficiente para aniquilar al enemigo, en este caso, bacterias, virus y cocos. Y solo les quedaba medio bidón de solución desinfectante para el instrumental.

—¡Esto no puede ser! No quitarán dinero del presupuesto del coche de los oficiales ni de su opulenta intendencia, no, eso no —despotricó Bárbara con irónica impotencia y en voz alta para que la oyeran, por supuesto.

Linda, la enfermera auxiliar, se acercó con cautela y murmuró cerca de su oreja:

—He visto la lista del pedido del material. Que sepas que alguien ha tachado los tres juegos de instrumental, y la mitad de los kits de desinfección y de hemostasia. Pero mi novio me ha dicho que en la lista de la intendencia de los oficiales sigue habiendo varias cajas de whisky, carne de añojo y frutas frescas. Y licores.

—La madre que los…—dijo Bárbara, mordiéndose la lengua.

Dicho esto, Linda se apartó de Bárbara y miró con desesperanza a aquel chaval pecoso. Procedió a aplicar el laxo protocolo de desinfección que regía en aquellas circunstancias.

Bárbara le dijo entonces:

—Linda, cuando acabemos, pones este instrumental en la otra bandeja que he dejado sobre el mármol en el horno.

—¿Seguro? Mira que el míster…

—Sí. Seguro. Y no te demores. Ya me las veré yo con él. Hemos de anticiparnos por si hubiera más heridos, que los habrá —añadió, mientras rezaba para que sus vaticinios no se cumplieran.

Al poco, entraron con otro chaval despanzurrado. Lo cubrieron con la misma manta ensangrentada que llevaba en la camilla y lo llevaron al almacén del hotel, donde habían improvisado una morgue, en espera de que evacuaran primero a los heridos, ya que los difuntos no tenían prisa. Los camilleros pusieron al siguiente soldado, un moreno veinteañero que estaba en espera en la ristra de camillas que había haciendo cola; el chaval gritaba, roto de dolor. Y lo pusieron bajo la luz. Y viendo que el chico tenía metralla incrustada en el abdomen, pero que era salvable, el cirujano gritó impaciente y de mala manera:

—¡Bárbara! Maldita sea. ¿Dónde está Bárbara?

—¡Aquí! Ya voy, ya voy… —dijo de nuevo, con evidente nerviosismo, ya que no daba abasto.

—¿Dónde se ha metido? ¡Quiero acabar pronto! Cuando baje el mayor, avíseme, he de darle el parte de bajas, que tiene una reunión esta noche.

Llegando donde estaba su superior, Bárbara aprovechó para recordarle sus reiteradas peticiones:

—¿Todavía no ha llegado el instrumental que pedí la semana pasada, capitán?

—No. No lo han concedido. Los presupuestos son los que son. Pasaremos con lo que hay. Ya se lo dije. No insista más y ocúpese de sus asuntos —añadió con malos modales—. Total, nos quedan cuatro días de estar aquí.

—Pero…

—¡No hay peros que valgan!

—Solo quería decirle que he puesto en el horno el último eq…

—Beodo —dijo, cortando la conversación con la enfermera—, ¿este ya está *knockout*? —preguntó el cirujano a su colega, ignorando a Bárbara.

—Como un angelito, ¿ve? —dijo, pellizcándole y retorciendo fuertemente la piel por debajo de la clavícula.

—Pues vamos. ¡Vamos allá!

Con gran destreza manejó sus utensilios quirúrgicos —los que tenían el mango de oro—, ayudado por el equipo de enfermeras. Y, una vez extraída la metralla y hecha la hemostasia con algunas pinzas y mosquitos, se ayudó de nuevo con cianocrilato y procedió a la sutura interna por capas, con catgut. La sutura de la piel abdominal la realizó con una grapadora, mientras Bárbara, una vez retirada la mascarilla de cloroformo, se dispuso a coser algunos cortes profundos que aquel joven tenía en el rostro, pues afortunadamente todavía disfrutaba de los efectos de la narcosis.

Linda, con el mandil de plástico salpicado de sangre, se ocupaba mientras de pintar la zona operada con mercurocromo, para desinfectarla, y le pintó también una banda en la frente, para señalizar que estaba recién operado, por si había que trasladarlos a causa de un nuevo bombardeo. Que no era la primera vez ni la segunda… Era importante saber quién estaba, dónde y en qué condiciones. Se dispuso a envolver al herido con una técnica de vendaje en zigzag, con unas vendas blancas ribeteadas con hilo rojo que había planchado ella misma hacía escasos minutos. Con ello pretendía, además, que el vendaje también inmovilizara el tubo del drenaje, que, cosido con un par de puntos de seda en el orificio de salida, canalizaba los fluidos del abdomen, hasta una botella de cristal milimetrada, como las que colgaban al pie de los pocos camastros maltrechos que habían podido recuperar de las ruinas del hospital bombardeado. Linda ordenó que trasladaran al morenito a la sala de hospitalización, donde un par de enfermeras controlarían la reanimación. Luego retiró las ropas empapadas de sangre con rapidez y limpió la mesa de operaciones y la mesa del instrumental —ese que Bárbara estaba limpiando concienzudamente con cepillos y soluciones desinfectantes, y que luego volcó en la bandeja—, donde pegó un esparadrapo en el que escribió la hora de inicio de la inmersión.

Linda se acercó entonces al tendedero que habían improvisado en la cocina con un rollo de cuerda —donde habían ubicado la zona limpia— y aprovechó para retocar su moño bajo la cofia, para evitar que cayeran sus cabellos. No era por coquetería. Se lavó las manos. Luego cogió un mandil limpio y otro par de guantes, a los que puso talco en su interior, y, dándoles unas vueltas en el aire, cerró sus aberturas, y así quedaron hinchados como un globo. Enfundó sus finos dedos en ellos.

—¿Todavía no están preparadas? —gritó el doctor Mondongo, impaciente.

—Si quiere, prepare usted mismo la mesa —dijo Linda, indignada—. No damos abasto. Pida más personal, que los compañeros que se quedaron muertos allí ya no pueden ayudarnos.

Una auxiliar, de las que había destinadas a mantener limpia la zona quirúrgica adyacente, baldeó de nuevo el suelo con lejía, desinfectó la mesa quirúrgica y la cubrió con los consabidos manteles blancos recién planchados, preparándola para el siguiente herido. Mientras, el anestesista pasó por la cocina para dar buena cuenta de un pedazo de pan y un trozo de queso que les había dado el mayor, y aprovechó para cambiar de sitio la botella del vino; se dirigió a la siguiente mesa, con la otra mascarilla de que disponían.

El chaval que ahora se retorcía de dolor en la camilla tenía una herida grande, abierta, sucia y zigzagueante, que recorría la base de las costillas, rebasando la altura del ombligo, por donde le salía una prominente tripa, que afortunadamente estaba intacta. Nada grave. El doctor Beodo volcó un rápido goteo de cloroformo sobre la mascarilla y el soldado se reunió con Morfeo en apenas unos segundos. Tras la intervención, el chaval moreno pasó a la sala de hospitalización, al cuidado de las enfermeras de aquella sala.

Transcurrieron algunos minutos, los imprescindibles para que las enfermeras adecentaran de nuevo la zona quirúrgica. Un anómalo y súbito silencio impregnó la estancia, ante el gesto de alerta que realizó el soldado que hacía guardia en la puerta del hotel–hospital.

—¡Silencio! ¡Quietos! Creo haber visto algún movimiento en el edificio derruido de enfrente, capitán —dijo el soldado con preocupación.

—¡No me joda!

—Sí, señor. Confirmado. Veo a dos —dijo susurrando.

—¡Todo el mundo al suelo! —ordenaron el cirujano y el guardia de la puerta al unísono—. Silencio.

Una ráfaga de balas procedente del exterior impactó también en la ventana el piso de arriba; y fue contraatacada con una granada de mano del soldado que custodiaba la puerta, que hizo saltar por los aires a los dos soldados; seguramente eran unos rezagados del bando contrario, que habían logrado esconderse en las ruinas del otro lado de la calle. Procedentes del piso de arriba se oyeron gritos y una gran algarabía. Un par de soldados se aprestaron a subir con cautela por la escalera, armados hasta los dientes. En apenas unos segundos, apareció el mayor Lumbreras al filo de las escaleras con una herida de bala, sangrando profusamente por el abdomen, mientras su secretario y su voluptuosa acompañante le ayudaban a bajar los escalones. Gritaba:

—¡Ayuda!

—Han herido al mayor. Doctor, dese prisa, ¡¡vengan rápido!!

Cogieron al mayor en volandas, pues se acababa de desmayar, y ordenaron que el siguiente herido, al que ya traían los camilleros, fuera aparcado en el vestíbulo hasta nueva orden. Cirujano y anestesista acudieron rápidamente.

—¡Cuidado! Pónganlo sobre la mesa. Con cuidado. A ver, traiga agua jabonosa, sueros y solución yodada, Linda. Y más manteles… ¡rápido! —dijo el cirujano atropelladamente.

Colocaron al mayor sobre la mesa, le quitaron sus ropas a golpe de tijera e iluminaron su abdomen con la luz adicional de una lámpara de pie tallada en alabastro. El espejo del aparador que había en el reservado de aquel amplio salón reflejaba la escena, de modo que todos los que esperaban podían ver lo que ocurría, con lo que se hizo un silencio sepulcral al ver la barriga del mayor Lumbreras despanzurrada, como la de cualquiera de los soldados allí presentes.

En un santiamén, las enfermeras montaron la mesa quirúrgica —como siempre— y le pusieron varios sueros por indicación del anestesista. Y un montón de desinfectante. El anestesista goteó su coctel en la mascarilla sobre la nariz del mayor, mientras le ponía el tensiómetro y le suministraba un poco de oxígeno, que controlaría él en todo momento.

—Linda, limpie muy bien esta zona y deme un par de guantes y tallas estériles, ¡rápido!

—No quedan, señor. Solo disponemos de servilletas planchadas y guantes reutilizables; están desinfectados químicamente. Ahora lo traigo, señor —dijo con cierto temor.

—Espere, ¡abra mi maleta, esa marrón de piel que está sobre el aparador, rápido! Y coja dos tallas grandes y dos pares de guantes estériles.

—A la orden, señor —dijo Linda indignada, pues le había ocultado este hecho.

Se hizo de nuevo el silencio cuando el cirujano cogió el bisturí, tan solo quebrado por los *ays* que llegaban del salón de al lado, donde estaba el almacén de heridos pendientes de operar. El cirujano carraspeó ante la trascendencia que tenía para él, atender con las máximas garantías a su oficial de rango superior. Y trazó un corte limpio, guiando la herida desgarrada hacia una mejor zona por donde poder operar y suturar con mejores resultados. Y, como ya era habitual, gritó:

—¡Bárbara! Póngase los guantes estériles, rápido.

—¡Sí, ya estoy aquí, no hace falta que me grite!

—¡Gasas!¡¡Separadores!!

Bárbara puso con firmeza en sus manos ¡un par de tenedores y un par de raseras esterilizadas!, diciéndole estoicamente:

—¡El instrumental dorado todavía está en el horno!

DOS ERAN DEMASIADO

El viento que le venía de cara, enredó sus cabellos con la cuerda que colgaba pacientemente a su lado. Se puso de pie y se agarró con fuerza a la fría barra de metal que tenía a mano. La angustia que sentía en el estómago le provocó una sensación cimbreante, como si algo extraño se moviera en su interior, como empujándolo hacia su columna, rehundiéndose en sus entrañas. Sus brazos desconsolados, separados de su abdomen, sentían la necesidad de abrazarse a algo, a sí mismos, a su cuerpo. Una lágrima resbaló hacia la punta de su nariz. Una sensación asfixiante y tensa le hizo abrir la boca y suspiró, mientras su mirada se perdía en el espacio. Sacudió las manos y afianzó la postura de los pies en un último intento. La silueta de Irina se recortó de nuevo, erguida sobre el borde, a un paso del vacío. Y se lanzó con los brazos hacia adelante para acabar de una vez por todas.

En unos instantes, un haz de luz enfocó a la estrella del espectáculo, acompañado por el sonido contundente del tamborileo: Cortés le alcanzó el trapecio y, tras un par de volteretas, Irina se sentó y dobló las piernas sobre la barra. Luego se descolgó, mientras sus gráciles brazos se balanceaban al ritmo de un péndulo. Las manos de ambos se enlazaron en el aire, y los dos trapecistas se balancearon en un mortal vaivén entre la lona roja y blanca y la pista. Pero las recias manos de Águila Dorada —el trapecista más famoso del mundo— resbalaron inexplicablemente del Trapecio de la Muerte. Y cayó al vacío. Un clamor unánime inundó el recinto. Algunos tramoyistas rodearon el cadáver del divo, y otros se ocuparon de que el elefante y los caballos que había en la periferia de la pista no se desmandaran ante el griterío de la gente de las gradas.

Irina fue atendida y acompañada hasta su camerino, donde se encerró, pidiendo que no la molestaran, con el pretexto de recuperarse del trágico accidente de su compañero, ese que le había robado ser la primera dama del espectáculo, por dama. Y esperó allí hasta que llegara la policía. Irina dejó su vestido luminiscente de fantasía bordado con pedrería sobre una silla. Y, con cierta parsimonia, se puso su bata de raso granate y colocó las pedrerías de su tocado con minuciosidad sobre el tocador que, como siempre, se hallaba muy bien iluminado. Al lado estaba el típico cubilete para enfriar bebidas, con el hielo ya derretido; también había un ramo de flores y una botella de champagne descorchada, con dos copas a medio beber, que su compañero —que solía alternar el maltrato con el despilfarro— había compartido con ella antes del espectáculo. Entonces llenó su copa y, mirándose al espejo, brindó diciendo:

—¡Al fin sola!

UN DÍA CUALQUIERA DE VERANO

Las niñas del barrio jugaban a gomas y a la comba sobre los adoquines de la calle, ausente de coches; y a la rayuela —también llamada la charranca— en la acera o en el pavimento de la plazoleta, donde rayaba mejor la tiza; tan solo pasaban por aquella calle, si acaso, media docena de coches a la hora, además del autobús de línea y la nueva camioneta del basurero, pues hasta hacía poco pasaba con una cuba tirada por un caballo percherón. Por la esquina asomó la estridente trompetilla del basurero, y las niñas corrieron cada una a su casa gritando:

—¡Mamá, el basurero! —dijo Marta, al ver que su madre estaba fregando el portal.

—Coge el cubo, que está en la galería, pero no te lleves la tapadera.

—¡Voy!

Marta esperó en el escalón de mármol blanco de la entrada de la tienda de su madre, con el cubo verde de plástico destinado para tal fin, porque en aquel momento, la escoba de brezo del basurero recogía apresuradamente bajo sus pies las brozas y algunos papelillos y colillas de la acera, metiéndolo en el capazo que llevaba en la otra mano, a ras de suelo. Luego, el basurero vació y colgó el capazo de un gancho que había en la cuba metálica de aquella camioneta, que disponía de dos tapas cóncavas, que se aguantaban con una varilla de metal. Y volvió a tocar la trompeta.

El basurero, un hombre delgado y huesudo, vestido de gris, que llevaba una gorra del mismo color, cogió el cubo de Marta y lo vació de golpe, pues detrás de ella había cola.

Algunos vecinos aprovecharon que habían bajado a la calle para comprar algún cántaro de arcilla o alguna jarra de cerámica al vendedor ambulante que esperaba en la plaza, con su peludo y pequeño burrito gris y blanco, que iba cargado con unas alforjas que rebosaban de loza. El burrito esperaba pacientemente, moviendo las orejas para espantar las moscas, atado a la única señal de tráfico que unos obreros habían puesto en la esquina de la acera tan solo hacía un par de días. ¡Una novedad!

Marta entró en la trastienda y fregó el cubo con polvos de fregar y un estropajo de esparto. Y lo dejó escurrir en el patio de luces de aquella planta baja, apartando la piedra pómez con que solían pulir las baldosas del suelo a mano, de rodillas sobre un retal de ropa doblado, como era costumbre entonces.

Su hermano Sergio, que era más pequeño que ella, solía jugar con su hermana y con la Mishina, una gatita atigrada que habían recogido de la calle hacía algo más de un año. Y desde entonces, la felina vivía a cuerpo de reina. En esos momentos estaba tomando el sol, encima de las lanas y suéteres que había expuestos en el escaparate del comercio que regentaban sus padres.

—¡Mishina, sal de ahí! —gritó Marta, mientras se recomponía sus coletas dándole vueltas a las gomas, que se habían aflojado.

—Meeuuu… miiiu —maulló mimosa, mientras estiraba las patas y se revolvía con la panza para arriba, como buscando juego, con sus zarpas atrapando el aire, mientras meneaba rítmicamente la negra punta de su cola.

—Me la llevo a su casita antes de que venga la mama —dijo su hermano, mientras dejaba el triciclo al lado de unas cajas de cartón. Y dicho esto, de sus ojos verdes se escapó una mirada pícara, y la cogió por el pellejo del lomo. Se la llevó acurrucada en sus brazos hasta la casita blanca y rosa que su padre les había hecho para su mascota. Sergio le acarició la barbilla y las orejas, y la Mishina, ronroneando, se enroscó como un ovillo y se puso a dormitar.

—Menos mal —dijo Marta mientras recolocaba las madejas de lana y limpiaba con la gamuza y el plumero los costureros del escaparate; también puso las agujas y ganchillos en sus fundas, pues la gata las había desparramado por el escaparate. Sergio se aburría, y entonces cogió una caja de cartón grande, recuperada del embalaje de los paquetes de jerseys recién llegados, y comenzó a hacerle puertas y ventanas con una sierra de madera que su padre le había hecho. Y se metió dentro. Le encantaba hacerse casas y castillos con ellas. Y así, entretenido, se quedó jugando.

En aquella época de los años sesenta había que aprovechar para hacer las compras antes de las dos, cuando se cerraban los comercios, que se volvían a abrir de las cuatro a las ocho y media o las nueve. Sobre todo se hacía acopio de alimentos los sábados, especialmente pan y hielo, pues por la tarde solían cerrar las tiendas hasta el lunes. Por tal motivo, la madre de Marta salió azorada de la trastienda, pues había olvidado comprar hielo. Paquita era una mujer sencilla y elegante, una mujer muy resolutiva y trabajadora que cumplía con todos los requisitos de la frase «madre no hay más que una». Y le dijo a la niña:

—¡Corre a la bodega, que se me ha olvidado comprar el hielo, y apenas nos queda! Y tengo alimentos en la nevera. Compra cinco pesetas de hielo para nosotros y otros cinco para la yaya, que yo voy corriendo al banco y a *la moncheteria* a comprar garbanzos cocidos, que me van a cerrar. Coge los dos cubos limpios del armario del patio.

—Voy, mamá.

—Yo también voy, mama —dijo Sergio, saliendo de improviso de una de las cajas y, cogiéndose de la mano de su madre, fue con ella a comprar, pues Carmen —la *moncheterra*— siempre le daba un pequeño cucurucho de papel con unos pocos garbanzos cocidos.

Marta cruzó corriendo la plazoleta, donde unos operarios comenzaban a montar el armazón del entoldado para la fiesta mayor el barrio, donde, como cada año, habría un espectáculo de payasos para los más pequeños, algunos juegos de magia y papiroflexia por las tardes; y por las noches, para los jóvenes y adultos, música y baile a cargo de Rudy Ventura, los Sirex, Los Mustang, José Guardiola y Alberto Cortez; y también un poco de humor con los hermanos Calatrava. Los niños frecuentemente se subían al entarimado exterior y, por entre los cortinajes del entoldado, se colaban a los palcos para fisgonear lo que ocurría dentro de aquel recinto.

Una vez en la bodega, Marta vio cómo el señor que despachaba el hielo, un hombre alto y calvo que lucía un bigote imponente, se disponía a cerrar la puerta.

—Espere, por favor, ¿puede darme diez pesetas de hielo?

—Sí, nena, pero otro día ven más pronto. ¿En un trozo? —dijo, poniéndose un saco de arpillera sobre su hombro.

—No, quiero cinco para cada cubo —dijo Marta, dejando los cubos a pie de la tarima metálica de la máquina cortahielos.

Luego, aquel hombre cogió un garfio de metal y sacó de aquella enorme nevera cuadrada de madera, recubierta de zinc en el interior, una larga barra de hielo. Tras embocar en la canal metálica el bloque, puso la medida correspondiente a las pesetas que le había pedido. Entonces le dio un golpe seco a la palanca de la máquina, que impelió unos enormes dientes de hierro. Y se partió aquel largo bloque helado, de sección cuadrada. Y de nuevo repitió la operación.

—Son diez pesetas.

—Tenga usted. ¿Es esto? —preguntó, dándole siete pesetas, más otra moneda más grande dorada de dos pesetas y media y un agujereado real plateado de cincuenta céntimos.

—Mmm.... Está bien —contestó el hombre, mientras cogía el palo de hierro que tenía a mano para bajar la persiana de la bodega, pues ya era la hora de cerrar.

Muy ufana, Marta cogió los dos cubos con el hielo y se dirigió hacia la tienda de sus padres. A modo de ritual, se paró a beber en la fuente de obra que había en la plaza y apretó con fuerza la pieza plana de latón, o quizás de bronce, de uno de los grifos, que dio paso al fresco chorro de agua. Como no llegaba bien, se encaramó, cogiéndose al grifo y girando la cabeza para beber, y el agua rebosó de su boca, mojándole una de las coletas, como siempre. Una suave brisa caliente trajo hacia ella un sabroso y dulzón olor, que inundó el aire. El aroma procedía de unas montañas de melones y sandías maduros que descansaban sobre una lona en el suelo de la plaza, a la sombra de unos grandes y emblemáticos plataneros que había en aquel entonces, que quedaban más cercanos a la iglesia. Y vio que los vendedores estaban poniendo un toldo blanco entre su furgoneta DKV de color azul cielo y los árboles. Marta vio entonces a su padre, que estaba comprando un melón amarillo y una enorme sandía negra, tan grande que ni cabía en la balanza de platos de bronce, por lo cual el vendedor la pesó con una báscula romana. Luego la metió en un saco áspero de arpillera, que Ramón, su padre, un hombre recio y afable, se colgó al hombro y, sonriendo al verla, fue hacia ella. Entonces le cogió uno de los cubos de hielo.

—Llévale el hielo a la yaya enseguida, que con el calor que hace se va a fundir. Yo voy para casa. No tardes, que tu madre ya tiene la comida hecha.

—Vale, voy enseguida. Papá, pero… ¿puedo quedarme a comer con la yaya, ya que le subo el hielo?

—Bueno, va… Ya se lo digo a la mama. Pero a la tarde tu hermano y tú tenéis que hacer los deberes de vacaciones, o sea que no te entretengas mucho. Ve con cuidado al cruzar la calle y mira para los dos lados, que está el cruce aquel…

—Sí, papá, iré con cuidado —le dijo Marta, evocando en su mente el atropello de una anciana que habían visto ellos dos en aquel cruce al que se refería su padre, hacía tan solo algunos días.

Y, a paso ligero, se encaminó con el valioso hielo hacia casa de su yaya, que vivía a una manzana de distancia, en la siguiente bocacalle.

Su yaya Ángeles vivía en un piso que tenía una terraza donde Marta jugaba sola y a veces con sus primas de edades similares, cuando iban a visitar a la anciana. La terraza era, de toda la casa, el lugar preferido de Marta, pues era un espacio donde compartía con su yaya algunas tareas que le resultaban gratas. En aquel espacio abierto —ya que no había bloques de pisos alrededor, tan solo la Casa del Cargol y algunas plantas bajas—, su yaya tenía unos parterres repletos de geranios, rosas, jazmines y don Pedro de noche, con los que Marta se entretenía recogiendo sus semillas negras para guardarlas; también había algunas macetas colgadas con gitanillas rojas, lilas y blancas; tenía un arriate de unos olorosos claveles rojos y blancos, de los que Marta y su yaya hacían esquejes para trasplantar, rodeados de algunas plantas fragantes como los alhelíes y la aromática maría luisa.

En un sombreado que cubría un tercio de la terraza tenía algunas plantas que requerían poca insolación, como las pilistras, las clivias y las hortensias que tanto le gustaban y que estaban cerca de una pila de barro, a modo de maceta gigante; hasta hacía poco allí se lavaba la ropa como antaño, con la ceniza puesta sobre un tamiz, donde se abocaba el agua caliente sobre la ropa, a la que se le daba vueltas y se dejaba ablandar, para posteriormente apalearla o restregarla en el lavadero. Hacía pocos días que su yaya se había comprado una lavadora circular, de esas en la que abocaban la ropa para lavar en una cuba negra con piquitos blancos que estaba abierta y que se llenaba de agua y desaguaba manualmente; luego de un par de aclarados, había que meter la ropa por entre unos rodillos para escurrirla. Marta estaba entusiasmada con semejante artilugio. Le encantaba prensar la ropa con la manivela.

Cuando llegó a casa de su yaya, la ayudó a quitar las hojas secas, regaron las plantas con la regadera y echaron salpicones de agua con la mano, cogiéndola de un cubo de zinc, para después barrer y no levantar polvo. Luego Marta fue a lavarse los churretes de las manos con la pastilla de jabón.
—Pasa el paño por los cables, nena —le dijo la yaya Ángeles.
—¿Donde está el trapo de los cables?
—En el cesto de las pinzas, ¿lo ves?
De puntillas, porque casi no llegaba, Marta cogió el cesto de una estantería y, pasando el trapo por los cables forrados con una vaina de plástico, los limpió de izquierda a derecha; dobló el trapo y lo volvió a pasar, esta vez de derecha a izquierda. Entusiasmada, ayudó a su yaya a sacar las blancas sábanas de algodón, que había enjuagado ya del azulete, y las metieron por entre los rodillos, tras los cuales habían puesto un barreño en el que las iban poniendo ya escurridas. Marta siguió con su tarea mientras su yaya frotaba sus paños con la pastilla de jabón Lagarto en la superficie ondulada de un gran lavadero de cemento, el mismo donde Marta solía refrescarse algunas tardes, mientras jugaba con el agua limpia, que luego servía para regar las plantas, pues era un bien preciado que no se debía desperdiciar; incluso cuando llovía se apresuraban a poner cubos y barreños bajo los caños de agua del tejadillo, para aprovechar las segundas aguas, pues las primeras eran las que solían limpiar tejados y tejadillos y tenía tierrecilla e impurezas.
En un alero que había sobre la puerta de la terraza para protegerla de la lluvia, había un nido golondrinas por el que asomaban cinco bocas hambrientas, que en dos o tres días abandonarían el nido para ejercitar sus alas; era la tercera y

última nidada de aquella pareja de golondrinas que volvían cada año.

—Mira, yaya, ya van a salir del nido —dijo la niña mientras veía a los cinco polluelos apiñados en el borde del nido, donde ya no cabían.

—Sí, pero no las molestes…

Marta sabía que al mes siguiente —en los albores del período otoñal o tras las primeras lluvias abundantes—, las golondrinas se irían a recorrer el mundo, buscando lugares más cálidos para evitar el frío invierno de estas latitudes.

—Anda, nena, vamos, que es tarde para la comida —le dijo a su nieta, mientras acababa de tender las sábanas.

—Yo te ayudo —dijo Marta, poniéndose un pequeño delantal que su madre le había hecho.

Entonces la anciana se puso el suyo, cuya parte superior prendió con un imperdible a su bata, para limpiar unas caballas y adobarlas con pimentón, pues había ido a la plaza. Y lo puso en la nevera para la cena. Luego Ángeles hizo la comida en una olla de aluminio: un arroz a la milanesa, al que luego le daba forma de flan, al que le ponía trocitos muy pequeños de jamón serrano y lo mezclaba con el sofrito de tomate y cebolla; coció un huevo al agua, tiempo que medía con un reloj de arena pequeño de dos minutos que tenía en la cocina, y puso el huevo en una huevera de cerámica para comerlo con una cuchara, o mojando pan. El postre en verano solía ser melón, sandía o melocotón troceado con vino y azúcar, que siempre le servía a su nieta en un bol de plástico amarillo que le había traído de Francia, en uno de sus últimos viajes, junto a un calidoscopio con el que la niña se entretenía.

Ángeles era una mujer de talla menuda y rolliza, que gustaba de ir arreglada y elegante, siempre con las ondas de su cabello plateado bien peinadas, de peluquería, a pesar de su viudedad, tras la que fue a viajar por toda Europa con sus primos, emigrados a Francia, a causa de los conflictos de épocas pasadas. Y con ellos viajó frecuentemente varias veces al año, aprovechando su tiempo, algo inédito en aquellos tiempos; a Marta le encantaba escuchar lo que le contaba de países y culturas lejanas, mientras veía las postales que traía consigo.

Luego de comer, descansaron sentadas en los sillones orejeros del salón, hasta que bajara el calor sofocante; el salón daba a la terraza, cuya puerta abrieron para provocar corriente de air al abrir también una ventana rejada que daba a la escalera, para ver si con ello conseguían aliviar el bochorno. Y, dormitando, esperaron a que llegara la hora de la televisión, ya que en aquella época solo emitían algunas horas al día. Con la modorra del estío, Marta cerró los ojos, acomodada en el sillón, escuchando las campanadas que emitía la iglesia de la plaza. Entonces sintió el beso que su abuela siempre le daba en la frente. Y se durmió plácidamente. Tras media hora larga, se despertó sudando y vio a su yaya dormitando. Entonces fue hacia el reloj de péndulo, que estaba en una caja rectangular de madera tallada, colgado en la pared. Subió a una silla para abrir la puertecilla de cristal, cogió la llave que había colgada en su interior, la introdujo en una abertura de la esfera y le dio unas cuantas vueltas para darle cuerda, como cada día. Al bajar de la silla vio que su yaya abría los ojos.

—Es la hora de la novela, yaya.

—Ay sí… enciende la radio y coge un trozo de bizcocho o pan con chocolate que hay en la alacena.

Marta volvió a sentarse en el sillón, tapizado en granate, con una servilleta sobre las rodillas, y merendó mientras escuchaban en la radio la novela de la sobremesa. Más tarde solían escuchar el programa en el que salían Matilde, Perico y Periquín.

Riiiing… riiing

—Ya voy —dijo la yaya, mientras se levantaba para ir a abrir la puerta.

—¿Está Marta? —preguntó Catalina, una de las amigas de su nieta, limpiándose las lágrimas de su cara con el dorso de la mano, con la que pretendía ocultar un tremendo moratón.

—Sí, pasa hija. ¿Qué te ha pasado, Catalina? Ven, que te pondré un poco de agua.

—Nada. No es nada. Que me he caído. ¿Puede salir Marta? Hi… hi…. ssnnnz —dijo, sonándose los mocos.

—Entra, entra, no te quedes ahí en la escalera —dijo la yaya Ángeles.

Luego, la anciana se fue a trocear las judías verdes y las patatas que iba a hacer para la cena, pues gustaba de acostarse pronto. Y dejó a las niñas, supuestamente escuchando el cuento de la radio.

—Me voy enseguida, Marta —dijo la niña con apuro.

—Caty, ¿qué te ha pasado?

—Mi hermano mayor…

—¿Te ha vuelto a pegar?

—Sí. Y a mi madre. Tengo miedo de volver a casa… Pero si llego tarde, me castigarán. Y será peor —dijo sollozando.

—Pues te acompaño. Puedes decir que te he pedido las gomas de jugar que te di el otro día. ¿Y tu padre?

—No sé, estará en el bar o durmiendo. No lo he visto. Si es que acabábamos de entrar con mi madre en casa, que habíamos ido a comprar. Se ve que mi madre no le ha dejado dinero a mi hermano, porque sabe que se va al bar. Y por eso se ha puesto como una fiera.

—Vaya… Yayaaa, ¿tienes más pan y chocolate? —dijo Marta, alzando la voz, pues la yaya Ángeles estaba fregando.

—Sí, toma, Catalina. Anda, lávate la cara primero. Vaya lo que te has hecho.

—No se ha caído. Ha sido su hermano mayor —dijo Marta con inquietud, buscando apoyo en su yaya.

—Pues, Caty, hija, no les repliques cuando tu hermano o tu padre estén así. Que el otro día vi a tu madre que tenía un moratón en la ceja. Y le dije que, si no podía con él, que fuera al cuartelillo, que cualquier día os hacen daño de verdad. O que se volviera al pueblo con tu abuela, que no es plan malvivir así —dijo la anciana con preocupación.

—Ya fui con mi madre —dijo con lágrimas en los ojos—. Y le dijeron que esto eran problemas familiares, y que si no había sangre, no podían hacer nada. Luego, al salir del cuartelillo nos encontramos con mi padre, que salía del bar. Y le dijo a mi madre que como se le ocurriera volver allí a denunciarlo, la mataría. Se puso como un loco, empujándola dentro de la portería. La empujó muy fuerte, y mi madre se dio con el quicio de los buzones de metal y se hizo una brecha. Y a mí me dio una bofetada, y no me dio más porque corrí escaleras arriba —añadió la niña, sollozando.

—Madre mía, ¡hija, lo que estáis pasando!

—Y ahora mi madre estaba sangrando del labio, del golpe que le ha dado mi hermano. Y a mí me ha pegado porque he intentado defenderla. Y mi madre me ha dicho que me fuera… Por eso he venido aquí. No sé dónde ir.

—Hija, sí que lo siento. No sé qué decirte.

—Mi madre le dijo a mi padre que se iría con su familia al pueblo, pero le dijo que ella no iba a ningún sitio sin él. Yo me quiero ir de mi casa, a vivir a casa de mi tía Caridad, pero no puedo dejar a mi madre sola —dijo cabizbaja.

—Pues cuando veáis que vienen borrachos, os vais de casa hasta que se duerman, o que se vayan otra vez al bar, hija, no va a haber otra solución. Tu madre no ha de consentir que os peguen a ninguna de las dos. Puedes venir aquí siempre que quieras.

—Ya… gracias.

—Yaya, nos vamos a jugar un rato a la placeta, y luego
me iré para casa, que tengo deberes.

—Bueno. Como quieras —dijo, abrazando y besando a su
nieta—. Id con cuidado al cruzar la calle. Tomad, un chicle
de fresa para cada una. Y no llegues tarde a casa, Marta.
Adiós, Catalina—dijo, dándole un beso y un abrazo.

—Adiós —respondió la niña mientras mascaba con fruición.

Luego hizo una gran pompa rosa soplando, y las dos niñas
fueron compitiendo a ver quién la hacía más grande. Hasta
que las dos acabaron con la pompa explotada sobre la cara y
la nariz, riendo. Pero la risa, esa natural expresión de la in-
fancia, les duraría poco.

Al cabo de un rato, Marta y Catalina se hallaban delante de la
puerta de esta, puesto que era la hora de la cena. Marta había
decidido acompañarla, pues pensó que, al ir con ella, no le
pegarían. Y, nerviosas, picaron al timbre. Tras la puerta se
escuchaban gritos y golpes. Y ambas niñas se miraron. Las
dos tenían miedo. Una más que la otra.

—¿Quién es? —preguntaron a través de la puerta

—Madre, soy yo…

Transcurrieron unos segundos sin que nadie abriera. Pero
se escuchaba hablar tras la puerta. Luego entreabrió la puerta
Susa, la madre de Catalina, con un ojo morado y unos arañazos en el brazo y en la cara.

—Marta, mejor que te fueras a tu casa… Mejor que hoy
no entres. Vete.

—Caty ha de devolverme unas gomas que le dejé —
argumentó Marta para ganar tiempo.

Apenas había acabado de decir esto, cuando una mano ru-
da,salió de detrás de Susa y agarró de mala manera a Caty
por el brazo. Era Cantreras, su padre, que había vuelto. El
padre de Caty era un hombre delgado, con huesudos pómulos

y una barriga prominente y caída. Su tez, siempre cenicienta, solía estar cubierta por una barba dejada de un par o tres días. Y sus manos callosas, fruto del duro trabajo, cuando lo tenía, quizás lo fueran también de tantos golpes como les llegaba a dar a todos. Tal vez porque estuviera enfermo de tanto alcohol.

Entonces Cantreras dio la cara, salió de detrás de la puerta y miró a Marta con mal talante. Obligó a su hija a ir adentro, entre insultos y bofetadas.

—Hija de perra, zorra, ¿dónde estabas? ¿Eh? Pasa, pasa para dentro que te voy a reventar la cabeza, ¿cómo que no estabas ayudando a tu madre?

Susa, mirando al suelo, fue a cerrar la puerta cuando Marta puso un pie en el dintel de la puerta.

—¡Déjela!… déjela. ¡No le pegue! —le gritó al padre, mientras se colaba de improviso a casa de su amiga, aprovechando la sorpresa de Susa, que no acertó a impedirle el paso en aquel momento.

—Vete, vete —decía angustiada Susa en voz baja, empujando a Marta hacia la puerta.

—¿Qué le ha hecho Caty? ¿Por qué le pega usted así? —dijo desgañitándose Marta, muy alterada al ver como aquel hombre descargaba su puño contra aquella niña que era su amiga—. ¡Pare! ¡No le pegue más! ¿No ve que le hace daño? —dijo con firmeza Marta, a pesar de su corta edad.

Aquel hombre, incrédulo, paró de pegarle a Caty y se quedó mirando a Marta, quien le aguantó la mirada, mientras le temblaban las piernas y su respiración se aceleraba.

—Métete en tus asuntos, niña, que te voy a dar un guantazo a ti también… Mira la mocosa ésta —dijo con mal talante.

—Vete Marta, —dijo Susa con los ojos desencajados—. ¡Que te vayas!

Caty aprovechó el inciso para zafarse y, corriendo, se encerró en su habitación con llave. Porque, en aquella casa, todas las puertas tenían llave. Ese momento lo aprovechó Susa para tirarle algunos cacharros a su marido por la cabeza, gritándole e insultándolo, pues la cocina daba al recibidor y los tenía a mano, sobre el mármol blanco. Y habiéndole dado con un cazo, el hombre, que estaba bastante borracho, se tambaleó. Susa —que era una mujer recia, mucho más fuerte que su marido— lo cogió estirando de él por la camisa y el cinturón, y lo echó afuera, a la escalera. Cerró la puerta, con las mejillas encendidas y jadeando.

Marta estaba temblando ante lo ocurrido. Le costaba respirar y el corazón le latía con tanta fuerza que diríase que se le salía del pecho, y tenía las mejillas encendidas. Ella no podía entender toda aquella violencia. Pero, a pesar del miedo que la atenazaba, no había podido quedarse pasiva ante el maltrato que le habían infringido a su amiga y que había pasado delante de sus ojos.

—Este loco cualquier día nos mata… ¡Marta, tenías que haberte ido! Esto son cosas de familia. En todas las familias hay problemas. Seguro que a ti también te dan una zurra cuando haces algo mal.

—No. A mí no me han pegado nunca —respondió categóricamente Marta.

—Pues ya me extraña —dijo Susa, un tanto sorprendida por la firmeza de la contestación—. Pero escúchame bien, aunque veas así a mi marido, luego, cuando se le pasa la borrachera, no es mala persona —añadió, visiblemente afectada—. Y nos quiere mucho. Es el alcohol que lo tiene perdido.

Marta la escuchó en silencio. No entendía todo aquello que le contaba Susa. Marta no podía imaginarse que sus padres, que tanto la querían, pudieran comportarse así. Nunca lo habían hecho y estaba muy segura de que nunca lo harían. Lo que ocurría ante sus ojos era otra cosa. No era amor. No era solo el alcohol. No era un simple cachete o una riña en la que se hubieran perdido los nervios puntualmente. Marta sabía que algo parecido les ocurría a algunas otras compañeras de su clase, pero no podía ver aquello y darse media vuelta sin decir nada.

—Ahora no puedes salir Marta, que es capaz de tirarte escaleras abajo —dijo Susa mientras observaba por la mirilla, pues vio que su marido, luego de aporrear la maciza puerta, se había quedado en la escalera sentado, esperando.

—Ya saldréis… ¡Zorras, malas putas! —gritó Cantreras, tambaleándose en el rellano.

—Espérate… —dijo sollozando Susa, mientras se enjugaba las lágrimas con un pañuelo que llevaba guardado en el escote.

En eso salió Caty de la habitación, y Susa, en un arrebato, se fue para ella y comenzó a pegarle con rabia y a insultarla también. Marta, asombrada, no daba crédito a lo que ocurría.

—¿No te he dicho yo que no volvieras tarde? ¿Ves lo que has conseguido?

—¡Madre, no me pegue! Si no he venido tarde —dijo Caty desesperada, mientras lloraba sin parar, cubriéndose con los brazos la cabeza y la cara. Siempre me echa usted la culpa de todo a mí… hi hi… snzzz. —dijo la niña llorando.

—¡Susa, no le pegue más! —dijo Marta gritando y sujetándola por el brazo. Y Caty, zafándose, volvió a encerrarse en la habitación, llorando a moco tendido. Y no volvió a salir.

Susa rompió a llorar. Las lágrimas que brotaban de sus ojos negros se juntaban con sus mocos que, como chorros, resbalaban por su cara, y entonces dijo, enfurecida:

—¡Tú también tienes la culpa! Si no hubieras entrado, lo mismo su padre solo le habría dado un par de bofetadas. ¡No vuelvas más por aquí, Marta! ¿Me oyes? No quiero verte más esta casa. Puedes jugar con Caty en la calle y ya está. En menudo problema nos has metido hoy —dijo, tapándose los ojos con las manos.

—Puedo llamar a mi padre y que venga a buscarme…

—Ya no tenemos teléfono —dijo, mirando el aparato roto que había sobre el aparador, con el cable arrancado—. Tengo que bajar a la cabina de la plaza si quiero llamar. Y ahora ¿qué hacemos? No puedes salir mientras esté ahí, que nos mata a palos a las tres. ¡No se caerá por las escaleras y se abrirá la crisma! Dios me perdone. Me voy a volver locaaaaaaaa… ¡Aaaargggg! —gritó fuera de sí, tirando varios objetos del aparador contra la puerta.

Y, con la mano sujetándose la cabeza, Susa, derrotada, se sentó apoyada sobre la mesa de aquel humilde comedor, mientras ella y Marta escuchaban en silencio a su marido, que seguía aporreando la puerta, profiriendo insultos, a cual más soez. De repente, Susa miró a Marta, y con una súbita energía se dirigió hacia la habitación que daba al cielo abierto de la finca. Abrió la ventana y comenzó a gritar.

—Antoniaaaaa, Antoniaaaa —gritó Susa por el cielo abierto a la vecina del piso de abajo, cuyo marido frecuentaba el bar con Cantreras.

—¿Susa? ¿Qué te pasa? ¿Qué quieres?

—Vete al cuartelillo y di que hay unos hombres que están robando en los pisos del tercero… ¡corre!

—Por los clavos de Cristo, ¿es eso verdad? No me digas —dijo la vecina con angustia.

—¡Ve y no te entretengas! Y ojea por la mirilla antes de salir, no sea caso que te los encuentres en tu rellano. Y si ves a mi marido, tampoco abras, que tiene un mal día.

—Ya… Ya he oído que ha vuelto. Se ha oído por toda la escalera. Voy enseguida…

El engaño de Susa surtió efecto. Y al poco aparecieron dos guardias civiles picando en las puertas del tercer piso de aquellas viviendas antiguas, de escaleras empinadas y un cielo abierto repleto de vecinas de buena voluntad. Cantreras, al ver a la pareja de guardias civiles, bajó las escaleras sin llamar demasiado la atención, como cualquier vecino borracho, y se fue a la plazoleta a tomar el aire, esperando a que se fueran. Susa bajó con Marta, resguardadas detrás de los guardias civiles —que despotricaban por la falsa alarma—, y aprovechó para acompañarla hasta la calle. Y allí, en un banco de la plaza, vieron a su marido durmiendo la mona. Y Marta pudo volver a su casa, un poco tarde, eso sí.

Les explicó a sus padres lo ocurrido.

—No has de volver a hacer una cosa así, Marta. Está bien que hayas querido defender a tu amiga, pero nos lo has de decir a nosotros. Somos los mayores los que, si esto tiene solución, debemos tomar cartas en el asunto. Podía haberte hecho mucho daño ese hombre —añadió su padre con preocupación—. Esto no puede volver a pasar.

—Vale —dijo Marta cabizbaja, pues pasado aquel suceso, se dio cuenta de que ella también había corrido peligro, como su padre le estaba diciendo.

—Ahora mismo voy a hablar con él. Como te toque un pelo, se va a enterar.

—No, papá, no vayas. A mí no me ha hecho daño. Déjalo.

—No vayas, Ramón —dijo Paquita—, que lo mismo luego les pega más, visto lo que ha contado la nena. Ya hablaré yo con su madre cuando la vea —argumentó Paquita, siempre conciliadora—. Y, si es menester, ponemos una denuncia.

—¡Y tanto que voy! No voy a provocarle, pero quiero que sepa que tú eres intocable. Marta, sé que quizás no entiendas esto que pasa, pero no quiero que vuelvas a ir a casa de tu amiga. Lo siento por ti, porque es tu amiga; y lo siento por ella y por su madre.

—Sí, pero… ¿y si le vuelven a pegar? —dijo Marta, intuyendo que su pregunta era una certeza.

—Esto lo ha de arreglar la policía o el psiquiatra; o Susa, yéndose y llevándose a su hija a vivir lejos de aquí, o acabaran muy mal. Sé de lo que hablo. Yo tenía un tío que…. ¡Qué más da! Siempre dan malvivir. Si quieres jugar con ella, que venga aquí a casa, o jugáis en la calle. ¿Queda claro?

—Sí, papá.

Pasó algún tiempo en que los moratones, los ojos hinchados de tanto llorar y las ausencias del colegio de Caty seguían siendo frecuentes. Los días de juego en la calle se espaciaron. Susa pasó un día a hablar con los padres de Marta para disculparse. Llevaba gafas de sol. Les dijo que su marido enloquecía con el alcohol, pero que no era mala persona; y que sentía todo lo ocurrido.

El destino quiso que el padre de Caty se enfermara unos meses más tarde y muriera. Su hermano hizo la mili y se casó, porque había dejado preñada a su novia, por lo que dejó descansar de golpes a su madre, que no a su mujer. Caty, la amiga de Marta, solo tuvo contactos esporádicos y breves a partir de aquel suceso.

Al cabo de un tiempo, Caty se emancipó, casándose muy joven, a los dieciséis años, con un buen chico, muy trabajador y mayor que ella, pero que también le puso la mano encima. Y al poco de casados, se fue con otra. Caty volvió a vivir a casa de su madre viuda, que vivía sola y tranquila. Las dos tenían trabajo limpiando. A pesar del duro trabajo, su madre y ella comenzaron incluso a sonreír, iban mejor vestidas y arregladas, y frecuentemente salían a pasear. Parecía que a Susa le habían quitado veinte años de encima. Y ya no llevaba gafas de sol. Al cabo del tiempo se fueron a vivir a otro barrio, para olvidar y comenzar una nueva vida.

Pasaron algunos años sin que nadie supiera de ellas. Un día de verano, Marta se encontró a Caty fortuitamente, saliendo del metro; y le dijo que su madre había muerto súbitamente hacía unos meses y que su marido, luego de dos años de andanzas, había vuelto con ella; le había pedido perdón y le juró que cambiaría, aunque ella pensaba que quizás volvió porque estaba enfermo. Marta escuchaba la voz en off de su amiga, mientras miraba a Caty, que bajaba la capota del cochecito de bebé que llevaba para enseñarle a su hija: una niña de un año más o menos, a la que había llamado Susa. Marta vio que la niña tenía un moratón en la pierna y otro en un bracito. Caty le dijo que se había caído de la cuna y mantuvo una conversación breve y trivial que apresuró a cortar, diciéndole a su antigua amiga que tenía prisa, que iba al médico. Marta le dio su número de teléfono por si algún día quería quedar para charlar con más tranquilidad, o por si necesitaba algo. Aquel día, Caty llevaba gafas de sol.

Unos días después, sonó el teléfono en casa de Marta y escuchó la respiración de alguien al otro lado de la línea.

—¿Caty? —preguntó varias veces y, tras esperar a la escucha, quien fuera que estuviera al otro lado colgó el teléfono; nadie le había contestado palabra alguna. Nunca supo si el silencio al otro lado del teléfono era de Caty o de su marido. Y desde entonces, nunca más volvió a saber de ella.

El periódico de la época, El Caso, dio fe de ello, aunque seguramente no cabrían todas las víctimas en las páginas de sucesos de la tirada diaria de la prensa.

Marta supo desde niña que este fenómeno persistiría, pues se lo recordaban los cientos de mujeres que morían cada año o que sufrían maltrato y vejaciones; y las que estaban desaparecidas también. Ha transcurrido medio siglo. Quizás, un día cualquiera de verano, como tantos habían compartido juntas, Caty fuera una de ellas…

LA VIUDA DE HICKOT

Ana Sicosi pasó de nuevo el plumero sobre los estantes de cristal y las figuritas, que apenas hacía diez minutos había repasado por enésima vez. Anduvo por todo el pavimento contoneando las caderas, pues arrastraba con los pies unas gamuzas para abrillantar el suelo —que lucía ya como un espejo—, escudriñándolo obsesivamente para recoger cualquier minúscula pelusa que pudiera haber con una cinta adhesiva. Luego repasó una pequeña arruga que había en el cobertor de la cama, y volvió a alisarlo con las manos. Colocó el despertador en un ángulo adecuado, como para ver perfectamente la esfera desde la puerta, y exclamó:

—¡Perfecto!

Seguidamente se fue a la cocina para preparar la comida, cortando a cuadraditos las verduras. Pasó la bayeta por la encimera a cada gota que caía. Limpió y relimpió las copas de cristal con un paño, y puso su mantel preferido, el de color blanco. Contempló aquel comedor impoluto y revisó la mesa repleta de alimentos, colocados simétricamente. Se quitó el delantal y se lavó las manos. Cogió la ropa del galán de noche, y retiró un cabello rubio del hombro del jersey, llevándolo como si fuera algo apestado, a pesar de que era suyo. Fue hacia el baño y tiró aquel pelo en el váter; y volvió a oler insistentemente el jersey que se había puesto limpio por la mañana. Finalmente, lo echó en el barreño de la ropa sucia. Y se duchó. Se peino y repeinó. Se maquilló y se vistió para la ocasión con un vestido granate que ceñía su largo talle. Y se lavó las manos.

¡Ding Dong!

—Hola, Alfred. Llegas puntual. Eso es nuevo. Pasa.
—¿Que tal estás, Ana? —dijo con la habitual mirada templada que emitían sus negros ojos.
—Bien. Dame el gabán. Y no me mires así, que sabes que no lo soporto —dijo ella con una actitud inflexible.
—Pues sí, he venido con tiempo. Traigo los papeles del divorcio, tal como quedamos.
—Sí. Ya he visto que no los has olvidado —dijo ella con ironía—. Hablamos luego de la cena.
—¿Y estos trastos? Parece que estés de mudanza —dijo extrañado, mirando inquisitivamente hacia un armario grande, una butaca de piel, un par de maletas y una bolsa de viaje que estaban colocados en el rincón del amplio recibidor de aquella antigua vivienda.
—Estoy esperando al transportista. Me voy un par de meses a mi casita de la playa.
—Te irá bien distraerte un poco.
—Lo que tú digas —le contestó secamente.
—Uff —resopló Alfred, fatigado por la férrea actitud de Ana, que persistía en aquella sinrazón.
—No es distracción lo que necesito —le contestó enrabiada.
—Es mejor para los dos que esta situación se acabe, Ana —dijo, conminándola a que razonara—. No tiene ningún sentido seguir ligados por los papeles. Ya hace meses que no vivimos juntos —insistió, ansioso por acabar con aquella pesadilla, como le había recomendado su abogado.
—Eres tú el que lo ha querido acabar, liándote con *esa*. Yo era un ama de casa felizmente casada —dijo dolida.
—Anda va, no empieces. No quiero discutir. Sabes de sobra que lo nuestro se acabó hace tiempo —dijo en un tono zalamero—. Esto no es una guerra. Se acabó y ya está.
—Lo que tú digas, —añadió ella con su habitual retintín.

—Hubiera sido mejor vernos en un restaurante, como te propuse. Quizás hubiera sido más fácil para ti el hecho de que habláramos en un lugar neutro.

—No es fácil de ninguna manera, puesto que yo no he buscado esta situación —recalcó mientras recogía un mechón ondulado de su cabello rubio y lo fijaba con un par de horquillas en su moño—. Donde yo mejor estoy es ¡en mi casa! —añadió, cargando de intención lo que decía.

—Humm —susurró Alfred, mientras olía el aroma que emanaba del horno, en un intento de forzar un halago que suavizara la tensión creciente que se mascaba—. ¡Qué buena pinta tiene ese asado! Por cierto, veo que has cambiado la decoración. Has dejado el piso precioso. Toma, —dijo mientras sacaba un carísimo caldo de un estuche de gourmet—, es ese vino que te gusta tanto —dijo, intentando calmarla.

—Gracias. No tenías por qué traer nada. Ya hay una botella abierta en la mesa, para hacer una sangría.

—Esta es de una añada especial. ¿Dónde está el sacacorchos?

—Ahí, en el primer cajón. Procura no manchar nada —dijo en un tono seco y peyorativo, mientras se lavaba las manos.

—Ya veo que sigues siendo muy exigente con la limpieza —dijo Alfred, recordando los sinsabores de su vida en común, por su constante obsesión por limpiar y limpiar sobre limpio—. Te dejo los papeles en la mesilla del salón, para luego, no vayan a mancharse —dijo, para dar pie a conversar sobre el tema.

—Sí, mejor será.

Qué insufrible ha sido convivir con Ana, pensó Alfred, mientras descorchaba la botella. Harto acabó de su maniático orden y de que todo estuviera controlado y en su sitio siempre. A todas horas. Todos los días. Año tras año. Tanto, que Ana nunca disfrutó de nada de lo que le rodeaba, incluido él mismo. Tan ensimismado estaba, que le dio mil vueltas a aquel artilugio de metal y cayeron al suelo unos trocitos de corcho. Miró de soslayo a su todavía consorte, Ana lo estaba mirando fijamente, y sus ojos cambiaron su expresión y se enrojecieron de pura rabia al contemplar aquella *sucia* escena. Frunció el entrecejo y apretó sus mandíbulas, en una mueca espantosa. Alfred se puso nervioso, consciente de que Ana iba a montar en cólera de un momento a otro, pues esta situación no era nueva para él.

—Lo siento. Ahora mismo lo recojo —dijo azorado, mientras acababa de descorchar la botella.

¡Dup!

Pero una gota de vino salpicó el blanco mantel. Y Alfred oyó tras él la iracunda voz de Ana, que, fuera de sí, precipitó un rápido e inesperado desenlace para él.

—¡Pero qué torpe! Seguro que a *ella* no le manchas el mantel —gritó enajenada.

En ese momento, Ana troceaba matemáticamente, con mal talante y con un afiladísimo cuchillo, los cítricos y las frutas para la sangría. Súbitamente, dirigió una mirada sesgada hacia Alfred, que estaba de espaldas a ella. Levantó su brazo con inquina y, abalanzándose sobre él, emitió con rabia un sonido gutural:

—¡Arrg!

—¡¡Aaaj!! Ahhh. Pero ¿qué haces? —gritó Alfred al sentir un fuerte golpe en la espalda que le hizo caer de bruces, sin saber qué le estaba ocurriendo.

Alfred intentó levantarse, pero Ana le trabó las piernas, por lo que su todavía marido volvió a caer. Ana, desde atrás, levantó el cuchillo una y otra vez, descargándolo con una fuerza inusitada en su costado.

—Ahh Ahh, Ahhjjj —jadeaba Alfred, con una respiración entrecortada—. ¡Ana! ¡Déjame! ¡Sueltaaa, cabrona! —gritó, mientras forcejeaba con ella para tratar de inmovilizarla.

Pero una certera puñalada le quitó el resuello y las fuerzas. Alfred se ahogaba…

Ana Sicosi se separó súbitamente de él, dejando el cuchillo clavado y mirándolo fijamente. Impasible y en silencio; un silencio tan solo interrumpido por un hondo jadeo. Y luego suspiró. Ana se limpió la mano ensangrentada bajo el grifo, secándola con un paño de cocina que colgaba de su delantal. Y se quedó esperando, sin dejar de mirarlo.

En un arrebato de dolor, Alfred —que había logrado apoyarse en la encimera de la cocina— llevó su mano al costado y esta quedó teñida de sangre. El rojo líquido fluía a borbotones y chorreaba por su camisa y pantalón hasta sus pies.

—Ahhsssh, Ana. Annn… —masculló Alfred con un hilo de voz, mientras extendía débilmente su mano hacia ella, desplomándose en el suelo.

Sin fuerzas ni para hablar, un resuello escapó de los labios de Alfred al brotar un chorrito de sangre de su boca. Un sonido sibilante delató la gravedad de la herida infringida. Miró a su esposa, implorándole auxilio.

Ana estaba de pie, seguía impasible frente a él. Y lo miró con desdén. La lánguida mirada de Alfred pareció revivir súbitamente, pues sus pupilas se dilataron. Pero esto fue el anuncio de un inminente y fatal desenlace. Luego, su mirada se apagó y sus pupilas vidriosas quedaron fijadas en su asesina.

Ana, imperturbable y con una parsimonia espeluznante, se puso unos guantes, un mandil más grande y unas zapatillas. Cogió un par de rollos de servilletas de papel para empapar y recoger el charco de sangre que rodeaba el cuerpo inerte de Alfred. Tiró el papel ensangrentado al cubo de la basura, el cual había puesto a su vera, para evitar cualquier desaguisado, ya que no podía ensuciar nada. Con cierto reparo, apartó el brazo de su consorte y cogió el mango del cuchillo, sacándolo limpiamente. Lo dejó en la pica de la cocina. Y lo lavó. Y se lavó las manos. Se quitó las zapatillas y fue a buscar, descalza, una gran alfombra que guardaba en el armario que había en el recibidor. Volvió. Se puso las zapatillas. Hizo rodar el cuerpo de su marido. Acabó de enrollar a Alfred en aquella tupida mortaja adamascada, y enfundó los extremos del siniestro rollo con unas bolsas de basura; y los precintó con cinta americana. Fregó y refregó el pavimento. Y se lavó las manos. Puso una lavadora con la ropa manchada de sangre, rociándola previamente con agua oxigenada. Acabada la tarea, se volvió a duchar y se cambió. Con paso firme, anduvo hacia la mesilla del salón. Entonces cogió los papeles del divorcio y los rompió en mil añicos. Y los tiró al váter, mirando complacida cómo desaparecían con el remolino de agua. Y se lavó las manos. Un olor a requemado la rescató de su ensimismamiento y le hizo mirar hacia el horno…

—¡Maldita sea! —exclamó con rabia, apretando las mandíbulas.

Una vez apagado el horno, se sentó a contemplar a su difunto marido, convenientemente empaquetado, y dijo indignada y en voz alta:

—¡Ya sabía yo que me ibas a fastidiar la cena!

UN MEDALLÓN DE ARMAS TOMAR

Recogí el joyero de encima del tocador con cierto esmero, para no dejar huellas en la superficie de la bonita pátina. Alcé la cadena de un precioso medallón y contemplé las filigranas de oro donde estaban engarzados tres diamantes de tamaño considerable, y contemplé sus destellos, mientras rumiaba lo que podría hacer con lo que me dieran por él. Tras un titubeo, decidí por fin metérmelo en el bolsillo, y separarlo del resto de las joyas, pues esta era como un carnet de identidad y no podría salir al mercado tal cual, o sea que no me quedaba otra salida que fundir aquella pieza y transformarla en material de odontología y medicina, y para engarzarlo en nuevas joyas. Un mercado inagotable. Por algo me llaman Azogue.

—¡Alto! ¡Manos arriba!

A voz en grito, Cad, el agente de seguridad de aquella mansión —que había aparecido de la nada—, me sorprendió y me dio el alto, encañonándome con una pistola. Inmediatamente, alcé las manos, no fuera caso que se pusiera nervioso…

—¡Ostras, qué susto me ha dado! —dije.

—Si te parece, otro día te aviso primero —contestó el agente con sorna.

—Tranquilo, hombre, vaya, que me ha pillado. Pero déjeme ir, que lo devuelvo todo. Que no quiero complicarme más la vida.

El *segurata* sonrió, diciendo irónicamente:

—¿Que lo vas a devolver? Ahhh, ¡entonces es porque ya lo has robado! Esto es un delito flagrante. ¡Te he pillado! O sea que dame la bolsa con las joyas. ¡Ah!, y el medallón que te has metido en el bolsillo también. Y no te pases de listo —dijo, amenazándome con la pistola.

Resoplé contrariado, pues me habían pillado con las manos en la masa. Y bien. ¡Por imbécil! Pero, instantáneamente pensé en que ocurría algo raro. No había oído la alarma de la casa. Era extraño todo aquello, porque acababa de recordar que yo la había vuelto a conectar por si entraban los dueños, para que no me sorprendieran —precisamente— robando.

El guardia, entrado en años, se atusaba su rubio tupé mientras telefoneaba a la central para que enviaran un relevo a la casa de los Van Quete. Y escuché con atención lo que podía pillar de aquella conversación. Nunca se sabe.

—Ya me ocupo de rellenar el atestado, jefe. Ahora mismo lo llevo para comisaría. No se preocupe, está todo controlado —añadió, alardeando de su hazaña—. Y tú, trae las manos y ponte las esposas sin hacer tonterías, que te vuelo la cabeza sin pensarlo dos veces.

—Pues ya verás como justificas el matar a un hombre desarmado. Yo no llevo armas nunca. ¿No sabes quién soy?

—¡Cállate! —dijo, poniéndome el cañón en la sien.

Cad cogió la bolsa de las joyas y el medallón también. Luego me dio un empujón para forzarme a que me metiera en la parte trasera de su ranchera, donde también me esposó un pie al armazón del asiento, a pesar de que tenía la reja de seguridad entre él y yo.

—Ayyy… ¡Tío! Yo solo robo. No soy un criminal.

—Ya te conocemos de sobras. No te hagas más propaganda, muerto de hambre.

—Podía haberme dejado ir, al fin y al cabo, ha recuperado el botín —dije, intentando convencerlo.

—Cállate. No quiero oír ni una palabra más. Esto es una medalla para mi carrera. Lo que estaba esperando —respondió mientras se ponía las gafas y arrancaba el coche, con luces y sirena incluidas—. Esto supone mi ascenso. Los

Van Quete son una familia millonaria muy influyente en todo el estado, y sabrán agradecérmelo de una manera u otra —concluyó satisfecho.

—Lo que tu digas, Cad —murmuré con desgana, tuteándolo, pues no se merecía más.

¡Vaya fastidio! ¡Y encima un ascenso a mi costa y sin haberme agenciado nada! Ya era mala suerte. Al cabo de unos diez minutos, quizás algo más, llegamos a la comisaría; y el guarda de seguridad entregó la bolsa de las joyas al oficial de guardia. A mí me encerraron en el nuevo calabozo de admisión —una especie de jaula como las del zoo—, ubicada frente del mostrador de la recepción. Desde allí vi cómo en la mesa de la oficina más cercana a mi jaula hacían el recuento de las joyas y su registro; y también vi que, con cierto disimulo, el policía que hacía el recuento se metía el medallón por debajo del pantalón mientras se agachaba para atarse los cordones, y así lo coló por la caña de las botas. Un antiguo truco. El caso es que vi que no había registrado el medallón con el resto de joyas, pues eran once, y solo rellenó hasta la casilla diez… ¡a mí me la iba a dar!

—¡Cabrón! Deja eso ahora mismo —grité en tono amenazante—. No tienes vergüenza, hacer eso delante de mí, estando yo aquí dentro, encerrado… ¡Malnacido! ¿Serás caradura? —le increpé, indignado por la afrenta.

—¡Azogue, cállate! —dijo Tom de malas maneras.

Quise protestar oficialmente, pero su compañero lo había visto también y le advirtió que lo metiera con el resto o tendría que delatarlo. De mala gana, el truhán lo dejó metido dentro del sobre, del que sobresalía colgando un buen trozo de la cadena. Y así quedó sobre la mesa, entre los papeles del informe, en los cuales aquel policía no había hecho constar el medallón, para que no constara como entregado en la comisaría, con lo cual, Cad cargaría con el muerto si lo averiguaban, ya que yo no lo tenía. Y eso sí que lo podía demostrar, pues ellos me habían cacheado por dos veces antes de meterme en la jaula. Y constaba.

—Anda, vámonos de aquí, Tom. Te evitarás tentaciones. ¡Chico! ¿En que estabas pensando? —le recriminó su compañero.

En ese momento entró el jefe con el poli de admisiones, pues habían salido a fumar un cigarrillo a la puerta de la comisaría mientras esperaban a *nosequién*, y les oí decir:

—Jefe, nos vamos a hacer la ronda —dijeron cohibidos.

—Que haya suerte, muchachos.

Los dos policías salieron a patrullar por el barrio, mientras Mártin —el poli del mostrador al que también conocía yo de mis anteriores visitas —un buen chico—, se iba derechito a la máquina de los refrescos. Entonces el jefe, se dirigió a su despacho con un par de personajes trajeados tras él, que justo acababan de entrar en la comisaría. Y le dio una voz al que estaba en la máquina:

—Mártin, tráenos tres colas, ya que estás ahí. Luego te lo doy.

—Enseguida, Jefe.

—Tráeme una a mí también —dije para provocarlo y distraerme un poco.

—Mejor que estés calladito, Azogue.

Toc, toc.

Mártin les llevó las colas al despacho, y oí perfectamente la conversación, pues en la comisaría solo estábamos ellos y yo, y las voces resonaban por doquier.

—Pasa, pasa. Mártin, déjalas sobre el archivo que ahora las cojo. Gracias —dijo el comisario, mientras atusaba un fajo de papeles para dejar ordenada la mesa—. ¡Ah!, y, por favor, que no nos molesten. Nos quedamos aquí, que ahora están limpiando la sala de reuniones —dijo el mandamás.

90

—Ya me ocupo. No se preocupe, jefe —contestó el muchacho, mientras cerraba la puerta de cristal opaco y regresaba a su puesto tras el alto mostrador, por el que, cuando escribía, tan solo se veía una parte de su cabello despeinado al estilo afro.

Cad, el que me había detenido, estaba allí, sentado en silencio, rellenando algunos papeles, esperando que llegaran los dueños de la mansión que custodiaba. ¡A mí me iba a engatusar a estas alturas! Yo me había dado cuenta de que él, desde la mesa de atrás, también había visto la maniobra de Tom, el policía que había salido a hacer la ronda, pero, por algún motivo, no había dicho nada. ¡Maldito corporativismo!

La razón se desveló unos minutos más tarde. En esto de los robos, la paciencia es crucial, ya lo decía mi padre. Cad se acercó pues a la mesa, andando con desparpajo y con disimulo, ajustándose el cinturón del uniforme bajo su voluminosa barriga. Entonces vi cómo se apoyaba en el escritorio y registraba el medallón en la casilla once. Luego, haciendo ver que se le caía un bolígrafo, jaló la cadena, que hizo deslizar el medallón del interior del sobre, que fue a caer por entre los papeles arrugados y las latas de refrescos que había en la papelera al pie de la mesa, con la evidente intención de recuperarlo más tarde. Y se sentó en aquella mesa, apoyando los pies sobre la papelera. El muy… ¡Y yo sin poder decir nada! ¿Quién me iba a creer?

En eso, salió de improviso la señora de la limpieza de la sala de reuniones y se puso a limpiar la mesa en que había estado antes el guarda; y vació la papelera en el carrito de limpieza, mientras miraba el gran reloj que presidía la pared de la comisaría. Entonces, al tiempo que canturreaba, bajó la mirada y vio que el guarda tenía los pies apoyados sobre la papelera y haciéndose el distraído, ya que el *guardrón* lo que pretendía era que la mujer se fuera a otro sitio a limpiar. Pero Carmen, la mujer de la limpieza —que era mucha Carmen—, viendo que la papelera estaba a rebosar de papeles y de latas, le dijo:

—Perdón, que no me había dado cuenta que no la había vaciado. Tendrá usted que apartar los pies…

—No se preocupe, déjelo; si tiene faena lo puede hacer luego. A mí no me molesta —dijo Cad, en un intento fallido de disuadirla.

—Que le he dicho que tengo que hacerlo ahora, ¡saque los pies!

Y aquella rolliza mujer hispana sustrajo bruscamente la valiosa papelera de debajo de los pies del guarda —que en un respingo los levantó a la fuerza—, y vació dc golpe la papelera en la bolsa gigante del carrito de la limpieza, que llevaba pegado a ella como si de la concha de un caracol se tratara. Y la volvió a dejar de mala gana en su sitio. ¡Vaya genio que tenía Carmen! Luego se fue canturreando una canción de moda muy apropiada, que salía del auricular del *emepetrés* que llevaba en el bolsillo de su bata: *qué la detengan, que es una peligrosa… na-na-na-na-nanana… na-na-na-na-nananaaa…*

—¡Uy!, qué tarde es —exclamó la limpiadora, apagando el aparatito. Se quitó la diadema con que sujetaba su largo cabello castaño y fue hacia el ascensor, con tan mala fortuna que este se acababa de averiar.

Al menos me estaba distrayendo en mi estancia en la celda. Era un no parar de despropósitos.

—¡Dios bendito! ¡Auiíta! Lo que me faltaba. ¡Con lo tarde que es! ¡Máaartin! —gritó—. ¡Que se fundió el ascensor de nuevo! A ver cómo bajo yo el carro al sótano para tirar la basura —dijo con fastidio.

—¿Otra vez? Pues déjalo en un rincón que no estorbe. Ahora mismo llamo para dar el aviso.

—Pues me voy, que llego tarde a limpiar a casa del comisario. Dejo el carro en el almacén. —Y, dicho esto, sacó su juego de llaves, metió el carro y cerró la puerta.

—Eso. Que ya sabes que el jefe no quiere ver cosas por enmedio, desde que aquel chaval de Texas cogió un bolígrafo de la basura y casi que se lo clava en el cuello a Madison.

—¡Vaya susto el de aquel día, chico! Ni me lo menciones. *¡Virgensita!* Que malaje… —dijo, haciendo aspavientos.

—Déjalo ahí. Está bien. Hasta mañana, Carmen

—Chao, que lo pases bonito.

Sonreí ante los vericuetos que el destino iba poniendo delante de mis narices, pues el almacén estaba frente a la jaula donde yo estaba confinado, desde donde me parecía estar viendo una película. Cad se sentó en una de las mesas, sujetándose la cabeza entre las manos y desesperado ante la pérdida del suculento medallón.

—¿Estás bien, Cad? —pregunto Mártin una de las veces que levantó la cabeza del ordenador, al verlo tan decaído.

—Sí, gracias. Tengo un poco de jaqueca y los Van Quete ni han aparecido para formalizar la denuncia ni me han llamado. Y estoy muy cansado.

—Si necesitas algo, dilo. Como si estuvieras en tu casa, ya lo sabes.

—Ya lo sé. Gracias, Mártin.

Visto lo visto, pensé que el destino no es más que un cúmulo de casualidades. Y me tumbé en el catre sonriendo. ¡¡Lo que estaba dando por culo aquel medallón!! A duermevela oí que el guarda atendía una llamada de los dueños de la casa donde yo había robado, aunque esta aseveración era un tanto controvertida a estas alturas.

—Mártin, que me voy por fin. Los señores prefieren que me acerque yo a la mansión. Me llevo los papeles para que los firmen. Mañana te los traigo.

—Okey. Que te vaya bien, Cad. ¡Buen trabajo el de hoy! —dijo, levantando el pulgar de la mano para enfatizar la felicitación.

—Adiós —dijo el guarda, dirigiéndose apresuradamente hacia la puerta de la comisaría, mientras murmuraba unas palabras ininteligibles entre dientes.

—Mártin, tengo que hacer esa llamada a la que tengo derecho.

—Vale, ahora cuando termine, que seguro que mucha prisa no tienes.

Como siempre, yo saldría al día siguiente tras los papeleos y el ineludible pago de la fianza, que Caridad, mi ex−mujer, seguía pagando religiosamente cada vez que me pillaban, como si de un voto eterno se tratara.

Por la mañana firmé los papeles pertinentes de mi libertad provisional sobre el mostrador, pues a primera hora, antes de irse a trabajar, Caridad ya había hecho el ingreso en efectivo, —puntualmente, como siempre—. Entonces observé que Carmen entraba a trabajar a su hora y acudía derechita al almacén; sacó del carrito la bolsa de basura del día anterior. Luego cogió el ascensor —que ya estaba arreglado— para dejar el carro en la zona de servicios y mantenimiento; de ahí saldría a la calle por la puerta del garaje de los coches, un recorrido bien conocido por mí, puesto que ya me había escapado por allí dos veces, haciendo su mismo itinerario. Por ese motivo habían puesto la jaula donde estaba ahora, seguramente para verme mejor.

La cuestión es que, unos minutos más tarde, mientras esperaba que me dieran mi copia, vi a través de los cristales de aquellos grandes ventanales que Carmen estaba ya fuera de la comisaría y que iba derechita a tirar la bolsa que arrastraba al contenedor de basuras que estaba frente a la puerta principal, pero al otro lado de la calzada.

En la acera de enfrente, apoyado en un árbol, cerca del contenedor, Cad estaba al acecho. Y vi que encendía un cigarrillo para hacer tiempo. El muy… Estaba claro que el *guardrón* que me había trincado también esperaba para hacerse con parte del botín impunemente. Mártin, que doblaba turno, me dio la copia.

—Espero no verte más por aquí, Azogue. Que mucha suerte estás teniendo. No la tientes.

—Lo que tú digas —le contesté con retintín—.

En ese momento yo salía tan pancho a disfrutar del aire libre, pero, mientras bajaba por las escaleras del amplio portal de la comisaría que daba a la calle, llamó mi atención el chirrido de los frenos del camión de la basura. Y entonces escuché la voz chillona de la limpiadora, que se había parado a recoger unos papeles de propaganda que había tirado un coche por la calle.

—¡Robert! ¿Trabajas con el basurero? —dijo, a voz en grito y con cierta familiaridad, a un chaval que, justo en ese momento, cogió el contenedor de la basura y lo puso en el mecanismo elevador del camión, volcándolo en la cuba.

Cad y yo nos observábamos fijamente, pues ambos estábamos a la expectativa de que la mujer tirara la bolsa en el contenedor que ya estaba vacío. Pensé rápidamente en cómo hacerme primero con la bolsa, cuando oí la voz del muchacho que, girándose, saludó a la mujer de la limpieza.

—Hola, tía Carmen, ¡ya ves!, comencé la semana pasada. Me han dado un contrato de tres meses. Dame esa bolsa, que ya la echo yo.

—Qué bueno, hijo, ya me contarás, que tengo trabajito ahí dentro —dijo, señalando la puerta de la comisaría.

—Pasaremos el domingo por tu casa. Guárdame un trozo de tarta.

—Okey, mi amor, os espero el domingo. Dale un achuchón a mí hermanísima. ¡Chao!

El chaval, que acababa de dejar el contenedor vacío en su sitio, cogió la bolsa que llevaba su tía, y el desgraciado, en vez de tirarla al contenedor, ¡la lanzó a la cuba del camión!, lo cual tiró todas mis expectativas por el suelo. Y las de Cad también. El chaval, ajeno a las consecuencias de aquel desatino, sonriendo dijo adiós con la mano a su tía; se subió de un salto al camión y desapareció en la esquina de la primera bocacalle.

Cad y yo corrimos desesperados detrás de aquel valioso camión, pero no hubo forma de pillarlo —pues iba cargado hasta los topes, y seguramente puso rumbo al vertedero estatal, que estaba unos treinta kilómetros al norte, pues pasó de largo varios contenedores de la misma calle, que estaban por vaciar.

El guarda y yo nos fuimos cada uno por su acera, echándonos mutuamente una mirada fulminante. Tras dar una soberbia patada a una lata que rodaba por la calle, y muy enrabiado, fui para mi apartamento a emborracharme. ¡Acusado de robo y sin haber robado nada, por primera vez en mi vida!

—¡Maldita sea! —dije en voz alta, algo inusual, ya que soy hombre de pocas palabras.

Un par de días más tarde, recuperado ya de la cogorza, me senté en un banco de un parque infantil que había en un barrio acomodado de la otra punta de la ciudad, mientras vigilaba los movimientos y rutinas que cotidianamente ejecutaban los empleados de la oficina bancaria que tenía justo delante, en la acera de enfrente. Un anciano que estaba sentado a mi lado se dejó en el asiento del banco un periódico del día. Y lo cogí para entretenerme.

—¡Maldita sea! —dije a viva voz mientras leía un titular inédito, en el que se veía la fotografía del medallón robado y un artículo escrito al pie, que leí con fruición:

Madison Press. Misisipi.

El Departamento de Medio Ambiente alerta de que se están produciendo envenenamientos masivos de alimañas con estricnina

Extraño suceso en el roble centenario:

Una ejemplar de urraca (*Pica Hudsonia*) muere al atragantarse con un valioso medallón.

Desde hace unos días, en el perímetro boscoso de nuestra localidad, entre el Catalina Golf club y St. Carolina Village —donde residen los Van Quete, los acaudalados millonarios—, han aparecido varios zorros y un par de buitres muertos por este envenenamiento. Incluso ha aparecido en el hermoso roble centenario de nuestra localidad una familia de urracas muertas en su nido, rodeadas de algunos anillos y monedas que se encontraban en él, pues a estas aves parece que les atraen los objetos brillantes.

Los investigadores —una vez analizados los cadáveres— han concluido que, de nuevo, el uso furtivo de la estricnina ha sido la causa de la muerte, también de estas aves. El estudio forense revela que, sin embargo, una de ellas murió precozmente antes de que el veneno surtiera efecto, a causa de un atragantamiento provocado por un medallón de diamantes de incalculable valor.

Como curiosidad por lo excepcional de este suceso, se ha sabido que dicho medallón se hallaba desaparecido inexplicablemente desde hace unos días de la custodia de la comisaría del distrito.

Según fuentes de la propia comisaría, el medallón no se registró como prueba de un delito de robo en la finca del millonario, aunque sí que fue visto en la comisaría por Mártin, el policía al frente de las admisiones.

No se ha podido demostrar con posterioridad a la detención del presunto ladrón, que dicho medallón, que fue entregado en la comisaría y registrado junto al resto de joyas robadas, presuntamente pudiera haber sido sustraído por alguno de los agentes de la comisaría que, hipotéticamente, podían haber estado implicados en el caso; también se barajó la posibilidad de que estuviera implicado el propio guarda de seguridad de la mansión, pues el imputado del robo —un tal Azogue— estaba en ese momento en la celda de la comisaría.

Aun así, se les investigó concienzudamente y se llevó a cabo un exhaustivo registro de sus casas y pertenencias, sin encontrar pista alguna. Dicho medallón está valorado en un millón de dólares y ya ha sido restituido a sus legítimos dueños. Sigue siendo un misterio cómo fue a parar al gaznate de la urraca.

Aquel periódico supuso un punto de inflexión en mi vida. Desde aquel día me dedico a adiestrar a las urracas. ¡Me resulta más rentable!

EL ÚLTIMO VIAJE A LAS ESTRELLAS

—¡Saturno!
—Voy, voy… ¡Cuántas prisas!
—¿Saturno?
—Yo mismo.
—Firme aquí.

Saturno hizo un garabato y cogió el pequeño paquete. Y volvió sobre sus pasos, encorvado y renqueando, acompañado por su bastón y por su custodio, al que llamaba jocosamente Fugas.

Saturno entró en su habitación, esa de la que salía tan solo en contadas ocasiones. Sobre una mesilla destartalada, tenía docenas de libros amontonados; en el suelo también. Una silla cobijaba en su respaldo varias piezas de ropa hechas un rebujo, y las zapatillas y su único par de zapatos estaban mal puestos dentro de una papelera. Un sinfín de hojas de papel emborronadas con toda suerte de fórmulas cuánticas kilométricas descansaban esparcidas sobre la cama; también las había arrugadas y diseminadas por el suelo junto a algunos lápices, que Fugas se puso a recoger de inmediato.

—Ha de procurar que los lápices no rueden por el suelo, que puede usted caerse. ¿Necesita papel, gomas o tiza? Lo digo porque mañana hacemos el pedido—insistió Fugas.

—Gracias, amigo. No sé qué haría sin ti. Todavía tengo tiza. Los demás no me entienden. Solo me riñen.

—No crea… No es que yo sepa mucho de lo que me habla.

—Pero me escuchas. Y me atiendes bien.

—Es lo que ha de ser. También usted me trata diferente.

A horcajadas sobre el módulo del radiador, descansaban un compás y una regla; la escuadra y un transportador de ángulos lo hacían en la repisa de la ventana. Fugas comenzó a recoger concienzudamente la habitación, mientras le decía:

—Es la hora, amigo.

—Ya sé. Ya sé —dijo resignado. ¿Cuándo me vas a dejar tranquilo?

—No es nada personal, ya lo sabe —respondió Fugas, mientras le ofrecía agua y un par de comprimidos: un psicofármaco y un antihipertensivo.

El anciano cogió su tazón de plástico y engulló sus pastillas con dificultad, en varios sorbos. Algunas gotas de agua le resbalaron por su larguísima y encanecida barba, y refregándose con la manga del pijama, intentó limpiarse con poco acierto.

—A ver… abra la boca.

—Cada noche lo mismo, Fugas. Cada noche igual —contestó, mostrando luego su boca abierta y desdentada.

—Ya sabe que he de hacerlo. Son las normas.

—¡Normas!, normas… —dijo suspirando—. ¿Qué quieren que haga a mi edad?

—Lo siento, pero trabajo aquí. Y me exigen que las cumpla. Mañana toca baño.

—Pero el pelo y la barba no se tocan, ¿¡eh!? —dijo con cierto enfado.

—De acuerdo —dijo Fugas, sonriendo ante la enervación del anciano, pues ese era un tema recurrente.

El anciano quería conservar su bigote, su larga barba y su cabello largo, y no cortado al uno como todos los residentes. Era como desproveerlo de su personalidad, y pretendía con ello conservar algunas de sus costumbres.

—Que no se atreva a entrar el barbero, ¿eh?

—No se preocupe, ya veré cómo me las ingenio para que el peluquero pase de largo otra vez. Que descanse. Buenas noches.

—Sí, ciertamente es lo que espero todo el día. La noche. Todas son buenas para mí —dijo con una sonrisa pícara.

—Ya me contará mañana cómo le ha ido con Las Perseidas —dijo Fugas, mirándolo con indulgencia y esbozando una franca sonrisa—, pues sentía, además de cariño, una cierta admiración por aquel anciano excéntrico.

—Son fascinantes. No sabes lo que te pierdes, Fugas, amigo mío —dijo, estrechando con sus manos temblorosas las del celador—. Verlas aparecer con sus colas brillantes y fugaces y ver que desaparecen tras unos segundos en el oscuro universo, y que con ello te regalen unos pocos años luz, te hace creer en que existe algo maravilloso que aún no conocemos allá arriba —dijo con entusiasmo—. ¡Somos tan ignorantes y cortos de miras! —exclamó con un conocido brillo en su mirada.

—Si algún día llego a tener su edad, Saturno, me gustaría poder estar tan ilusionado por vivir como lo está usted. He de irme, que ahora cambia el turno. Espero que no le molesten.

—Apaga la luz cuando salgas. Llévate este sobre sin que lo vean, Fugas, hazme el favor. Es para ti. Ábrelo cuando estés tranquilo en tu casa. Es importante para mí que lo hagas así —dijo el anciano en un tono trascendente.

—No se preocupe. Así lo haré. Pero me deja usted intrigado. Hasta mañana.

—Adiós, Fugas.

El celador salió y cerró la puerta con llave; y miró por el ventanuco de cristal. Una triste y compasiva mueca se dibujó en su cara al contemplar a aquel anciano, al que conocía ya de tantos años de reclusión. Como cada noche, miraba, desde la oscuridad de su recinto, el cielo estrellado a través de los barrotes de la ventana, abierta de par en par.

—¡Celador! Venga usted a mi despacho antes de plegar —dijo el director del centro dirigiéndose a Fugas, que se encaminaba al vestuario.

Fugas —que ya anticipaba el motivo de la bronca— fue tranquilamente a cambiarse. Y se dispuso a escuchar la letanía ritual que tenía por costumbre darle don Hiracundo para amedrentar al personal y para recordarle que mandaba él en todo lo que ocurriera en aquel antro al que llamaban centro psiquiátrico.

Toc, Toc

—¡Pase! Pase. Y siéntese.

—Usted dirá.

—Siéntese.

—Estoy bien así, gracias.

—Como quiera… —dijo de mal talante el jefazo, ante la firme desobediencia de su empleado—. Ha llegado a mí, la noticia de que ayer visitó a Don Saturno un abogado. Y que usted estaba al tanto. ¿Cómo no se me ha informado? —dijo, visiblemente enfurecido.

—Disculpe, ¿de qué tenía que informarle a usted, señor? Ayer era día de visita. Y se cumplieron estrictamente las condiciones y el horario de la misma. Mire usted los registros —dijo, con una extraña mirada de satisfacción.

—¿Y cómo que vino un abogado a ver a ese viejo demente? Sé de cierto que usted intervino en una llamada telefónica que él hizo, hace una semana.

—Sí, señor. Era domingo. Y solo hizo una llamada, cumpliendo con la normativa, señor. Yo solo marqué el número que él me había apuntado en un papel, pues no ve bien y se había dejado las gafas en la habitación. No tengo ni idea de con quién habló. Las llamadas son privadas —dijo en un tono reverente.

—¡Que sea la última vez! Quiero saber quién viene a verlo. Y si ha de llamar, que lo haga en mi despacho y en mi

102

presencia, o vaya usted buscándose otro trabajo. Y me dará igual que no pueda usted atender a su hijo, por muy discapacitado que esté. Es su problema. Aquí no hacemos caridad. El que vale, vale, y el que no, a la calle—dijo, dando un puñetazo en la mesa.

—Sí, señor. Será la última vez que ocurre.

—Puede irse.

—Sí, señor. Hasta mañana.

Mientras ocurría esto en el despacho del director, Saturno encendió la luz, se puso sus viejos lentes y, frunciendo el entrecejo, leyó unas anotaciones recientes que tenía en un cuaderno. Al instante comenzó a elucubrar con unos números que calculó en voz baja, cual letanía. Y los escribió con una tiza en la pizarra que tenía apoyada en un caballete.

—Pero… ¡Qué estupidez! —exclamó contrariado—. ¿Cómo no me he dado cuenta? —dijo en voz alta, tirando la tiza por el suelo.

Y borró los cálculos. Comenzó de nuevo. Y los volvió a borrar. Orientado hacia la ventana, estaba su viejo telescopio, sobre unas baldosas desgastadas por el uso de tantos años. Harto de sus numerosos equívocos, desistió de sus cálculos. Apagó la luz de nuevo. Miró por el telescopio y ajustó una ruedecilla. Y, como siempre, contrastó lo observado con los garabatos de su libreta, a la que alumbró con una pequeña linterna que le había regalado Fugas por su cumpleaños.

Y volvió a mirar durante largo rato por su entrañable artilugio, al que algunos de los responsables de aquella institución habían tildado de excentricidad, pero, como nunca hizo daño a nadie, y como poseía una gran fortuna —que dijo que donaría al centro en una audiencia en la que el director le había presionado hasta el acoso—, le fue permitido este privilegio. En la pared desconchada, cubierta de inflorescencias verdosas y blancas, había un poster clavado con chinchetas, de Marilyn, su estrella terrenal. También tenía un planisferio y una esfera terrestre que descansaban sobre una estantería roñosa.

Siempre pasaba las noches en vela, con la ventana abierta de par en par —fuera verano como ahora, o invierno, pero siempre a oscuras—, mirando fijamente por esa lente que era capaz de transportarle a los cielos, de los que anotaba minuciosamente cualquier variación que observaba. También gustaba de hacer destellos con una potente linterna grande que Fugas le había comprado por encargo suyo hacía ya un par de años, a regañadientes de don Hiracundo. Cada mañana le contaba al celador que le enviaba un código de señales a un amigo del más allá. El caso es que era un lenguaje que nadie de aquella institución conocía —ni del que nunca se preocuparon por conocer—, salvo Fugas, aunque no disponía de tiempo libre suficiente para dedicarle.

Las señales de código Morse que Saturno emitía era una actividad que le toleraban por la antigüedad de su estancia, por su pacífico talante y porque no podía molestar a nadie, ya que el viejo edificio estaba en las afueras de la ciudad; y, sin lugar a dudas, porque su cuenta bancaria era apetitosa y no tenía familia ni hijos a quien legarla. A pesar de que disfrutó de algunas licencias y privilegios, lo que nunca pudo conseguir fue que le permitieran ampliar el ángulo del barrido del telescopio, que siempre topaba con las frías y negras barras de metal de la ventana. Lo cierto es que ya hacía días que Saturno se había dado cuenta, a ratos, de que sus últimos cálculos no tenían sentido alguno y de que él mismo se perdía en sus pensamientos. Se dio cuenta de que comenzaba a desvariar y que, cuando le sucedía, no lo podía controlar. Y pensando en la vida que le esperaba en esas condiciones, decidió descansar.

Saturno dejó este mundo a los cien años. Lo encontraron muerto a la mañana siguiente en su cama, en la habitación dos mil uno, con una mueca plácida y aferrado al libro de *El Principito*, que recién había desempaquetado y en cuyo remite ponía Sirius. También encontraron un sinfín de pastillas blancas hechas una amalgama cilíndrica, al lado de la pizarra. Era su tiza predilecta.

Fugas siguió las indicaciones de Saturno, abrió el sobre al llegar a casa. En él había una nota en que le legaba parte de su herencia, y le había puesto la dirección y el teléfono de su albacea, para cuando él falleciera. Fugas entonces entendió. Y unas lágrimas resbalaron de sus ojos al leer que le costearía de por vida una residencia donde atenderían a su hijo discapacitado, tetrapléjico a causa de un accidente de coche en el que había muerto su mujer. Saturno le dejó dinero suficiente y un piso en propiedad, cercano a la residencia de su hijo, como pago a tantos años de cuidados y por el respeto que le profesó.

En el sobre que Saturno le había dado a su albacea el día anterior, había una nota rubricada, junto con una ecuación cuya solución tan solo la conocían Saturno, el albacea y Sirius —a fin de autentificar que fuera él, ya que no se conocían en persona—. Sirius sería pues, el legítimo receptor de buena parte de su herencia y de sus hallazgos astronómicos, a los que habría de dar continuidad con parte de aquel dinero que le sería legado.

A su entierro tan solo acudieron Fugas, el albacea y el sacerdote. Y Sirius, un joven científico —un superdotado con nombre de estrella—, hasta entonces desconocido por los gestores de aquella oscura institución. Él era con quien Saturno se comunicaba con destellos luminosos cada noche; era él el que vivía en el rascacielos más alto de la ciudad, por donde asomaba la luna. Fugas y Sirius hicieron grabar en el mármol de la tumba el símbolo del infinito ∞, y bajo él, un epitafio que decía: *A Saturno, cuya locura consistió en ser un apasionado astrónomo. Un genio adelantado a su tiempo. Un incomprendido y un hombre bondadoso. Descanse en paz.*

ÁNGEL

Mara se sentó en la mecedora y cerró los ojos. Aquel balanceo le hacía evocar el vaivén del mar, ese que contemplaba a placer desde el amplio ventanal de su casa, ubicada en un pueblo que coronaba aquel alto acantilado de Escocia. Unos meses atrás había dejado su país, acompañada por su madre; allí habían quedado su profesión de diseñadora, el maltrato de su ex-marido, las penas y la pobreza a la que la abocaron las estafas y desfalcos de aquel indeseable; también dejó allí la humillación que le infringió aquel hombre que, con lisonjas, buenos modales y regalos, la había colmado de atenciones mientras fueron novios. Pero les había engañado, tanto a ella como a su familia, ocultando la manipulación con que luego manejó todos sus asuntos económicos, incluso falsificando sus firmas.

—Puedes estar tranquila aquí —le dijo su madre—. Son miles de kilómetros los que te separan de él y de sus influencias. Y un océano de por medio. No sabrá de nosotras nunca más. Suerte que descubriste todo lo que se llevaba entre manos —dijo con alivio—. Lástima que esta preciosidad de bebé sea algo suyo.

—Es solo mío, madre. Ni sabe que existe. Ni lo sabrá nunca.

—Eso espero.

—Aquella noche, cuando me dijo que volvía para hacer las paces y para enmendar sus errores, me pidió perdón y le creí. Y pasamos una noche maravillosa. Pero fue otra escena, otro de sus personajes de ese mundo de fantasía en el que vive y en el que trabaja. Pero la vida no es una película. Cuando pienso que vino a casa para hacerse con los ahorros que teníamos en común, haciéndome promesas que no iba a cumplir. ¡Qué ingenua que fui!

—Solo vino por eso hija.... ¡Qué engañados nos tuvo a todos! Incluido a tu padre, que en paz descanse. Pero te digo una cosa, él creyó que se había llevado algo valioso, cuando en realidad lo dejó en casa.

—Cuando me desperté y vi que había cogido los documentos del banco y que había malvendido nuestra casa para pagar sus desatinos en el casino, me encaré con él y aquel día me pegó. Y supe que era el fin. Y luego ni respondió a mis llamadas para tramitar el divorcio.

—Menos mal que no tuviste la tentación de decirle....

—Hace siete meses sí que lo vi. Fue en una reunión de trabajo con una empresa italiana, donde casualmente él era el modelo elegido para la pasarela. Cada vez que me acuerdo, me dan ganas de....

—Eso no me lo habías dicho.

—Porque no te hicieras mala sangre, madre. Que bastante que has pasado ya por mí. Afortunadamente, no le había dicho a nadie lo de mi embarazo, y encinta de dos meses, no se notaba nada—dijo con alivio.

—Menos mal, hija. ¿Y no te dijo nada?

—Sí. Que le interesaba mucho aquel trabajo, que si yo tenía influencias, que no le estropeara aquel trabajo maldiciendo de él. Le dije que de acuerdo —dijo Mara con cierto disgusto al recordar aquel episodio—, pero que primero tenía que firmar unos trámites. Y le planté los papeles del divorcio allí, delante de todos aquellos empresarios, pues yo siempre los llevaba encima, en una carpeta, por si acaso lo veía, ya que, al frecuentar las mismas empresas, sabía que algún día nos toparíamos, como ocurrió —contó a su madre con cierto alivio.

—¿Y qué hizo en medio de aquella situación incómoda en que lo pusiste?

—Los firmó. ¡Vaya que si los firmó! Vaya cara dura. Hizo ver a los demás, que eran asuntos laborales, como si de un contrato se tratara. Los recogí y me fui a ver a mi abogado. El resto ya lo sabes —dijo con satisfacción.

—Nos parecía tan afable y correcto al principio —dijo su madre, apretando los labios en una mueca de disgusto y rabia contenidas.

—Nunca imaginé que me chantajeara con amenazas para que le diera más dinero.

—Solo quería que le costearas sus vicios. Y su *dolce vita*. Suerte que nos diste parte del dinero de la lotería —dijo su madre.

—No entiendo cómo se puede ser así.

—Pues mira que te digo, que aquí en este pueblito estamos maravillosamente. Poco me pensaba yo que siendo viuda cruzaría el océano. Romper con todo me está resultando muy grato.

—Aquí hemos empezado una nueva vida. Él —Mara, miró al bebé— no es culpable de que su padre sea un indeseable y un farsante — sollozando.

—Anda, ven a que te dé un beso y no llores más. Mira qué feliz duerme ajeno a todo esto. ¿Qué nombre vas a ponerle?

—Mmm.... no sé. Ya veré.

—La comadrona ha dicho que pasaría sobre las seis para ver cómo iba todo. Voy a comprar un poco de pan antes de que cierren. No te levantes, no sea caso que te marees. Enseguida vuelvo.

Mara disfrutó del silencio reinante, tan solo arrullada por el susurro del viento y el crepitar de la madera que, rebujada al fondo de la chimenea del salón, era devorada por las llamas en un íntimo abrazo.

Un débil y solícito gemido de su hijo, que pedía su alimento, provocó que la leche aflorara a sus senos, manchando la camisola blanca de ancho escote que los cubría. Cogió al bebé amorosamente de su cuna y, descubriéndose el pecho, se lo ofreció. En un instante, su boquita se fundió con el pezón, y una placentera sensación les invadió a ambos. Con la yema de sus dedos, Mara le acarició suavemente las mejillas y, tras unos minutos, se dio cuenta de que se había quedado dormido profundamente. Lo contempló extasiada y retiró el pecho, presionándolo con los dedos suavemente. Entonces el crío entreabrió sus sesgados ojillos y, haciendo una mueca, pareció que le sonriera. Luego enarcó las cejas y bostezó ampliamente, estirando su frágil cuerpecito. Un súbito reflejo arcaico le hizo abrir instintivamente los ojos y los brazos, que, temblorosos y agitados, suplicaban que alguien lo cogiera. Asustado y vulnerable, asió fuertemente con su manita el dedo índice de su madre, sin soltarlo. Sintiéndose seguro de nuevo, volvió a encogerse en su postura fetal y se durmió.

Mara lo envolvió en un arrullo de lana, estrechándolo en su regazo, susurrando cerca de su orejita un canturreo que lo tranquilizó. Lo besó dulcemente repetidas veces y olió su rosado cuerpecito —que desprendía ese olor a nada, que tan solo recién nacidos poseen— y lo dejó acurrucado en su cuna. Un halo de paz impregnó la estancia, y Mara supo entonces cómo llamarlo—. Y susurró su nombre....

¿SUERTE O DESGRACIA?

Frente a las costas de Martinica, en el Caribe, fondeado en la bahía de Grand Anse des Salines, se hallaba la balandra Lumière, capitaneada por el corsario francés Bontemps, un pirata afable y rollizo al que gustaba la buena mesa. El caso es que se proponía desembarcar para negociar con el gobernador de Saint-Anne la adquisición de una pequeña isla cercana. Con ello pretendía permutar el oro que llevaba en un cofre en una porción de tierra donde retirarse para cuando ya no pudiera mantener la vida corsaria en el mar, pues tenía pensado dedicarse al comercio y al cambalache.

—¡Wicked, le dejo al mando! —dijo Bontemps a su segundo. Vigile a estos truhanes, que se pueden desmandar en cualquier momento. No abandone el barco bajo ningún concepto y hágase con un retén de guardia cerca de su camarote. No se fíe.

—Descuide, capitán —dijo Wicked, dando unos golpecitos en el mango de su alfanje.

—Estos desgraciados son los mejores secuaces que he tenido, pero procure que no estén ociosos, o la rebelión estallará cuando menos lo espere. Y cuide de la muchacha, que vale su peso en oro —dijo el capitán, ajustándose los pantalones—. Es mi As en la manga, si el gobernador no claudica a mis pretensiones —añadió poniéndose el sombrero—. Si así fuera, Scar y Mangy volverán para traerme a la muchacha.

—Seguro que tiene buenos argumentos, capitán —dijo Wicked, tocando con la punta de su alfanje el valioso cofre—. Ojalá no tenga que cederla a esos truhanes.

—Eso espero. En dos o tres días estaré de vuelta; el gobernador quiere agasajarme con su hospitalidad y quiere presentarme al comodoro Rogue, del HMS Nutcracker, que se halla fondeado en la Bahía de los Ingleses —dijo muy ufano.

—Pues corre el rumor de que no es de fiar ese tal Rogue.

—Ya he oído esos rumores. Pero si el asunto compensa, quizás valga la pena arriesgarse.

—No se fie, capitán.

—El gobernador nos esperará al anochecer en un carruaje en el Ètang des Salines, pues dice que tiene un buen negocio entre manos y que quiere contar con el Lumière para su flota. O sea que vigile que no se desmanden los hombres, Wicked.

—Los mantendré entretenidos, señor. No se preocupe por la muchacha, estaré pendiente de ella —dijo con quizás demasiada intención, algo que no pasó desapercibido al capitán.

Dicho esto, Bontemps y su par de sus secuaces abandonaron el barco en un bote, llevando una caja con sus mejores ropas y botas para estar a la altura durante su estancia en Saint-Anne. Presumiblemente llevaban el cofre repleto de doblones de oro; y aprovecharon que subía la marea para remar hacia la amplia ensenada de arenas blancas, salpicada por una línea de palmeras, entre las que dejarían el bote varado. El capitán contempló su barco fondeado con cierta inquietud, ya que tenía la intuición de que se podían torcer las cosas pues Wicked, el inglés, no le merecía demasiada confianza como mando único. Pero era un buen navegante y había estado de su parte en el motín ocurrido en Dominica hacía unos meses, lo que le demostró que las apariencias engañan, al menos, en aquella ocasión. También estuvo de su parte Frilans, el irlandés y actual timonel del Lumière, pero Wicked le insistió a Bontemps, en que aquel no era de fiar, que sus hombres lo conocían bien, pues habían navegado con él cuando era capitán del bergantín Scavenger, de bandera holandesa. Y el capitán aceptó su consejo, aunque con reservas.

Al día siguiente, los peores augurios se habían cumplido: Wicked, jactándose del mando que le habían encomendado, abusó de su poder con toda suerte de excesos, desde la consumición de raciones extras de las mejores vituallas, pasando por querer resarcirse de sus meses en el mar con la muchacha a la que se suponía debía de proteger. Por eso ordenó a viva voz en el puente que la muchacha fuera traída a su presencia y conducida a su camarote. Además de contravenir las órdenes del capitán Bontemps, este alarde en público era como gritar barra libre en un grupo de alcohólicos, ansiosos por embriagarse de nuevo.

El caso es que, aquella espléndida mañana, la joven cautiva —una bellísima mulata llamada Zeleste— estaba trenzando su larga cabellera en los aposentos donde estaba recluida, cuando…

Toc, toc

—¿Sí? —dijo la muchacha, entreabriendo la puerta lo justo para ver quién era, pues Bontemps había hecho colocar un pasador en previsión de alguna visita indeseable al camarote de la joven.

—Arréglate, muchacha, que el segundo quiere verte.

—No puedo salir del camarote. Órdenes de Bontemps.

—Él no está. Y Wicked ordena que te llevemos a su presencia —dijo Patán, un desdentado buscabullas y hombre de confianza de Wicked, que, dando una fuerte patada a la puerta, hizo saltar el pasador por los aires.

Así pues, Zeleste fue llevada con rudeza al puente de mando. Allí fue víctima de insultos y maltrato; ajaron su vestido, burlándose de ella, y, a empujones, la dejaron ante Wicked, que esperaba altivo en el alcázar.

—Cuando vuelva Bontemps…—dijo amenazante la joven.

¡Plas!

Wicked le soltó una bofetada en la cara, con desprecio, y mientras apartaba bruscamente a la muchacha que estaba llorando, dijo a voz en grito a la tripulación:

—¡Escuchadme bien! Cuando vuelva Bontemps, si es que vuelve, ya no estaremos. He decidido hacerme con el barco, y pediremos un rescate por la muchacha. Conozco a un noble francés, un tal Monsieur Zut, que vive en Santa Lucía, que nos dará lo que le pidamos. O lo tomaremos por la fuerza si no llegamos a un acuerdo —dijo, alzando su espada—. Los que quieran secundar mi propuesta, serán recompensados.

—A la orden, Wicked. Estamos contigo —dijo un portavoz del grupo de piratas más violentos, que gritaron aclamando a su líder.

Pero la mayor parte de la tripulación calló, mirándose los unos a los otros, desconcertados ante tal propuesta y temiendo por sus vidas si contravenían las ordenes de Wicked.

—Haremos lo que la mayoría decida —argumentó en voz alta Frilans, el timonel—. Según el código —dijo con determinación, para liderar la rebelión que se estaba fraguando a bordo.

—Creo que no me has entendido bien —dijo Wicked, poniendo con rapidez el filo de su alfanje entre la oreja y la nuez de Frilans—. ¡Aquí mando yo! Que te quede claro de una vez por todas, irlandés —dijo, moviendo con tiento el filo, haciendo sangrar escasamente la piel del cuello de su contrincante—. Ve a tu lugar en la popa. Y no hagas ninguna tontería. Frilans, o no verás amanecer —añadió dándole un soberbio empujón, estampándolo contra la cubierta—. Tú, vigílalo y que no se mueva del timón —dijo, señalando a Gozne, un delgado, tuerto y harapiento pirata, que era el encargado del calabozo—. Y si no obedece, lo matas —añadió con una férrea mirada hacia su secuaz.

—Sí, señor. Tú, andando —dijo a Frilans, apuntándole con una pistola.

Los hombres de Wicked cogieron a la muchacha y, sujetándole los brazos hacia atrás, la hicieron poner erguida ante la presencia de su mandamás, poniéndole un cuchillo en la barbilla, tal y como les había ordenado su líder. Pero aquella muchacha de grandes ojos verdes rasgados y llorosos no se dejó avasallar y sorteó ágilmente la afilada punta. Echándose hacia atrás y girándose de nuevo hacia su agresor, increpó a Wicked, propinándole un puntapié delante de toda la tripulación, puesto que vio que estaba perdida de cualquier manera.

Wicked no soportó que lo hubiera agredido, pues tenía más soberbia que lastre llevaba el barco, y para hacer valer su dominio ante los demás, la metió en su camarote de malas maneras. Y se metió dentro con ella. Tras algunos gritos y porrazos, salió la muchacha corriendo despavorida con un tenedor en la mano, y Wicked tras ella, con los párpados sangrando. Dos de los muchachos fieles a Bontemps le replicaron a Wicked y también a sus secuaces por su brutal comportamiento, intentando defender a la muchacha; pero fueron reducidos y Wicked los hizo azotar con veinte latigazos, para su escarmiento propio y también como advertencia para los demás; y no fueron más latigazos porque andaba con la tripulación justa para la campaña naval que tenía en mente.

—Preparad el barco. Zarpamos rumbo a la Bahía de los Ingleses antes de que baje la marea —dijo, limpiándose la sangre que le rezumaba por las heridas en los párpados, con los puños de su camisola.

Ante aquella traición de facto, que contravenía todas las órdenes dadas por Bontemps —al que dejarían en una situación comprometida en la isla—, buena parte de la tripulación murmuró a sus espaldas; una cosa era consentirle sus excesos a Wicked y otra traicionar a Bontemps, a quien respetaba una buena parte de la tripulación. Wicked, trastornado por la afrenta sufrida en público, preparó un final más trágico a la muchacha: hizo echar algunos trozos de pescado sanguinolento al mar, y seguidamente ordenó que la descolgaran hasta el agua, sujeta por unos cabos largos que luego jalarían para golpearla contra la quilla, hasta que muriera ahogada, si los tiburones de aletas oscuras de los arrecifes no acababan antes con ella.

La resaca engullía a Zeleste. Su cuerpo esbelto sufría los zarandeos que le inferían dos de los piratas que estaban colgados de una guindola, golpeándola para herirla y hundiéndola y sacándola del agua para divertirse. La muchacha pataleaba y manoteaba sin parar para no hundirse. Entre los salpicones, acertó a agarrar con sus manos crispadas la manga de uno de ellos; pero Patán, aquel pirata mugriento y desdentado, se arrancó la manga de la sucia camisola, diciéndole mientras la acoquinaba con una penetrante mirada maliciosa:

—Tienes un recado del capitán, preciosa: ¡Muérete o consiente!

—Glo flavor… galussme-socogl… loo, —decía de forma ininteligible la joven, entre los borbotones de agua.

Los piratas solo la dejaban emerger para disfrutar de la lucha con que se debatía para evitar las forzadas zambullidas, pues se acercaban a ella para aturdirla y para ver cómo daba bocanadas de agua salada, entre risas e improperios.

—Ja ja… ¿Está fría el agua, muchacha?

—¡Prueba ahora a dar patadas, desgraciada! —gritó Wicked desde la batallola.

Así pues, tras cada chapuzón, la joven intentaba zafarse de los prietos nudos que la atenazaban, mientras movía las piernas desesperadamente para separarse de la obra viva del barco bajo las aguas; aunque tras un breve lapso de tiempo, sus ansias por una bocanada de aire colapsaron sus pulmones, y su lucidez. Luego sintió un agudo dolor en el pecho y, agotada, se desvaneció por unos segundos, que presumiblemente serían los últimos de su vida.

Las ondas de su largo cabello desmadejado y sus ropajes granates se mecieron en la densa cadencia de aquellas aguas transparentes de color turquesa, contrastando la silueta de aquella joven mulata con las blancas arenas del fondo. Súbitamente, Zeleste abrió los ojos, con semblante desencajado, y contuvo el instinto de abrir la boca, en un último intento de aferrarse a la vida. Se asfixiaba… Miró hacia arriba, y entonces vio la oscura sombra de un esquife, desde el que jalaron del cabo que la aprisionaba por la cintura hacia arriba —y unas siluetas recortadas por los rayos del sol hundieron sus brazos en el agua, arrebatando su cuerpo enérgicamente del mortal abrazo del mar. Zeleste fue rescatada, y una vez en el esquife, con certeras maniobras en su pecho, lograron que tosiera y que vomitara el agua. Luego la recostaron de lado, enredada con su propio cabello y con los jirones y volantes rotos de su vestido empapado. Titiritando de frío y agotada, abrió los ojos y miró de soslayo hacia el francobordo del Lumière, pues los gritos de la tripulación llamaron su atención.

—¡He! ¡he! ¡he!

Entonces vio que por la borda se asomaban algunos tripulantes insultando hasta el que ahora había sido el segundo de la nave. Y vio a Wicked atado por los pies y por las manos a unos férreos aperos, caminando por la tabla, con un alfanje disuasorio en la espalda. Tras la inevitable zambullida, el pirata inglés desapareció en las profundidades sin más. Y se acabó.

Los ojos de la muchacha buscaron inquisitivamente la mirada de Frilans, el timonel de a bordo, que, según parecía, se había amotinado ante la tiranía del inglés. Había sido él quien que había organizado su salvamento y derrocado a Wicked, junto a buena parte de la tripulación.

—Gracias. Me han salvado la vida —dijo la muchacha a los hombres que había en la barca.

—Bontemps lo hubiera querido así —le dijo el timonel, con una mirada agradable—. No tienes que temer nada. Los rebeldes están en el calabozo.

—¡Hurra! ¡Hurraaa! —gritaban a bordo los partidarios de Bontemps, viendo que por fin se habían librado del tirano.

—Dejad paso —dijo Frilans a los que se apiñaban en el francobordo del navío, mientras ayudaba a subir a bordo del Lumière a Zeleste.

Y dicho esto, los ojos de algunos de aquellos piratas se fijaron en el vestido empapado de la muchacha, que, aún hecho jirones, realzaba sus formas. Frilans, la cubrió con su casaca raída.

—No temas —dijo en voz alta, para advertir a la tripulación. Tras lo cual, pasó su brazo por los hombros de la muchacha y la estrechó, para dar a entender que estaba bajo su protección.

Gozne —el pirata tuerto, delgado y harapiento— sonrió maliciosamente a espaldas de Frilans, y, cerrando el puño, hizo un gesto con el pulgar, dibujando con lentitud un corte imaginario que iba de un lado a otro de su cuello. Y la muchacha, viéndolo, se estremeció.

¿Suerte o desgracia?

(Puedes acabar de escribir la historia cómo te plazca).

HECHIZO

La luna se reflejaba en un mar encalmado. Silencio. Tendidos sobre la arena escucharon el sosegado burbujeo que bañaba la orilla. La oscuridad despertó sus sentidos. La húmeda brisa y la fría arena les provocaban escalofríos, y se abrazaron para darse calor. El olor salobre los envolvía y se acurrucaron, disfrutando del momento. Un intenso ardor quemó sus labios y ambos rozaron sus mejillas, hasta que ambos encontraron el húmedo lugar en el que saciarían su deseo. Sus manos acariciaron el cuerpo del otro con suavidad, recorriendo las curvas y la cálida piel intensamente, en un vaivén acompasado, hasta que un prolongado y húmedo beso fundió sus consciencias y los trasladó al infinito. Luego, un súbito estruendo los sobresaltó: un avión aterrizó en la pista que lindaba con la playa. Y se rompió el encanto.

LA LUNA ENAMORADA

Los vinilos giraban. La aguja danzante bailaba recuperando las melodías que guardaban celosamente aquellos sinuosos surcos negros. Como cada noche, la luna se apostó cerca del alféizar de la ventana de aquel estudio de grabación para deleitarse escuchando los sonidos musicales, inexistentes en el universo, en donde solo se escucha el crepitar y el chisporroteo de las ondas y frecuencias galácticas. El joven pinchadiscos quitó uno y dejó entornada la ventana, para ventilar la estancia, tras lo cual, se fue a la habitación contigua a buscar algo. Así pues, el plato quedó desnudo por unos instantes. Una corriente de aire abrió la ventana de par en par y un intenso haz de luz en el cristal reflejó una redonda y blanca figura. Y sobre el plato se posó la luna…

PECADOS INCONFESABLES

María salió corriendo de la casa, envuelta con un mantón. A las ocho de la mañana, tres veces en semana, pasaba el furgón del correo que se llevaba la saca del buzón que había en la plaza del pueblo. Pero hoy había llegado demasiado tarde y el vehículo rodaba ya por la calle contigua.

—¡Eh! ¡Oiga! ¡Espere, Santiago! Por favor, llévele esto a Iñaki —dijo María al tío de su novio, que había detenido el furgón al verla por el retrovisor.

—Hola, no te había visto María. ¿Tan urgente es, que vienes tan azorada? Tranquila, mujer. Respira, que te va a dar algo.

—Ufff, ahhh… Necesito que se lo dé cuanto antes —dijo, echándose la trenza hacia atrás y alisando los pliegues de su falda acampanada, que habían dejado entrever sus blancas enaguas.

—No te preocupes. Se lo doy en cuanto llegue. Por cierto, dile a tu tía Gertrudis que luego pasaré para acabar de arreglaros el pozo séptico, a ver si queda zanjado hoy mismo.

—Muchas gracias por haberme esperado.

—De nada, mujer. La familia merece una cierta cortesía. ¿No crees? Bueno, que voy con retraso. Hasta otro día.

—Adiós y gracias.

—Adiós —dijo Santiago, dándole a la manivela para arrancar de nuevo el motor, pues se había calado.

Dicho esto, Santiago dejó la carta en el asiento y con un gesto de dolor en el costado —un viejo dolor demasiado conocido—, salió de nuevo a dar las consabidas vueltas a la manivela del motor para poder arrancar aquella tartana, pues por algún motivo no mantenía el ralentí. Subió al vehículo y condujo hacia el único callejón que estaba empedrado y que pasaba por la iglesia del pueblo. Justamente por allí salía el párroco, que estaba ofreciendo su mano extendida a dos mujeres vestidas de negro que venían del campo y que, obedientes, se inclinaron y se la besaron. Y luego siguieron su camino con la yunta de bueyes. Santiago lo miró con rabia, apretando la mandíbula. Se sentía inquieto por la actitud de María. El inusual comportamiento de la muchacha —que era más bien tímida y muy prudente— le hacía pensar que pasaba algo grave. Y pensando en ello, miró al frente y aceleró la marcha.

Pero siguió dándole vueltas al asunto, sumergido en un dialogo interior.

(Con lo linda que es María, y la beata Gertrudis la hace vestir como una monja. Ya me gustaría a mí saber qué pone en esa carta; no me extrañaría que tuviera que escribirse a escondidas con mi sobrino… ¡Vaya, se ha despegado la solapa! Y a ese malnacido que viene por ahí, ganas me dan de enviarlo al infierno. ¡Como lo vea rondar por casa de mi hermana otra vez, lo mato! ¡Dios me perdone!)

No pudo soportar por más tiempo estos pensamientos, por lo que paró en un recodo del camino. Y se quedó mirando la solapa abierta. Por fin se dejó llevar por su intuición, y aunque se sentía incómodo por infringir algunas normas éticas, leyó la carta. Aquello no era solo la carta de una enamorada. Perplejo ante lo que estaban leyendo sus ojos, entendió la angustia que había percibido en María y cómo le contaba a Iñaki el chantaje al que estaba sometida. Conteniendo su rabia, aceleró y se dirigió apresuradamente en busca de su sobrino, que hoy estaba ayudando en la serrería de Koldo, a un par de kilómetros del pueblo. El carpintero y el muchacho estaban cortando algunas vigas traveseras para la techumbre de algunos hogares, porque la lluvia de morteros de la pasada semana había fulminado buena parte del tejado de varias casas y establos de la aldea vecina.

—¡Ahí va! ¿Qué hace aquí, tío? —dijo el musculoso chaval, mientras acarreaba sobre su hombro un tablón.

—Deja lo que estás haciendo y súbete al coche, que ahora te explico. ¡Koldooo! —gritó.

—Vooy. Santiago, pues qué prisas me llevas —remugó Koldo.

—Que me llevo al chaval, que parece que va a parir la Rubia antes de hora —dijo sin bajar del coche.

—¿Qué me dices? ¡Ahí va! ¡La ostia! ¿Tenías preñada a la Rubia? No sabía, pues —exclamó sorprendido.

—Y el veterinario está hoy en la granja de Urruti, el Chato… o sea, que pinta mal la cosa

—¡Anda, pues! Vete, vete. ¡No es lo suyo! Fuera de tiempo esta paridera, mucha faena te va a dar.

—Pues ha llevado una mala preñez, ¡la ostia! —dijo Santiago—. Y al final ya verás cómo que se va todo al traste.

—Luego vuelvo y lo acabamos, Koldo —dijo Iñaki, dándole una palmada en el hombro al carpintero.

—Vale, zagal. A ver si pudiera ser que las terminemos hoy. No te me vayas a entretener a la vuelta con la cuadrilla —dijo mientras se ajustaba los pantalones con el cinturón.

—Descuide, Koldo. Ya sabe que yo siempre cumplo, salvo que haya una fuerza mayor.

—Ya traeré a mi sobrino yo mismo y así os echo una mano. Anda con Dios —dijo Santiago, alzando la mano.

María había vuelto sin demora a casa de su tía, que para bien o para mal, era la única familia que le quedaba.

—María… ¿eres tú? —dijo con inquietud aquella mujer de piel blanca y consumida, que siempre vestía de negro.

¿Maríaaa? —repitió tras los cortinajes de terciopelo granate, sin levantarse de la butaca de salón.

—Sí, tía, ¿quién va a ser? Si aquí no deja usted entrar a nadie más que no sea el cura —dijo, murmurando en voz baja.

—¿Ya has almidonado las albas y tunicelas de los monaguillos?

—Sí, tía. Como siempre.

—¿Has planchado bien las puntillas?

—Me he esmerado, tía. Ya sé que el bautismo del niño de la Begoña y el Patxi requiere de mucha pulcritud. Su Ama y todo el pueblo van a estar pendientes de si hay alguna mancha o arruga para criticarnos.

—¡Válgame el cielo! —dijo santiguándose—. Si Aita te oyera hablar así —dijo en un tono de censura.

María se quedó en silencio, ya que era habitual que su tía empleara palabras hirientes para agraviarla.

—Pon el marmitako a cocer antes del Ángelus, no te olvides.

—Sí, tía. Ya lo tengo en cuenta.

María salió al patio, donde tenía colgada la estera del suelo del cuarto de coser, y la sacudió con ganas con la pala de mimbre, por lo que se entretuvo algunos minutos.

—María, ¿estás ahí? —repitió obsesivamente—. Mira que a las diez vendrá el párroco. Saca el pacharán y un trozo de bizcocha —dijo, interrumpiendo su rezo matutino y solitario del rosario—. ¿Le pusiste la crema pastelera a la bizcocha?

—Sí, ya está todo a punto, tía —dijo con un nudo en la garganta.

Toc, toc, toc

—Ya voy, —dijo con cierto nerviosismo, dirigiéndose a la puerta principal.

124

—Ave María purísima… —dijo el sacerdote al traspasar el dintel de la puerta.

—Sin pecado concebida —respondió la muchacha haciendo una genuflexión, tal y como la habían acostumbrado desde pequeña—. Buenos días, padre. Pase usted, que mi tía le está esperando —dijo con voz entrecortada.

—Gracias, hija. Qué bonito nombre es el de María.

—Don Justo, ¿es usted? —dijo a viva voz Gertrudis, que permaneció sentada, pues no podía andar a causa de una parálisis en las piernas que sufría desde hacía años.

—Buenos días, Gertrudis. ¿Cómo se encuentra hoy? —dijo a la anciana, mientras le cogía su mano escuálida entre las suyas, dándole unos golpecitos como para confortarla.

—Ay, pues como siempre. Ya lo ve. Gracias por su visita, que le echo en falta el día que no viene por aquí para perdonarme mis pecados —dijo, atusando un rizo de su cabello cano que escapaba de su mantilla negra con coquetería.

—No soy yo. ¡Es Dios quien la perdona, mujer! No diga usted eso. Yo solo soy un humilde servidor —dijo, juntando las manos a modo de rezo.

—¿Le apetece una copita de pacharán con la bizcocha? ¿O prefiere una taza de café? —preguntó la anciana para complacerlo.

—Pues hoy mejor un café, que he madrugado mucho. Es usted muy amable.

—¡Maríaaaa! Ve a preparar un café para don Justo.

—¿Podría pasar al excusado, Gertrudis?

—Sí, claro. ¡Faltaría más! Indícale tú donde está el aseo, María —dijo—. Comprueba que el cubo de agua esté lleno. Y que la jofaina esté limpia.

El párroco, que andaba pegado a la muchacha, aprovechó el hueco de la escalera para abordarla.

—Ven aquí —dijo tirándole del brazo y arrinconándola para manosearla y robarle un beso, como otras veces.

—Déjeme, por favor....

Como la muchacha le rechazaba, le dijo:

—No te resistas, que hoy mismo puedo poner en la lista de reclutamiento para el frente a tu novio.

—No, por favor. Es que no puedo, de verdad. Esto no está bien.

Pablo —el sobrino de Don justo— era el responsable del reclutamiento para el frente que se estaba haciendo en el pueblo vecino. Entre los exentos estaba Iñaki, el pretendiente de la muchacha —a petición expresa del párroco—. El caso es que hacía un mes que María se había enterado de que eran familia y le había pedido este favor al sacerdote, para que intercediera y no se llevaran a su novio al frente. Lo que ella no pensó es que el infame párroco se cobraría su tributo con un chantaje.

—Tienes que aprender a ser sumisa, hija. La mujer fue hecha para complacer al hombre —insistió con todos los argumentos que se le ocurrían.

—Pero usted es un cura. Y yo tengo un novio muy formal.

—Sí, lo sé, hija. ¡Shhh! —dijo, poniendo su índice en los labios de la muchacha para que se callara.

—Pero…

—¡Shhh! Dios sabe de mis debilidades carnales y me perdona, igual que te perdonará a ti todos tus pecados cuando te confieses esta tarde. Pero como hombre, también tengo unas ciertas necesidades que me hacen sufrir mucho. Y tú podrías aliviarme, María. Y así podrás seguir teniendo a salvo a tu novio. De lo contrario, ya me encargaré de que lo manden a primera línea. Y es casi seguro que lo matarán de un tiro en la cabeza, o lo despanzurrarán como a un perro. ¿Es eso lo que quieres, hija? —dijo el cura, chantajeando a la muchacha.

—No, claro que no quiero eso —dijo la joven cabizbaja, con la voz entrecortada y lágrimas en los ojos—. No diga usted eso… Pero es que…

—Anda, va. Déjame ver lo que tienes debajo de la blusa. Tienes un cuerpo muy sano. Sano y divino. Eres muy hermosa. Te gustará lo que voy a hacerte, ya lo verás. No tengas miedo. Todas las mujeres lo hacen y les gusta — argumentó con naturalidad, mientras sus manos sobaban los pechos de la muchacha, a la que tenía contra la pared.

—¡No! Por favor, déjeme. ¡Pare! No tiene derecho… — dijo, forcejeando para zafarse de él

—¿Qué te has pensado? Vamos, que ya he esperado demasiado. ¡De hoy no pasa, si no, ya sabes lo que le pasará a tu novio! —dijo con rudeza ante la resistencia de ella.

Ante la tardanza de María en traer las pastas y el café, Gertrudis la llamó impaciente:

—¿María?.... ¡Maríaa! —gritó, desgañitándose desde la tribuna del salón.

—Voy a por una toalla limpia para el aseo, tía. Enseguida bajo —contestó apurada y zafándose del *perdonapecados*, mientras corría escaleras arriba para encerrarse en su habitación.

Mientras, en las afueras del pueblo, Iñaki, enterado de lo que ocurría, estaba fuera de sus casillas, dándole puñetazos al furgón cada dos por tres con sus fornidos brazos. Santiago, cuya edad y experiencia le conferían más solera, le conminó a que se tranquilizara.

—Hay que tener la cabeza fría, Iñaki. Esto lo solucionaremos. Pero bien. Ten en cuenta que será tu palabra contra la de él. Y es un hombre muy influyente. ¡Contrólate, por favor! —dijo Santiago, intentando que entrara en razón.

Una vez acabó su tarea postal, Santiago detuvo el furgón de correos justo en el patio trasero de la casona de Gertrudis, que se hallaba en la linde del pueblo, pues era la última casona del municipio.

Santiago sujetó por los brazos a su sobrino, que seguía fuera de sí, con una mirada iracunda y con el entrecejo fruncido, mirando fijamente hacia la casa. Iñaki dio un portazo en el furgón y salía dispuesto a partirle la cara al prelado. Su tío lo zarandeó intentando inmovilizarlo, y por fin consiguió que le prestara atención. Entonces le habló con firmeza y le dijo:

—¿Que no ves que yo estoy mayor y que tengo un mal emponzoñado? Pues que voy a durar poco, hombre de dios.... Vosotros tenéis toda la vida por delante, no te compliques la vida, zagal —dijo, mirando fijamente a su sobrino, sujetándole la cara para que le prestara atención.

—Pero ¿qué vas a hacer tú, eh? ¿Qué quieres decirme con eso? —dijo Iñaki, dando unos pasos con gran nerviosismo, mientras se pasaba la mano por la sien.

—No te muevas de aquí, salvo que salga María por esta puerta de atrás, ¿me oyes? Sí es así, vete con ella hasta la casona de mi cuñado Rodrigo, y le explicas lo que ha pasado. Sabe por los caminos que hay que ir, por detrás de la ermita de Endarlatsa. Y luego habréis de ir hasta Saint-Palais, en Francia, donde nos quedan algunos familiares. Comenzad una nueva vida lejos de aquí y sed felices. Hazme caso, chaval.

—¿Qué vas a hacer, tío?

—Yo ya veré cómo se encarrila el tema con el cura cuando entre. A ver qué me cuenta. Seguro que lo excomulgan. Luego, según lo que ocurra, me reúno con vosotros. Dile a Rodrigo que te dé lo que necesites, que luego lo arreglo yo con él.

—Tío, que no…

—¡Toma lo que llevo encima! Y no me discutas más. ¡Ostias! Te pareces a mi hermano, que en paz descanse.

El muchacho consintió por fin. Y se quedó en el furgón esperando, conteniendo su ira. Santiago entró por el patio trasero, saltando por encima del pozo de aguas negras donde había estado cavando el día anterior con el pico y la pala. Las herramientas estaban colocadas a un lado de la puerta de la cocina, que siempre estaba abierta porque se había roto una bisagra. Cuando entró a la cocina, le pareció escuchar un ruido inusual, y al avanzar por el pasillo que conducía al salón y al comedor, oyó sollozar a la muchacha en el piso de arriba. Levantó la mirada y se asomó por el hueco de la escalera, donde vio que el cura corría en pos de María hacia el piso de arriba. Santiago entró sigilosamente y cogió de encima del taquillón que había en el recibidor una pequeña daga de bronce que utilizaban como abrecartas. Y subió la escalera corriendo. Llegó al dintel de la puerta del dormitorio, justo cuando el párroco se disponía a consumar su fechoría.

Don Justo había conseguido abrir la puerta del dormitorio de la muchacha, había agarrado a María por los hombros y la había tirado sobre la cama.

—Ven aquí. ¡Estate quieta!

—Déjeme, por favor, —suplicó la joven, mientras braceaba para repeler a su agresor.

Este se había sentado sobre las rodillas de la muchacha para inmovilizarla, lo que había conseguido fácilmente, ya que era un hombre muy corpulento y grueso.

El prelado la miraba fijamente, ansioso por consumar lo que había comenzado, cuando de repente sus ojos cambiaron su expresión y exhaló un quejido. Y su cuerpo se curvó hacia atrás, atraído por el brazo de Santiago, que lo dejó caer como un plomo. El cuerpo se sacudía, incontrolable, a causa de algunas convulsiones. Y un charco de sangre fue ganando terreno, deslizándose sobre las baldosas.

Enajenado por su vehemencia, el sacerdote no se había percatado de la presencia de Santiago tras él, y este le clavó, como un descabello, la pequeña daga, vengando así a dos de las mujeres de su familia.

—Huuuu… snnnz… huuuu… —sollozaba María, muy asustada y haciendo esfuerzos por ahogar un grito ante lo que acababa de suceder. Se cubrió las piernas con las enaguas y su larga falda, y se abrazó fuertemente a Santiago, bañada en un mar de lágrimas. Estaba temblando, muy nerviosa.

—Shhhh. No hagas ruido, María —dijo Santiago, tapándole la boca con las manos para que guardara silencio—. ¡Shhh! Anda, vete de aquí, que Iñaki está abajo esperándote, en el furgón — insistió.

—Yo no quería que…

—Tranquila. Ya está —dijo abrazándola mientras le besaba la frente—. Ya… ya…

—Pero… ¿Qué ha hecho usted?… Santiago ¡Por Dios! ¡Va usted a ir a la cárcel! —dijo la muchacha angustiada.

—Este ya no violará ni preñará a nadie más. Tranquila.

—¿Cómo vamos a explicar esto? ¿Y usted? —dijo.

—Pues que no vamos a decir nada, María. Ya me ocupo yo de él, que tengo trabajo abajo, en la fosa del patio. ¡Vete, que te está esperando Iñaki! —dijo, apremiándola.

—Pero… ¿Y mi tía? ¿Cómo voy a dejarla sola?

—No te preocupes. Ya le contaré alguna patraña y me encargaré de que alguna de las beatas de la parroquia la cuide bien. Ya le he dado instrucciones a Iñaki hasta que paséis la frontera. No hagáis ninguna tontería ni habléis con nadie que no sea mi cuñado Rodrigo.

—Está bien —dijo, reprimiendo el sollozo que le brotaba—. Gracias, no olvidaré nunca lo que ha hecho por mí. Por nosotros —dijo, abrazándolo con fuerza.

Luego recompuso su vestimenta y sus cabellos y cogió un poco de dinero que sabía que su tía guardaba bajo el colchón. Cogió un abrigo y poco más, y bajó sigilosamente las escaleras. Girándose, miró detenidamente aquella casa en la que se había criado, a modo de despedida. Luego se armó de valor y traspasó el umbral de la puerta de la cocina, en pos de una nueva vida, mientras su tía Gertrudis dormitaba en la butaca, esperando el perdón de sus pecados.

OBJETO DE DESEO

Fueron unos días aciagos y tensos para aquella mujer madura que había consumido su tiempo sin apenas darse cuenta de que la vida era algo más. Ensimismada, frotó sus ásperas manos, enrojecidas por el duro trabajo y por las inclemencias del tiempo. Se miró entonces en el espejo y contempló aquel rostro ajado por el paso de los años. Peinó su cabello en un exquisito recogido y maquilló su pálida tez en un asomo de coquetería.

Miró el reloj con ansiedad. Un ardiente deseo la consumía, pues había quedado con aquel hombre a las diez. Cruzó el umbral de la puerta de la galería y contempló desesperanzada las montañas que, especialmente en otoño, mostraban variopintos colores, y que hoy le parecían más altas que nunca. Pero en apenas unos pocos minutos, todo cambió.

Llamaron a la puerta y su corazón dio un vuelco. Contuvo el aliento para contener su emoción y, poniendo su mano sobre sus labios, respiró hondo y abrió. Allí estaba él. Puntual. Saludó entusiasmada a aquel hombre con el que había quedado hacía unos días.

—Celebro verle. Estaba impaciente, esperándole. Pase, pase…

—Gracias. He tardado un poco más porque no conozco el barrio. ¡Pepeee! —gritó por el hueco de la escalera—, subid, que es aquí. Y tráete el albarán de entrega.

Una amplia sonrisa se esbozó en el rostro de Maruja, mientras exclamaba:

—Por fin, ¡la lavadora! —dijo, mirando satisfecha el nuevo electrodoméstico.

Luego de que el operario se la dejara instalada y a punto, le dijo:

—Firme aquí. Hasta otra…

—Gracias. Adiós.

En unos pocos minutos Maruja disfrutó de un merecido descanso, acompañada por el ronroneo de aquel maravilloso aparato, en el que un círculo transparente mostraba la ropa multicolor que giraba y giraba sin parar, y que al fin era coronada por la espuma jabonosa. Y esta visión placentera le hizo suspirar aliviada. Pero no podía perder más tiempo…

—Uff, qué *tadde ez* —dijo entre dientes, mientras sujetaba con ellos las asas de su bolso y miraba el reloj de su muñeca, pues tenía las manos ocupadas escribiendo una nota que decía así:

> Estoy con mis amigas en el pub Des-madre. Volveré
> tarde. Besos.

Luego clavó la nota en la puerta, con una chincheta, mientras contoneaba uno de los pies para acabar de calzarse unos elegantes zapatos de tacón. Cerró la puerta y bajó las escaleras de tres en tres.

LA GOTA

En casa de Angustias, el sonido de un chorro procedente del váter rompió el silencio.

—¡Luis!

—Dime, nena.

—Pero ¿qué haces? —dijo, consternada ante lo que estaban contemplando sus ojos.

—Meando, ¿no lo ves? —dijo él, jactándose de su puntería.

—¡Te había dicho que acababa de encerar el pavimento y que no se podía pisar hasta dentro de una hora! —dijo indignada, mientras contemplaba las negras huellas de los zapatos de su marido, que estaban incrustadas en el suelo por todo el pasillo, hasta el cuarto de baño.

Un silencio contenido, tan solo roto por el chorrillo que caía en el agujero del inodoro, era el preludio de la tragedia que se mascaba en el ambiente.

El rostro de Angustias enrojeció a la misma velocidad con que se arremangaba el jersey y escurría la fregona en el cubo, de mala gana, añadiéndole amoniaco, para retirar el encerado estropeado, pues tendría que fregar de nuevo y volver a dar la cera… ¡Menudo faenón! Y esperó en el quicio de la puerta, mocho en ristre. Su respiración jadeante y su fija mirada eran el anticipo de una batalla campal, aunque intentó contener su ira. Pero en el interior del baño, su marido, ajeno a la gravedad de los hechos, con un habitual respingo, terminó la faena, y entonces… ¡una gota cayó al suelo!

¡Plop!

Y, como un resorte, Luís sintió un húmedo golpe de mocho en el cogote.

CUADRILÁTERO

—Póngame una caña. Y un café para ella.

—¿Solo? —preguntó el camarero, mientras pasaba una bayeta por la superficie de la mesa metálica de la terraza del bar, alrededor de la cual estaban sentados los dos amigos, que esperaban a sus consortes respectivos.

—Sí, por favor—contestó ella.

—Química…

—¿Cómo dices?

—Es química, ya lo sabes Clara. Hace ya mucho tiempo que ambos lo sabemos; demasiado.

—Somos amigos por encima de todo. No lo estropees, Carlos —dijo ella intentando eludir la conversación, como otras veces.

—¿Estropear?

—Sí, ya sabes.

—¿El amor estropea la amistad?

—Se degeneran las cosas. Se enredan; pasa siempre, lo sabe todo el mundo. No me presiones, por favor —dijo ella, atusando su flequillo.

—Eso será si no se hacen bien las cosas. No me malinterpretes.

—¿Y cómo se hacen? Dímelo tú, si lo tienes tan claro, Carlos —dijo, decidida a abordar aquel tema recurrente.

—Solo sé que te amo, que me comprendes y que hablamos. Que estamos a gusto juntos. Nos compenetramos.

—Ya. Reconozco que yo siento algo parecido, pero somos amigos. Los cuatro. Además, las canitas al aire funcionan porque solo se comparten las cosas gratas, y los marrones de cada día y las obligaciones no existen. Es irreal… —argumentó Clara con vehemencia.

—Quizás sí. Pero tú y yo sentimos algo muy especial. ¿Y qué tiene de malo compartir algunos momentos agradables con una persona que te gusta?

—Que eso implica una elección. O una mentira. Supone romper o abandonar la familia que has creado con ilusión. Ya es tarde. Al menos para mí.

—¿Tarde? ¿Tarde para qué? ¿Por qué hay que romper o abandonar a la familia? Con respeto y con una mente abierta, se pueden compaginar algunas cosas. Las parejas abiertas existen y también los intercambios pactados, los tríos… esto no es ciencia ficción. ¿Por qué negar algo que está ahí, y hacer como que no ocurre? Hablemos… —insistió Carlos.

—Hablar, hablar… ¡mucha teoría! Incluso me siento mal por estar hablando de esto.

—Clara, si ni tan solo tú y yo hemos… ¡Parecemos imbéciles!

—No podemos destrozar la vida de dos familias. Y menos la mía, que tengo unos hijos preciosos, y no quiero que pasen por lo que se ve cada día en la escuela.

—¿Y por qué habría de pasar esto?

—Porque traicionaremos el respeto que nos tenemos los cuatro; somos amigos ya hace muchos años, desde el Instituto, y siempre nos lo hemos pasado bien.

—No pienso traicionar a nadie. Ni siquiera a mí mismo. Hablemos cada uno con nuestra pareja. Incluso los cuatro. Pongamos las cartas boca arriba —dijo él con decisión.

—Lo ves todo muy fácil. Y yo me siento en un callejón sin salida, atrapada.

—Eres tú la que has de enfrentarte a tus propios sentimientos, Clara. ¿Me quieres?

—Sí. Quisiera evitarlo, pero no puedo. Te añoro. Y más si estoy sola. Pero tampoco quiero que seas un parche a mi soledad.

—A mí me ocurre lo mismo. No puedo ni quiero obviar lo que siento por ti. Pero me encantaría ser un parche, si no puedo ser otra cosa.

—¿Y qué hacemos? ¿Se los decimos? ¿Así? ¿Sin más? Yo quiero a Juan. Lo quiero mucho. Pero me falta algo que él no puede darme ahora, por el motivo que sea; necesito ver ilusión y sentir que soy importante para él —dijo Clara apesadumbrada—. Últimamente ni me mira. Estoy en otro plano de su vida, aunque él quiera hacer ver que no. Creo que no se atreve a enfrentarse a lo que está ocurriendo —siguió hablando cabizbaja y con una lágrima a punto de brotar de sus ojos. Y además, está ese trabajo suyo, viajando tanto y con sus reuniones intempestivas y el móvil ¡sonando a todas horas! Esto no nos ayuda para nada. No quiero romper con él; pero necesito algo más —dijo con cierto enfado—, pero es que…

—Y yo quiero a Dora, la quiero mucho. No lo dudes. Pero ya no es lo mismo; también hemos perdido algo por el camino. Ni tan siquiera tenemos hijos, que algo más quizás compartiríamos. O tal vez serían más obstáculos. No lo sé. Nuestro proyecto, nuestras ilusiones, se han caducado. Aun así, nuestra convivencia es buena —dijo con naturalidad—. Cada cual hace lo que quiere. Bueno, casi… porque yo tengo otras expectativas que ella no entiende o acepta. Pero más allá de todo esto, me gustaría pasar más ratos contigo, sin necesidad de competir con nadie. No se trata de elegir —insistió—. Solo quiero vivir mi vida intensamente y disfrutar de vez en cuando de mi libertad, de mi manera de ver la vida.

—Creo que estamos fantaseando, Carlos. ¿No crees que estamos huyendo de nuestra realidad? —dijo ella con dudas—. Quizás estemos pasando por una crisis personal. Dicen que es frecuente a nuestra edad. ¿Y si todo esto fuera un espejismo y es tan solo una ilusión? ¿Vale la pena el riesgo y destruir lo que tenemos, aunque no sea todo lo que ansiamos? —dijo pensativa.

—No quiero destruir nada. Yo no sé lo que les pasa a los demás. Sé lo que me pasa a mí.

—Bueno, hablemos de otra cosa, que ahí llega tu mujer. ¿Cómo te va en el instituto dando clases de ética y filosofía? Supongo los adolescentes son difíciles. ¿Cómo lo llevas? —preguntó con interés.

—Bien. La verdad es que me entiendo muy bien con los chavales, aunque hay días que no es fácil. Precisamente les he propuesto una salida a…

—Holaaaa, guapos, ¡sí que habéis llegado pronto! —dijo Dora—. Y Juan, ¿no ha llegado?

—Hola, guapa. Pero que conste que la que llega tarde eres tú —dijo Clara sonriendo y acercándole la silla—. Ya llevamos aquí un buen rato hablando. Juan está al caer. Otro tardón.

—*Muaak*. Hola, cariño. ¿Te pido un café?

—*Muaaaaak*. Vale, sí. Uf. ¡Qué cansada estoy!

—¿Qué tal el trabajo hoy? —preguntó Clara a su amiga—. ¿Has salido tarde?

—Como siempre, nena. ¡Un asco! —dijo Dora, recogiéndose el cabello con una goma que llevaba en la muñeca—. A ver, pásame esa servilleta de papel, Dora, que tienes un refregón de carmín.

—No me he dado cuenta… ¿Dónde? ¿Aquí?

—No. Ahí en… A ver, espera, ya te lo limpio yo. Oye, ese color me gusta mucho, ¿crees que a mí me sentaría bien? —le preguntó Clara a su amiga.

—¡Y tanto que te sentaría bien! Además, el granate es tu color preferido. No renuncies y atrévete, nena, que los rosas y malvas ya no se llevan. Y unos labios carnosos como los tuyos lo merecen. Por cierto, te queda muy bien ese corte de pelo a lo *garçon*.

—Sí, creo que me favorece. Y además, ¡es tan cómodo! ¿Dónde has comprado el carmín? —dijo con curiosidad.

—En El Corte Inglés. Y además está de oferta. Tienen mucha variedad. Podrías venirte un día conmigo y pasamos toda la tarde probando perfumes y maquillajes, que tengo que renovarlos, y, además, hace ya tiempo que no salimos las dos juntas —propuso Dora.

—Me parece una buena idea. Sí. Ya quedaremos. Quizás la semana que viene si te va bien. Aunque tengo que consultar la agenda de los niños.

—Por mí, perfecto. Yo tengo todos los días libres.

Ring… Ring…

—¡Holaa, gente! Perdonad, que tengo que atender esta llamada —dijo Juan, que justo llegaba, trajeado como siempre, con el móvil en una mano, mientras que con la otra apartaba una silla para acomodarse alrededor de la mesa con ellos—. ¿Diga? Sí, sí. Dime Luismi —decía a voz en grito, pues había mala cobertura—. ¿Que se retrasa el vuelo? Pues he quedado con unos amigos para tomar algo, y justo acabo de llegar a la cafetería —explicaba Juan a su interlocutor, haciendo unas muecas de fastidio—. Recíbelos tú y ve con ellos al hotel. Te llamo en unos minutos. Hasta luego.

—¡Juan! Por fin te vemos el pelo. ¡Chico!, tú siempre con tus mil y una llamadas. Siéntate, hombre. Y desconecta el móvil, joder. Érase un hombre a un móvil pegado, como diría Quevedo en esta época.

—¡Ja, ja! Carlos, chico —dijo, dándole una palmada en el hombro—, veo que no pierdes el humor. Eso es bueno. Hola a todos… *Muaks*. Hola, preciosa, ¿cómo ha ido el día? —dijo, besando a su mujer.

—*Muaakks*… ¡Pseee! Como siempre —respondió Clara—. El jefe hecho un basilisco desde buena mañana, para variar.

140

Y me he largado en cuanto he podido. Ya llevo aquí un buen rato. Ya veo que tienes que irte otra vez al aeropuerto con Luismi —dijo con ironía.

—Sí. Salgo en unos minutos, cariño. ¿Qué tal, Dora?

—Bien, pero acabo de llegar y me sabe fatal, pero tengo que irme enseguida, que tengo hora para depilarme y llegaré tarde. Se me traspapeló la agenda y no me había acordado que habíamos quedado los cuatro para hoy. Lo siento —dijo a sus amigos.

—Puestos ya, podíamos hace un intercambio de parejas o un trío para aprovechar el tiempo —dijo Carlos, haciendo una media sonrisa provocadora.

—¡Que bruto eres, Carlos! —respondió Dora dando un respingo, y enarcando una ceja. Y añadió—: anda que no debe de ser complicado mantener una relación dual, ¿no? —preguntó, tanteando el parecer de los demás.

—Opino lo mismo —dijo Clara—. Ha de ser muy complicado mantener un equilibrio.

—Ya veo. Como siempre, todo es ¡incuestionable! Desde luego es más cómodo, por eso existen los triángulos amorosos. Parece que lo de ir a hurtadillas da más morbo —dijo Carlos dándole un lametazo al papel con que liaba el tabaco.

—¿De qué comodidad hablas? No te entiendo. Chico, a veces te pones con unas ideas que ya está bien —dijo Dora con cierta incomodidad—. ¡Tú y tu filosofía!

—Pues sí. Reconozco que a veces se me ocurren ideas brillantes. ¡Ja, ja! No te pongas así, mujer. Ahora en serio, creo que debe ser muy complicado si hay engaños y suspicacias. Pero si es un pacto convenido, no digo que fuera fácil, pero posible, desde luego —dijo Carlos con un brillo especial en la mirada—. Hay gente que lo practica. Un fin de semana al mes de libertad absoluta. No suena tan mal —expresó con una mirada inquisitiva.

—¿A santo de qué estás tan puesto en el tema? —dijo Juan, extrañado por la vehemencia con que su amigo había hablado. A ver si tú y Dora nos dais una sorpresa y resulta que sois más liberales de lo que pensábamos —dijo, subiendo las cejas a lo Groucho Marx y haciendo una cómica mueca.

—Pues conmigo no cuentes para esas excentricidades —respondió Dora, riendo—. No soy tan moderna. El matrimonio esta para lo que está, ¿no os parece? Y si no, con no casarse, todo arreglado —dijo con contundencia.

—Bueno, pero está claro que… —intervino Clara, siendo interrumpida por enésima vez por el timbre del móvil de su marido.

Ring… Ring…

—Disculpa, cariño. ¿Diga? Sí, dime Luismi. ¡Vaya! ¡Lo que faltaba! Ahora mismo voy hacia la terminal —dijo con diligencia Juan.

—¿Qué pasa? —preguntó Clara a su marido, aunque ya se imaginaba la respuesta.

—Que hay un problema con el equipaje de nuestros clientes, precisamente donde traen las muestras. Se ve que en la terminal las han cargado en otro avión por equivocación.

—¡Vaya por Dios! —murmuró Clara—. No hay manera de que nos veamos fuera de casa para charlar con tranquilidad. Y con los niños tampoco podemos. ¡Vaya plan!

—Lo siento, Clara. Me voy pitando al aeropuerto. No me esperes levantada, que seguramente tendré para rato. Bueno, mejor te llamo en cuanto sepa algo. ¿Y los niños? —preguntó, levantándose de la silla que recién había ocupado.

—Los recogía la canguro. No te preocupes —dijo Clara.

Driling…. Driling…

Clara cogió el móvil al ver el número del colegio en la pantalla. Y atendió la breve llamada de la escuela.

142

—¡Espera Juan! Que la canguro, no se ha presentado a recoger a los niños. Ya es la tercera vez en este mes —dijo con fastidio en voz alta. Tendré que buscar a otra más formal. Me voy ahora mismo —dijo, disculpándose—. Déjame en la escuela, Juan.

—Imposible, cariño. Tengo que dar mucha vuelta por las rondas y están con atascos. Lo siento, pero no puedo retrasarme ni un minuto más. Son clientes muy importantes, cielo. De verdad que no puedo —dijo, besándola.

—Sería raro que pudiéramos tomarnos unas birras con tranquilidad, tío —replicó Carlos—. En la próxima reunión, tráete una agenda de reclamaciones —dijo con chascarrillo.

—Lo siento. No os levantéis. Pásame el gabán y la maleta, cariño. Lo siento de verdad, Clara —se disculpó Juan de nuevo.

—Bueno, pues cogeré un taxi. No te preocupes.

—Pues vaya contratiempo —dijo Dora—. Si queréis, la hermana de mi amiga Menchu no tiene trabajo y es genial. Le encantan los niños.

—¿La conoces bien? Porque si no…

—Sí, y tanto. Es muy buena chavala. ¿Os la envío? No perdéis nada con entrevistarla. Juan, ¿qué te parece? —dijo Dora.

—Pues muy oportuno. Esto hay que solucionarlo ya. Ocúpate, Clara. No podemos estar así, con esta inseguridad. Adiós. Hasta luego… Lo siento, de verdad. Quedamos otro día —dijo Juan mientras comenzaba a andar, poniéndose el gabán.

—Yo también me iré yendo, que llego tarde el centro de estética —dijo Dora mientras pasaba sus manos por la falda, alisando las arrugas y atusándose el cabello.

—Espera Dora… ¡a ver! Mmmm ¿Qué tienes pegado? —dijo Clara a su amiga.

—¿Dónde?

—Debajo de la nariz. Parece cera.

—No, ¡qué va!, debe de ser un moquillo seco, ja, ja —dijo Dora con una risita nerviosa.

—Eso debe ser. Pues te puedes ahorrar la depilación del bigote. ¡Qué suerte! No tienes ni un pelo.

—Sí, es una suerte. A los hombres no les suelen gustar las mujeres peludas —dijo Dora—. Aunque las nórdicas…

—Bueno, pareja—dijo Clara a sus amigos—, yo también me voy a ir pitando, que los niños se angustian cuando tardamos en recogerlos.

—Yo también me voy ya. Carlos, cariño, un beso.

—O sea, que me dejáis aquí, solo, y con una birra huérfana. ¡Vaya plan! ¿Tú ya te vas también, Dora? Voy contigo y te espero por allí dando un paseo, ¿qué te parece? —dijo Carlos, proponiéndole a Dora compartir algún ratito más con ella.

—No, no. Que he quedado en pasar a buscar a Menchu, que vive al lado, y también va a hacerse una depilación integral y vaya, que queríamos hablar de cosas de mujeres, ya sabes.

—Lo dicho: ¡Vaya plan! Al menos, cuando vuelvas podré ver las cosas de otra manera —dijo, sonriendo con una pícara mirada.

—Yo sí que voy a ver, pero las estrellas. No sé yo cómo saldré de mal parada. ¡Lo que cuesta estar a la altura!

—Oye, que vas a depilarte porque tú quieres, que a mí no me importa que ver que tu pel…

—¡Ya estás hablando más de la cuenta, Carlos! ¡Cállate, anda! *Muaks.* Guapa, otro día apúntate conmigo —le dijo a su amiga.

—Pues no te digo que no —dijo Clara pensativa.

—¡Vaya par! Espera, Clara, ¿te acompaño? —dijo Carlos, aprovechando la situación.

—¿No te importa, Carlos? La verdad que estoy cansada. Y
además, me ahorro el taxi —dijo sonriendo.

En eso, Dora, que había oído la conversación tras un par
de pasos, se giró en redondo, y les hizo una propuesta inesperada:

—Estoy pensando que podría acercarte Carlos a nuestra
casa a cenar cuando recojas a los niños. Yo estoy lista del
salón de estética en un par de horas. Y cuando venga Juan,
aunque sea tarde, os vais todos juntos, y si no ha vuelto Juan
todavía, te acompañamos a ti y a los niños. ¿Cómo lo ves?

—Mejor venid vosotros a la nuestra, que los niños hoy tenían deporte y vendrán cansados; y además tengo que poner
la lavadora y la secadora, que mañana tienen gimnasia y ne-
cesitan el chándal —dijo Clara, cogiendo su bolso.

—Ah, pues también puede ser así…—respondió Dora,
pensativa.

—Como me acompaña Carlos y tu centro de estética no
queda muy lejos de mi casa, creo yo que será mejor que hoy
vengáis vosotros, Dora, que los niños no pueden trasnochar
entre semana.

—Buena idea, Clara. Me parece genial. Hasta luego, pues.

—Adiós.

Ring …Ring…

—¿Juan? Uf, menos mal. Ya te contaré. Sí, ya voy… ¿Hotel
qué?

—Hotel Hot Fly, está en la misma acera del centro de belleza. A doscientos metros. No tienes pérdida.

—Cinco minutos. Te quiero.

—Y yo. No tardes.

Tarán tarán, dum dum… tarán tarán, dum dum…

—Hola, Dora, cariño, ¿ya te has puesto guapa?

—Pues sí, Carlos, pero llegaré un poco más tarde, que llevaban un poco de retraso.

145

—No te preocupes. Estoy ayudando a Clara a preparar la cena. Al final llamé a Menchu y me ha dicho que hoy no iba al salón de belleza. Y me ha enviado a su hermana a casa de Clara para que conociera a los niños. Se los ha llevado a jugar al parque para que se familiaricen con ella. Los traerá un poco antes de la cena —dijo Carlos, mientras hablaba sentado en el sillón de casa de Juan y Clara.

—Ahh, vale, sí, al final me ha llamado Menchu porque anulaba la cita. Bueno, pues Me alegro de que haya ido su hermana. Seguro que se entiende con aquellos terremotos. Es muy maja —dijo Dora—. Llegaré en tres cuartos de hora. A ver si veo a los niños despiertos, que casi que no los voy a conocer. Chao.

—Okey. Hasta luego.

Carlos colgó el teléfono y le dijo a Clara, mirándola fijamente a los ojos:

—Dora tardará más de media hora, ¿lo has oído?

—Sí —contestó con cierta inquietud Clara, pues percibió la calidez y la intención de sus palabras.

Tititit… tititit…

—¿Es tu teléfono, Clara?

—Sí, ¿me lo alcanzas? Creo que lo he dejado en el recibidor, Carlos.

—Tienes un mensaje. Toma.

—Es de Juan. Dice que se ha solucionado todo y que llegará en algo más de media hora. Que lo mismo pasa a recoger a Dora de camino hacia aquí. Mmm —dijo ensimismada—. ¡Demasiadas casualidades!

—Pues sí. ¿Lo ves, Clara? Ninguno nos hemos atrevido a hablar de ello esta tarde. Podría ser de otra manera, pero parece ser que ellos ya han elegido un camino. Se hace camino al andar, como decía Machado —dijo Carlos, abrazándola.

—Anda, ¡ven aquí! —repuso ella, colgándose de su cuello, mientras tentaba sus labios—. ¿Media hora has dicho?

AMOR BRUJO Y DUENDE
EN LAS MARISMAS

Blanco y negro. Alegría y duelo. Juventud y vejez. Tradición. Rocío de Falla besó aquella entrañable fotografía antes de salir al escenario, como tenía por costumbre. Retocó el carmín de sus labios y, mirándose al espejo, atusó la rosa que estaba prendida en su moño, como colofón a su atuendo. Cogió las castañuelas que había sobre el tocador y, moviendo con gracia la pierna, apartó la cola del ajustado vestido negro. Respiró hondo, pasó sus manos por el contorno de su talle, recomponiendo algunos volantes que habían quedado mal puestos. Cogió la foto de nuevo y la volvió a besar. Junto a ella, dejó un sobre en el que ponía: *para Madre*. Y se dirigió a la puerta que daba acceso al tablao.

Paco, el de Lucía —el maestro—, la esperaba en el escenario tocando su guitarra, desgranando con su alma y con sus dedos inquietos el arpegio de unas dulces notas que improvisó, como tenía por costumbre, para entretener al público, siempre impaciente. Y se hizo el silencio. La tarima rebosaba duende. Bajo la amplia frente, los oscuros ojos del músico toparon con la mirada cómplice de Rocío, que al instante adoptó la emblemática pose.

Dap, dap, dap

El chasquido rítmico de los dedos quebró el instante y el aliento. Los brazos de la bailaora se alzaron en un alarde de poderío, y las castañuelas comenzaron a claquetear rítmicamente:

Clap, rac, clap

El espíritu de Paco y sus sentimientos fluían cuando cerraba los ojos, haciendo vibrar con sus ágiles dedos aquellas cuerdas, a las que extraía —unas veces con ímpetu y otras con armonía, pero siempre con encanto— la brevedad del tiempo, al que robaba el intervalo suficiente para poder disfrutar de la magia de aquellos sonidos. La intensidad que irradiaba su rostro sudoroso y contraído —en esa enajenación que posee todo artista— hacía fluir con pasión la música que se desgajaba de su alma y de su guitarra, en una generosa ofrenda a la humanidad.

Rocío movía graciosamente los brazos en un efímero abrazo, con harta determinación y vehemencia, contorsionando sus caderas ante un amante invisible. Sus piernas se alzaron enérgicamente, una tras otra. Y dio una vuelta, y otra más. El repiqueteo de sus tacones retumbó en la madera *in crescendo*.

Ta, ta, ta. Taca, taca, tá. ¡Tacatacatá!

La música se fundía amorosamente con su danza. Su rostro ora erguido, ora cabizbajo, mantenía aquella mirada interior, perdida —precisamente para encontrarse con su sentir—; sus manos atrapaban el aire con el movimiento arremolinado y sinuoso de sus dedos. El talle estirado, flexible como un junco. Con el último taconeo, el moño se deshizo, liberando la melena cautiva que, enmarañándose con el sudor de su cara, fue atrapada al instante entre los labios, entreabiertos por el jadeo.

Pompom, Pompom, Pompom

El latido de su corazón inundaba el mundo, su mundo. El brillo de sus ojos se desbordó mirando al infinito, como en trance. Un último acorde arpegiado acarició su oído y sintió un escalofrío. Y se produjo el clímax. De nuevo la pose. Estática. Mantenida. De nuevo el silencio.

Aplausos, aplausos mil. El maestro, sublime como siempre, sonrió complacido con la humildad que le caracterizaba y con la mirada baja, como era su costumbre. Emocionado y sudoroso, rindió los honores a su guitarra, a la que amaba sin medida. Luego alargó la mano, rindiendo pleitesía a la bailaora. Como una llama ardiente, la mirada de Rocío retornó la cortesía del gesto, señalando al músico y aplaudiendo con fervor; con amor. Tras su sonrisa, un sentir vehemente y apasionado, que ambos compartían desde el alma. El público, entregado, se puso en pie y siguió aplaudiendo con entusiasmo.

¡Plas, plas plas!

—¡Bravo!

Cogidos de la mano, hicieron sendas reverencias al público enardecido, tras lo cual, cada uno se retiró a su camerino sin dilación.

Rocío, de vuelta al camerino, se miró de nuevo al espejo. Tras ella, una copa llena de un afrutado vino. Tomó un sorbo lentamente, paladeando el dorado cuerpo seco y liviano de aquel caldo de su tierra. Se refrescó y se dio un agua. Se cepilló el cabello. Y dejó resbalar por su cuello un par de gotas dulzonas de esencia de azahar. Cambió su traje por una blusa blanca y amplia, y se puso un pantalón de montar. Cogió un mantón para cubrirse y también las botas de cuero, aunque no se las puso. Salió sigilosamente por entre las casas del poblado, donde las peñas de la romería dispensaban, con gran algarabía, manzanilla y pata negra a discreción.

Blanco, negro y gris: caballos y jinetes. Rojo, azul, verde y amarillo: gitanas. Por entre las calles arenosas del pueblito, la gente reía y cantaba alegremente, desinhibidos por el efecto de los vinos de la mejor cosecha, reservados especialmente para esta fiesta.

150

Luces y sombras. Rocío caminó descalza, sintiendo el contacto de la tierra en su piel al hundirse sus pies en la fría arena de la calle, en la que destacaban las huellas de los cascos herrados de los caballos y las ruedas de los carros. Joselito, el hermano de su amiga, la saludó mientras sujetaba las riendas de los caballos al viejo travesaño de madera del porche de la casa. Luego colocó unas jarapas sobre el lomo de los caballos, pues acababa de desengancharlos del tiro del carruaje del señorito, y, diciéndole adiós, desapareció, conduciéndolos al interior de la cuadra.

Albero y blanco. Un jinete con traje campero, torera y sombrero gris, saludó a Rocío:

—Niñaa, ¡muy sola te veo esta *noshe!* Anda y sube a mi grupa —dijo con intención, pero sin llegar a reconocerla.

—Ande a sus quehaceres, buen hombre —respondió en voz alta, sin siquiera mirarlo.

El jinete espoleó a su caballo tordo en un alarde fallido, pues ella desvió la mirada, echándose por los hombros el mantón. La silueta del jinete quedó recortada en la penumbra, esperando por si la joven se lo repensaba; y permaneció unos segundos. Vista ya la falta de interés de la joven, espoleó a su caballo y se fue al trote. La bailaora se dirigió a paso ligero hacia la ermita. Su piel, pegajosa por el relente de la marisma, comenzaba a enfriarse. Rocío pasó por detrás de la emblemática iglesia por la cual así se llamaba ella, y contempló la casa de su amiga, que salió en ese momento, apartando la cortina de jarapa. La miró fijamente y, sonriendo, la saludó discretamente con la mano, mientras su abuela le decía a voz en grito:

—¡Hijha! No eh la chiquinina de la Angeleh?

—No diga *trocherías,* abuela —dijo, gritándole al lado de la oreja—. A estas horas todavía andará por el tablao taconeando —agregó para zafarse de las preguntas de la abuela—

. ¡Ve con Dios! —dijo a su amiga María Luisa, mientras le decía adiós con la mano, desde el porche de la casa.

Rocío no le contestó, pero la saludó con la mano para corresponderla. Y, bordeando las casas, procuró ir por la sombra para evitar, en lo posible, ser reconocida.

La luna llena de junio brillaba con intensidad. Rocío se adentró en la marisma y anduvo por entre los juncos, eneas y artemisas que salpicaban las incipientes dunas. Al abrigo de los pinos, el aroma de los romeros y sabinas se dispersaba con la suave brisa, regalándole el olfato. Salitre. Olor a mar. Olor a monte. El burbujeo de la marea entrante —que discurría por los islotes de esparteras, tártagos y salicornias— anunciaba la medianoche. El ulular de un autillo resonó en el pinar.

Blanco y Negro. Dos siluetas se recortaban por la luz de la luna: dos magníficos corceles de larga crin, esbeltos y enérgicos, pero templados, esperaban cerca de unos arriates de salsonas y arenarias. Rocío escuchó un relincho y algunos resoplidos, acompañados por la inquietud de sus patas y por el sonido de los cascos golpeando el suelo.

Clop, clop, clop.

Blanco y Negro. Caballo. Caballo intuitivo y fiel. Vigilante.

Una figura, hasta entonces inmóvil —cobijada por las sombras—, se levantó ante la presencia de Rocío. Paco, el maestro, salió al camino a recibirla y ambos se fundieron en un abrazo.

Rojo y grana. Pasión. Magia.... Sus manos recorrieron sus cuerpos con el embrujo de una sinuosa danza. Ensimismados en un jadeo unísono, con una mirada profunda, cara a cara, se sumergieron en un trance. Pero una siniestra silueta asomó de improviso por la duna que lindaba con la playa. Un hombre

152

entrado en años, delgado e inquieto, se abalanzó sobre Paco, retándolo con una faca.

—¡Padre! ¡Por Dios!

—Quita, mujer, que esto es cosa de hombres y de honor.

—Don Cosme, atienda a razones, por lo que más quiera —dijo Paco, en un intento de acabar con aquella sinrazón—. La amo más que a mi vida —dijo con firmeza.

—Si la amas, déjala y vete —dijo para distraer a Paco, al tiempo que hizo un ademán para clavarle la faca en el corazón.

Zafándose de aquel ataque a traición, con la manta del caballo enroscada en el brazo, Paco cogió de la mano a Rocío y subieron con brío a los caballos, que galoparon velozmente por la orilla de aquella playa sin fin.

Cuentan las jóvenes muchachas del lugar que, en la marea viva del mes de junio, en la luna del Amor Brujo, las marismas y las dunas danzan al son del murmullo del Duende, que se escucha entre dos aguas.

EL TORNAVIAJE

Un viento huracanado encrespó las crestas de aquellas olas enormes, que irremediablemente se desmadejaron en la barra coralina de aguas turquesas que rodeaba aquella pequeña isla, aparentemente desierta. El fuerte oleaje fue depositando en la playa algunos restos del naufragio ocurrido unos días antes en aquellas latitudes, entre ellos, una botella azulada que contenía un líquido transparente.

Una escuálida muchacha rubia de estatura alta, con la piel quemada por el sol, vagaba por la playa, y encontró aquella botella; la cogió y la puso en el bolsillo de la andrajosa camisola que cubría su cuerpo. Se sentó sobre una palmera caída, a la sombra de un grupito de cocoteros, dispuesta a abrirla para oler su contenido, pues la forma de la botella sugería que pudiera ser algún tipo de colonia, perfume o licor.

Levantó la vista un momento y observó algo que flotaba en el agua: era una maleta que, sorprendentemente intacta, se balanceaba en el mar.

Soledad, la única superviviente del naufragio acaecido hacía un par días cerca de unas islas vecinas, se adentró rápidamente en el agua para cogerla, esquivando un par de cajas de madera rotas que se balanceaban a son de mar. Anduvo con dificultad por el agua, pues se sentía débil, y la resaca tiraba de ella; aunque sus pies se hundían en la arena del fondo revuelto, hizo acopio de coraje y, estirando el brazo, cogió la maleta con vehemencia.

De las cajas de madera estalladas contra el rompiente emanaba un olor alimonado, quizás de azahar o melisa, que la brisa marina diseminó por toda la bahía. Soledad arrastró la maleta de piel hasta la sombra de los únicos cocoteros que lindaban con la blanca arena de la playa. Con gran ansiedad, manipuló unas cinchas metálicas que habían mantenido la tapa de la maleta bien encajada. Y por fin la abrió; observó, gratamente sorprendida, que había prendas de ropa femeninas, que incluso habrían podido ser de su talla. Estaban exquisitamente plegadas y tachonadas de tal manera que, a pesar de los revolcones sufridos, los enseres se hallaban intactos, salvo en una cantonera reblandecida, por la que había rezumado un poco de agua al interior, donde había algunas prendas de lencería, un par de vestidos, una caja redonda de polvos para maquillaje —con su correspondiente borla de plumón de cisne— y también algunos productos para el aseo. Protegida con un pañuelo, encontró una diminuta botella oval de cristal rojo, decorada con unos rameados dorados, que enmarcaban una sofisticada etiqueta en la que, escrito en letra redondilla, se leía: *Parfum Sensuel. Bohême.*

Había algunas prendas de la cantonera por donde había entrado un poco de agua, donde también encontró un diario escrito, con una letra presumiblemente femenina, donde se apreciaba una fórmula magistral, emborronada a consecuencia de la humedad, que había desdibujado algunas letras y números.

Los ojos grises de aquella rubia muchacha, desencajados al igual que su memoria por la tragedia que había padecido, leyeron aquel breve párrafo que constataba el inicio de un diario, o quizás de algún cuento o novela que comenzara con aquel desafortunado viaje, seguramente repleto de expectativas para la autora de aquellas palabras. Soledad siguió revolviendo entre las prendas y encontró, encajado entre un par de toallas, un pequeño estuche rectangular de madera con un cierre. En su interior había un bote de tinta y un par de plumillas de metal. Pensó que con todo ello podría escribir un mensaje de socorro, y también sus últimas voluntades

Cogió la botella azulada y rompió el sello de lacre que la unía a una cuerdecilla entretejida con la funda de mimbre que la protegía. Al olerlo, se percató de que era el mismo aroma que provenía de las cajas flotantes. Lo vació generosamente sobre sus ondulados cabellos, por su cuerpo y por sus ropas; y dejó la botella boca abajo para que no quedara líquido alguno en ella. Seguidamente, arrancó un par de hojas de aquel diario, con la intención de escribir un mensaje de socorro.

En un arrebato enajenado, la muchacha revolvió y cogió las prendas de la maleta y, mirándolas, las sacudió al viento, poniéndoselas por encima y dando vueltas a modo de danza, con los brazos extendidos, dando grandes zancadas, y gritó, corriendo en un arranque de desesperación, con tan mala fortuna que dio un traspié al tropezar con la maleta, y esta se volcó. El tintero era de cristal, rodó y se rompió al topar con una áspera piedra; la arena engulló buena parte de su precioso contenido, quedando una mínima parte de tinta en el fondo. Se puso a llorar sobre una palmera que yacía rendida a flor de agua.

Angustiada ante la idea de que un nuevo percance le impidiera escribir su carta, vació algunas gotas del *Parfum Sensuel* del botellín rojo en el tintero. Olía igual que el de la botella azulada. La escasa tinta negra quedó diluida en un color marrón, pero en cantidad suficiente como para escribir una misiva. Cogió de inmediato una pluma y comenzó a escribir, sobre un par de hojas, el sufrimiento vivido y el miedo que sentía, atreviéndose a contarle a un destinatario desconocido su nombre y sus miedos, pues se hallaba en una isla desierta en algún lugar del océano que no supo describir.

El sol ardiente secó rápidamente la tinta. Ella enrolló de forma prieta aquella fragante carta para poder meterla por el cuello de la botella azulada. Luego hizo un hatillo con uno de los vestidos para poder transportar la botella pegada a su cuerpo. Con la brisa atusando sus cabellos, esperó la marea muerta, pues quería atravesar la barrera coralina donde había estado buceando el día anterior para buscar cangrejos y almejas con los que alimentarse. Con ello pretendía evitar que la botella chocara con el arrecife, y también que volviera a la playa por la acción de las olas. Casi sin fuerzas, la lanzó lo más lejos que pudo. La botella flotó y fue bamboleándose entre las ondulaciones del agua. La perdió de vista cuando se inició la bajamar y el mar se retiró.

Cerca del crepúsculo, cuando se disponía a cobijarse en el refugio que había hecho con troncos y hojas de palmera, Soledad divisó un gran velero. Era el primer barco que veía desde el naufragio. Agitó las ropas al viento con los brazos levantados, y no sabía con qué más llamar su atención. Desesperada, corrió hacia la playa y se lanzó al agua para nadar hacia el buque. Este pasó por la línea de la costa, pero, al estar ella nadando entre las ondas del mar, no fue vista por el vigía, a pesar de que agitó sus brazos y gritó con gran frenesí, pues estaba cerca del arrecife, y el propio fragor del rompiente y las crestas de las olas velaron su figura y sus gritos. Agotada y temerosa porque caía la noche, volvió nadando, y con gran tristeza se encaminó hacia los cocoteros de la playa, cuya silueta aún distinguía en la penumbra. Se acurrucó, aterida de frío, entre los troncos caídos, para que la parapetaran del relente, envuelta y tapada con todas las ropas que había encontrado.

Con el sol naciente y el mar encalmado como una balsa de aceite tras el temporal, los marineros de aquel velero vieron una botella flotando y, descolgándose por el través del navío con unas guindolas, se apresuraron a cogerla. El capitán del barco extrajo de aquella botella azulada un papel enrollado con dificultad; y lo leyó, sorprendido por el intenso perfume que despedía, pero sin que pudiera discernir nada relevante sobre la ubicación del naufragio que se citaba en aquellas letras. La carta no suscitó más interés que el de conocer la historia de un naufragio más, donde se relataba la tragedia de quien la escribió, y la tarea de refrendarlo en el cuaderno de bitácora. El escrito carecía por completo de referencias geográficas medibles y de fecha alguna, o de matices estacionales que pudieran haber revelado algún dato más sobre aquella tragedia. Así pues, la carta en sí misma no arrojaba luz alguna sobre la situación de la isla donde presumiblemente fue escrita, y había cientos de islas y atolones en aquellas latitudes, entre el trópico de cáncer y el ecuador.

Dólar —un joven y avispado comerciante, moreno y de porte elegante, siempre vestido con traje y sombrero color café, que viajaba en aquel velero mercante por motivo de sus negocios— se dirigió hacia el capitán para enterarse de lo ocurrido. Este le ofreció el escrito para que lo leyera. Dólar le suplicó que le dejara quedarse con aquella enigmática carta, pues era de gran interés para él, ya que trataba con perfumes, aromas y especias. El capitán la leyó de nuevo para corroborar que su contenido no aportaba nada relevante, y se la cedió al joven, con la condición de que debería devolvérsela si las autoridades a las que tendría que dar parte así lo recomendaran.

Dólar selló el tapón con la cera de una vela para conservar aquella intensa fragancia y protegió la botella con el mensaje, enrollándola con una prenda de ropa, y la puso en una maleta donde llevaba los documentos de sus negocios.

Transcurrieron varios días hasta que el navío llegó a su destino. Atracados ya en Boston, el capitán habló con las autoridades del puerto, y corroboraron que había habido no uno, sino dos naufragios, de los buques de mercaderías que cubrían aquella zona del Atlántico, a causa de la cola de un fuerte huracán, pero que no se habían encontrado supervivientes.

—Lo siento, Dólar. Es imposible saber el lugar aproximado de los naufragios. La corriente del golfo fluye constantemente y lo arrastra todo, engulléndolo. Aun así, se ha dado aviso a los buques que zarpan para que estén alerta, por si ven enseres o cadáveres en su singladura.

—Gracias, capitán. Al menos tenía que intentarlo. Esa mujer debía de ser una buena perfumista.

El joven Dólar fue a su casa y deshizo el equipaje con cierta pesadumbre. Cogió aquella botella mensajera muy pensativo. Una sensación agridulce entristecía el hallazgo, pues aquel escrito oloroso no había arrojado luz alguna sobre la tal Soledad, cuya historia se hallaba envuelta, como el aroma, en un halo de misterio.

Al día siguiente, cogió la botella y, con paso decidido, entró a ver a su primo Nez, un químico erudito que trabajaba en los laboratorios Ensuma, que lindaban con la oficina de Dólar, ya que era un negocio familiar compartido.

Nez, diligente, cogió la botella y la llevó rápidamente, con la bata blanca en volandas, hasta una lupa articulada fijada a una mesa que había cerca de la ventana, y miró aquella fórmula desdibujada a través de sus lentes redondas, que ajustó a su prominente y delgada nariz. Y se entusiasmó… Estuvo haciendo ensayos toda la noche. Rotuló en un papel el compuesto de las diferentes probetas para que no se le mezclaran y pudiera discernir los compuestos de aquel perfume, ya que su primo le había dado muchas prisas; y también porque le apasionaban los intríngulis de aquella pequeña aventura que había alterado la cotidianidad de su trabajo rutinario entre pipetas, tubos de ensayos y alambiques.

Nez quedó un tanto sorprendido, puesto que los ingredientes de la mezcla eran muy conocidos, y pudo comprobar que el secreto estaba en la inusual proporción de algunos de sus componentes, como eran el alcohol como disolvente de los principios aromáticos y el almizcle como fijador. Corroboró pues, al oler la carta perfumada y la botella que Dólar había dejado sobre una estantería, que sus pesquisas habían tenido un desenlace exitoso, y que se aproximaban mucho a la fórmula patrón.

—Es magnífico. Lo has conseguido, Nez —dijo, oliendo la boca de una probeta.

—Dame tu pañuelo. Le falta una pizca de algo, pero creo que es casi el mismo olor.

—Toma —dijo Dólar, alcanzándole un pañuelo blanco de hilo de algodón.

—Mucho mejor. Que los tintes desvirtúan los aromas. Solo he puesto una gota. Ya me dirás cuántos días sigue desprendiendo el olor en tu bolsillo. Yo he puesto unos testigos en papel, ropa y jabón por separado en una campana del laboratorio —explicó Nez con grandes expectativas—. Y también sobre un mostrador al aire libre, para contrastar la volatilidad del aroma en sol y sombra, y para ver si deja manchas sobre el tejido. Esto es de gran relevancia.

—Sería fabuloso, Nez. ¡Podríamos hacer varias líneas de uso para esta fragancia! —dijo Dólar, entusiasmado.

—En eso estaba pensando precisamente, primo. ¡Londres, París, vamos para allá! —dijo, riendo y frotándose las manos aquel erudito de bata blanca que diríase que vivía en el laboratorio.

Durante una semana, Nez preparó la fórmula —macerando y destilando los aceites esenciales de algunas plantas y flores para su producción comercial—, pues Dólar quería hacer las gestiones para la promoción y venta del perfume, aprovechando que zarparía en breve en un mercante con destino Londres. ¡Una ocasión magnífica que no podía desperdiciar!, pues el ambicioso joven deseaba establecer una línea comercial con importantes mercaderes de Europa y Asia, que tenían su sede en la célebre y ciudad cosmopolita del otro lado del Atlántico.

Pasaron unos días, y Dólar se acercó de nuevo a los laboratorios para ver a Nez. Recorrió las amplias naves de ladrillo macizo, que albergaban los grandes ventanales de aquel viejo edificio que lindaba con las calles circundantes a los muelles de los pescadores, húmedas, grises y malolientes. Se dirigió hacia aquel antro donde Nez, sepultado entre botellines, frascos y estanterías, realizaba sus pesquisas, pues allí se encontraba como pez en el agua.

—¡Hola! Celebro que hayas venido. Tengo buenas noticias para ti y tus negocios.

—Pues desembucha, Nez, que estoy impaciente. Por cierto, este pañuelo que impregnaste sigue emanando su aroma con bastante intensidad, y ya hace una semana. Creo que va a resultar un buen producto comercial.

—En el papel de carta también se mantiene bien. Y la fragancia en la pastilla de jabón es estupenda: perfumada pero fresca. Y deja la piel muy suave. ¡Va a ser un éxito con las damas!

—Lo del jabón todavía no lo tengo bien atado con la fábrica, Nez. Habrá que esperar. Tienen un cuello de botella con la producción y con el almacenaje. Hasta que no lo solventen, no quiero embarcarme en ello, pues podríamos perder dinero. El jabón necesita un envoltorio delicado e impoluto. No puede hacerse de cualquier manera.

—Pues sí. Sería interesante cuadrar bien los tiempos de almacenaje. Una remesa con demasiado tiempo de almacenaje y el viaje por mar con una ola de calor o con una bodega con más humedad de lo normal podría provocar exudados y manchar los envoltorios. Podríamos perder el cliente, que hay mucha competencia en el sector. Vaya, que yo me dedico al laboratorio, el comercial eres tú, Dólar.

—Gracias. Lo tendré en cuenta. He pensado que también podríamos perfumar los polvos de maquillaje.

—Es una buena idea, pero es algo más complicado. Tendría que hacer varias pruebas antes, ya que puede variar la textura y la homogeneidad del polvo. O que se propicie el desarrollo de hongos y bacterias; ten en cuenta que la borla con que se aplican va de los polvos al cutis y viceversa. En el cutis graso eso es importante, pues tiene más riesgos. Sería lo último que yo lanzaría al mercado.

—¿Cuándo crees que podremos comercializar el perfume sensual? Ya tengo algunos clientes interesados y necesito saber los costes de fabricación para calcular el tamaño de los envases, para ajustar los precios y los portes.

—Del perfume, en un mes puedo tener preparados unos mil litros; he pensado que en botellitas de una onza americana pueden envasarse unos treinta y tres mil ochocientos catorce. Si fuera una onza inglesa, algunos botellines más.

—Me parece bien. Onza americana, Nez, que somos de Boston. ¡Que se note! Es un buen tamaño comercial para la promoción. Y no supone un desembolso tan grande de dinero para el comprador. Sí, señor. ¡Buena idea, Nez! —dijo, dándole un achuchón en los hombros.

Dólar le ofreció una participación adicional en el negocio, y Nez sonrió satisfecho.

—¡Te invito a cenar! Anda, ¡vamos!

Fueron a una taberna cercana que había en el paseo de los muelles, donde se comía buen pescado por un módico precio. La taberna, escasamente iluminada con quinqués y faroles, era acogedora y disponía de algunas sillas y bancos de madera rodeando algunas mesas hechas con barriles viejos. Era un lugar de paso, pues los estibadores solían comer allí y no disponían de mucho tiempo. Pero el local era conocido porque ofrecía la especialidad típica del lugar: crema de almejas de Boston, pescadilla y pudding de chocolate.

—Mmmm. ¡Está riquísima! —dijo Nez, disfrutando de aquel manjar exquisito

—No hay un restaurante en Boston en que preparen mejor la crema de almejas. Mmmm.

—Me he tomado la libertad de prepararte algunos diseños para el envase —explicó Nez, mirándolo por encima de las gafas.

—Es estupendo. ¿De dónde has sacado la idea?

—¿Te gusta cómo ha quedado? —preguntó Nez, mostrándole un botellín ya decorado con motivos florales dorados, negros y blancos. Luego le enseñó otro más sencillo, pero muy seductor, que simulaba las hojas del naranjo y la lima en color verde, con una flor blanca.

—Es una botella preciosa esta última. Es sencilla, pero elegante. Le hace honor al perfume. Me gusta mucho. Por cierto, quisiera llevarme la botella azul con el mensaje como recuerdo —pidió Dólar.

—Cuando quieras.

—¡Este pudding está buenísimo!

—Es que les sirvo yo el cacao —dijo, guiñándole un ojo a Nez.

—Ja, ja. ¡Eres un vendedor empedernido! —dijo, ajustándose las gafas sobre la nariz—. ¿A quién de la familia has salido?

A la mañana siguiente, Dólar pasó por el laboratorio de nuevo para corroborar el tamaño de las cajas con que embalarían los botellines y calcular la paja y el tamaño de los contenedores de madera donde irían protegidos, pues iba camino del puerto para consultar los precios de los fletes antes de que subieran los precios, como se rumoreaba.

—Buenos días, vengo a por la botella, que me voy corriendo.

—Cógela tú mismo de la estantería. Por cierto, he pensado que los tapones deberían tener una especie de encaje sellado, para evitar fugas y derrames fortuitos. Me traerán unas muestras hoy.

—Has pensado en todo, te felicito —respondió, poniendo la botella azul en el bolsillo de su gabán—. Te llamaré en cuanto sepa cuántas cajas necesitaré para el primer embarque. ¿Y las cajas de muestra? —preguntó Dólar.

—Aissh. ¡Las cajas! No me las han traído todavía.

—Pues me hacen falta, Nez. Las necesito para la presentación del producto, pues le dará más caché, y, sobre todo, porque iba ahora a concretar el espacio que necesitamos en las bodegas; a ver cómo lo hago yo ahora —dijo, pensando en voz alta—. Esperaba las cajas para hacer los cálculos lo más ajustado posible… en fin, los tantearé y ya quedaré para mañana, no hay otra. Dime algo mañana.

—Lo siento de veras, Dólar. Si no traen las muestras, por la tarde me acerco yo personalmente. Buena suerte.

—Adiós.

Dólar salió del edificio un poco contrariado. Anduvo con rapidez y bajó de la acera para esquivar a unos ancianos, cuando, al pisar la calzada adoquinada —que estaba húmeda—, resbaló y cayó de bruces, apoyándose de tal manera en el quicio que se hizo un corte en la mano derecha, el cual sangraba abundantemente. Acudió al dispensario que estaba cercano a los muelles, donde le indicaron que se sentara y esperara en la sala, que le atenderían enseguida.

Frente a él estaban sentados unos marinos desaliñados, que custodiaban a una joven de mirada extraña y atuendo harapiento. La muchacha tenía la cara y los labios ajados por el sol, y el cabello rubio, largo y muy enmarañado. Estaba replegada sobre sí misma y temblaba. Un viejo marino de cabello cano que estaba a su lado la tenía sujeta por el brazo para que no se escapara, pues la chica forcejeaba de vez en cuando. De forma un tanto paternal, le echó una manta andrajosa por encima, para arroparla un poco.

—Abríguese, muchacha, que está aterida de frío —dijo el marino chascando la lengua. Luego suspiró con cierta preocupación.

—Mmm… —murmuró la joven, fijando la mirada fija en el suelo, balanceando su torso hacia delante y hacia atrás, con los brazos rodeando su propio talle con fuerza—. Mmmm, mmmm.

—La encontramos a la deriva, cogida a una caja de madera —le explicó a Dólar, buscando conversación—. La subimos a bordo del mercante, pero no nos habla y apenas bebe ni come. Creo que ha perdido la razón —dijo, dirigiéndose a Dólar con cierta desesperanza.

—Un triste suceso, sin duda. ¿Dónde dice que la encontraron? —preguntó intrigado.

—Pues en el…

El pañuelo que Dólar apretaba contra la herida de su mano rezumaba sangre abundantemente y, en ese momento, cayeron al suelo algunas gotas.

Tac. Tac. Tac.

La roja cadencia de las gotas llamó la atención de aquella muchacha. Y buscó con la mirada la procedencia de aquel goteo. La joven se fijó obsesivamente en Dólar, de forma catatónica. Y señaló de pronto con el dedo índice hacia su bolsillo. En un arrebato enloquecido, se abalanzó hacia él, gritando:

—¡Mío! Es mío….

Dólar, sorprendido, intentó protegerse de aquel desvarío, pero la muchacha le sustrajo del bolsillo la botella con el mensaje que asomaba por él. Cogió la botella azulada con una fuerza desmedida y la apretó contra su pecho, mientras los marinos la sujetaban y pedían ayuda a la enfermera.

Dólar, perplejo ante aquella extraña situación, se acercó a ella con la intención de convencerla de que se la devolviera. Sorprendido ante la tozudez de la muchacha, le ofreció una moneda, y se acercó a ella con cierto temor, ante lo imprevisible de su conducta. Y entonces fue cuando percibió aquel aroma… ¡Procedía de los rubios cabellos de aquella joven!

Simultáneamente, una voz femenina procedente del interior del dispensario llamaba a los marinos para que entraran con la chica. Pero no hubo manera de que ella soltara la botella.

—Déjenla —dijo Dólar inesperadamente—. Que se la quede si ello la tranquiliza, por favor —insistió. Y, con una mirada extrañada, contempló a la muchacha, sospechando ya quién pudiera ser.

Ayudados por un par de enfermeras, los marinos intentaron meter a la fuerza a la joven, que sollozaba desconsoladamente, aunque aquella botella parecía calmarla, sin que ni aquellos marinos ni las enfermeras supieran el porqué.

De los ropajes de la muchacha cayó al suelo un trozo de cartón: era una etiqueta de la que colgaba una cuerdecilla impregnada con lacre, que dejaba entrever unas palabras casi ilegibles, pues estaban emborronadas. Dólar se agachó a coger la etiqueta y se entretuvo en descifrar aquellas letras, ayudado por un monóculo que llevaba en el bolsillo de su chaleco. Sus ojos se abrieron ante la sorpresa. Las palabras eran:

Parfum Sensuel. Soledad

Con su herida ya curada, Dólar pidió hablar con los marinos y con una de las enfermeras que habían atendido a la muchacha, y les dijo:

—No está loca.

—Pues dice cosas sin sentido y está muy alterada —argumentó la enfermera—. No dice más que palabras sueltas, incoherencias. Y habla en francés, con lo cual apenas entendemos lo poco que dice.

—Yo puedo explicarles lo que le ha ocurrido. Y sé hablar en francés. Quisiera hablar con el médico, y luego me gustaría hablar con ella, cuando esté en condiciones, y por favor, no tiren la botella, pues dentro de ella hay un papel enrollado, en el que se halla la clave de sus recuerdos.

—Ahora saldrá el doctor, en cuanto pueda. No se vaya —dijo la enfermera, sorprendida y escéptica ante lo que le contaba aquel hombre.

Dólar volvió a sentarse en la sala y, mirando aquel trozo de cartón, se quedó allí, esperándola.

LOS ULTRAMARINOS.
VIDRIO, PAPEL Y CESTA…

—Ve a la tienda antes de ir a la escuela, que papá está en el trabajo. ¿Tienes la lista?

—Sí, mamá. Ahora voy. ¿Te encuentras bien?

—Estoy mejor. No te preocupes. Anda, date prisa, que llegarás tarde.

—Vale.

—Abrígate, que hace viento. Un beso.

—Buenos días.

—Buenos días, Baldufa —le dijo el tendero, mientras se abrochaba la bata gris, pues justo acababa de subir la persiana metálica—. ¿Qué quieres? —preguntó al tiempo que abría las contraventanas azules que protegían las puertas de madera y cristal, que eran del mismo color que los escaparates.

La niña miró el trozo de papel que llevaba en la mano y comenzó a leer con rapidez la lista que su madre había escrito con un escueto lápiz.

—Dos rollos de papel de El Elefante, una pastilla de jabón para la ropa, un sobre de azulete, un trozo de piedra pómez grande, para el suelo, y un estropajo de esparto. Además, un kilo de patatas del bufet, un manojo de acelgas, cien gramos de café en grano para moler, unas hebras de azafrán, media libra de arroz, medio litro de aceite, miel de romero, media docena de huevos morenos y una docena de blancos, cincuenta gramos de jamón dulce y dos hojas de laurel.

—¿Has traído el frasco de vidrio para la miel y la botella del aceite? —dijo mientras estiraba un cucurucho de papel que estaba ensartado en uno de los ganchos que colgaba de la barra de los embutidos.

Luego, aquel hombre de cabello blanco y escaso abrió el saco de arpillera, cogió con una paleta curvada de latón los granos de café y rellenó el cucurucho, depositándolo sobre el plato de la moderna báscula que había comprado hacía poco. Luego lo pasó por el molinillo, y dando unos golpes para vaciar bien la tolva, cerró el cucurucho y se lo dio a la niña, advirtiéndole que no lo tumbara.

—Sí, sí que los traigo —dijo Baldufa, sacando los frascos de cristal del capazo de palma trenzada.

Mientras, el señor Gildo cogió unas cuantas patatas del saco en un capazo. Luego puso un peso de metal de un kilogramo en la antigua balanza de platos; corrió la pestaña de la barra de calibrar y puso unas cuantas patatas en el otro plato. Y quitó una.

—Te hago buen peso. Y tu madre, ¿está mejor?

—Sí, ya está mejor —respondió, mientras se subía el calcetín largo que llevaba caído hasta el tobillo y aprovechó para anudarse los cordones.

—Abre el cesto, que no se caigan.

—Se lo dejo aquí, que ahora vuelvo —dijo, cogiendo la lechera de aluminio, una bolsa de lona con asas y la bolsa del pan.

—No te entretengas —advirtió el hombre mientras ponía los garbanzos en el cono de papel—. ¿Media docena de huevos morenos has dicho? —preguntó de nuevo.

—Sí, creo que sí —respondió, leyendo la lista por si se olvidaba algo—. Ahora vuelvo.

Muuu, mu, muuuu

—Señora Magdalenaaa —gritó la niña, asomándose a la sala de ordeño de la vaquería, que estaba enfrente de los ultramarinos, unas puertas más allá de la plaza.

El recinto estaba aún con la luz apagada, pero la puerta entreabierta, como era costumbre; y más allá, al fondo, se entreveía la trastienda que daba acceso al establo, un oscuro y húmedo recinto techado con uralita, por el que la niña, adentrándose, vio al mozo de cuadras, que echaba algunos cubos de agua para baldear las boñigas a un canal de desagüe, ya que allí estaban estabuladas cuatro vacas lecheras. Por detrás de una vaca llamada Canela, a la que Baldufa había acariciado varias veces en la testuz —bajo la supervisión de la vaquera—, asomó la señora Magdalena, una mujer gallega muy recia, de tez blanca, pecosa, y pelirroja, con su mandil de plástico blanco y unos manguitos de tela del mismo color. Llevaba, como siempre, un cubo de zinc repleto de leche; y la abocó en unas jarras de medir que había en una bandeja. Todo en acero inoxidable. Y salió sin prisas a la pequeña tienda, alicatada hasta media pared con azulejos blancos y con un zócalo de color negro. Y la pintura hasta el blanco techo, en azul. Entonces presionó un negro interruptor y encendió la única bombilla del comercio, de sesenta vatios, que solía apagar cuando no había clientela.

—A ver, ¿qué te pongo, Baldufa? —preguntó, mientras subía a una tarima de madera y ponía los potes de medir en el altísimo mostrador, donde tenía los yogures, los flanes caseros, el requesón, la nata y la mantequilla, todo hecho por ella y por su marido. Al lado, habían almacenadas algunas cajas de metal enrejadas a modo de jaula, con botellas de leche de una marca industrializada, que ya estaban vacías. Y en otras jaulas más pequeñas, tenía los envases de los yogures, que al igual que las botellas de la leche, se tenían que retornar limpios.

—Póngame un litro de leche, dos yogures y una terrina de requesón.

—¿Has traído el envase?

—No. Hoy se me ha olvidado

—Pues te los cobro. No pasa nada. Te lo devolveré cuando me los traigas. Te lo apunto en la nota para que se lo des a tu madre. No te olvides.

—Vale, gracias —dijo, poniendo el dinero en la mano de Magdalena y los alimentos en la bolsa de lona—. Adiós.

—Adiós, guapa. Dale recuerdos de mi parte a tu madre y que tenga una hora corta. Y tú, ayúdala, que ya te estás haciendo mayor —dijo, guiñándole un ojo con simpatía, pues vio que comenzaban a apuntar sus formas de niña a mujer.

Baldufa salió de la vaquería y cruzó al horno de pan, cercano a la esquina donde estaba la entrada al colegio, donde compró una barra de medio, a la que le pusieron de torna un bastón largo, cuya mitad metió también en la bolsa del pan. Y comenzó a roer la otra mitad.

Apostado en la portería de al lado, un hombre la observaba. Su mirada penetrante —cargada de una intención obsesiva y oscura—, seguía, sin perder ripio, el itinerario de la niña, que, ajena a lo que ocurría tras ella, volvió a la tienda de ultramarinos la mar de contenta.

El tendero, que estaba cogiendo los huevos de una cesta de mimbre con paja, cogió dos hojas de papel de periódico con dificultad, pues tenía las manos deformadas y con sabañones, y las puso sobre el mármol blanco del mostrador, y cada una de aquellas hojas la partió en dos. Sobre una mitad puso tres huevos con cuidado y los envolvió; luego envolvió los otros tres, y con la hoja grande envolvió los dos paquetes; dobló los laterales y se lo entregó a la niña.

—Ten cuidado, no se vayan a romper. Dile que son frescos de hoy.

Dicho esto, Gildo cogió un pequeñísimo lápiz de madera y sobre la superficie del mármol blanco hizo algunos garabatos para sumar la cuenta.

—Son… dos cincuenta, más cinco, más…

—Me ha dicho mi madre que lo añada a su cuenta.

Ring…Ring…

—Espera… ¿Diga? Es tu padre, que dice que vayas para casa enseguida —dijo el tendero mientras anotaba en una libreta pequeña cuadriculada la cantidad adeudada—. Me ha dicho que ya a vendrá él recoger la compra y a pagarme.

—¡Uy! Pues me voy corriendo. Adiós.

Al salir impetuosamente de la tienda, pisó una mierda de perro que había sobre la acera y se resbaló hacia el bordillo; al pisar los adoquines de la calzada se cayó, pues además había comenzado a lloviznar. Al levantarse, miró hacia atrás fortuitamente, mientras se atusaba la falda y restregaba la suela del zapato en el canto del bordillo.

Entonces, su mirada se cruzó con la del hombre que la acechaba. Y un escalofrío la invadió. Puro instinto. Intuición. Un calor en el estómago le quitó la respiración momentáneamente. Baldufa se levantó y corrió sin aliento tras Teresa, la comadrona, que iba por delante de ella y que justo entraba en el portal de su casa.

Unas vecinas que se habían parado a hablar frente a la tienda de ultramarinos, murmuraron:

—Mira cómo corre la Baldufa. Debe de haber nacido ya el hijo de Rita.

—Sí, he visto que iba la Teresa hacia su casa.

Lo que no supieron ver las vecinas fue que, desde hacía días, aquel hombre de mirada obsesiva y malintencionada se había apostado en el mismo portal, frente al colegio de niñas que estaba en el chaflán, al lado de la iglesia, donde cada día aquel potencial criminal encendía un cigarrillo tras otro, esperando pacientemente el momento oportuno.

S.I.G.L.A.S.

Su andar renqueante delataba el paso de los años. Solía deambular las tardes de los lunes los miércoles y los viernes por las diversas salas de espera del ambulatorio del barrio, como si de una comprometida cita se tratara. Había sido un hombre culto, de letras. Solía charlar con sus coetáneos, cotejando —como si de los cromos de antaño se tratara— el contenido de una cajita de metal decorada, en un animado trueque de cápsulas, comprimidos y pastillas de diversas formas, tamaños y colores.

Viudo y sin hijos que lo cuidaran —y no porque no los tuviera—, abordaba angustiado a las enfermeras y administrativas por los transitados pasillos, demandando atención y pidiendo por favor que alguien le tradujera aquellas palabras harto ininteligibles que el médico había escrito en el papel. ¡Ni Dios las entendía! Y, por si fuera poco, aunque se las leyeran, él tampoco las recordaba; su memoria efímera se desvanecía en una mirada perdida y vacía. Ausente.

Úrsula, la enfermera que atendía a Francisco desde hacía varias décadas, era la única que lo escuchaba, quizás porque ella misma se sabía más cercana a la edad del anciano que a la de sus compañeras de oficio, y mostraba por ello una condescendencia que bien quisiera para ella en los años venideros.

Úrsula hizo acopio de paciencia y, colocándose las gafas que colgaban de un cordoncillo de su cuello, leyó aquel informe con cierta parsimonia:

—A ver, Francisco, ¿qué es lo que no entiende hoy?

—Pues es que en esta línea dice que no puedo *nosequé* al AAS, y que no me pueden tratar en el CAP, y que me han de tratar un IAM con Babinsky +, ¿ves? Y aquí dice que me darán un ICTUS… y a mí nadie me ha dado nada —dijo el anciano, babeando mientras seguía leyendo lo que buenamente podía—. Luego —balbuceó— ponen que me tramiten al servicio de LUCIA, y que tengo que ir a la planta menos uno. No sé qué quiere decir todo esto —explicó el hombre con una mueca extraña y torcida en la boca.

—¡Ay, Francisco! ¿Qué haremos con usted? Ande, ¡que se va a manchar! Está clarísimo —dijo mientras le alcanzaba una gasa a modo de pañuelo. Pues aquí dice que no le pueden dar la Asistencia Anciana Sanitaria, AAS, porque en el Centro de Asistencia Primaria, CAP… uff, —se interrumpió—, a ver, espere. Sí… sí, ¿ve?, aquí dice que le trataran urgentemente un IAM? ¿o es otra A? Quizás es IAA. Buff —resopló aturdida la enfermera.

—¿Ya sabes de qué va, Úrsula? Yo no acabo de entender todo esto que me dices, hija —dijo el anciano con gran inseguridad.

—Mire, Francisco, es que no lo puedo leer bien. ¡Es que la letra de los médicos tiene tela!

—Sí, hija. Es lo que me pasa a mí. No entiendo nada de lo que ponen.

—Pues no sé qué es. A ver, Babinsky debe de ser el nombre del médico que lo remite al hospital, y dice que ya estuvo en un EAP hace un año. ¿Estuvo usted en otro Equipo de Asistencia Primaria? —preguntó la enfermera extrañada.

—Pues no sé. No me acuerdo. Yo siempre he venido aquí —respondió Francisco con la mirada perdida, no entendiendo de que le hablaba. ¿Ir a otro médico? Jamás, pensó.

—¡Ah! Sí, mire. Sí. Esto es una M. Creo que se refiere a que tiene que ir al Instituto de Ancianos Mutualistas, IAM, que depende del Sistema Nacional de Pensiones. Por cierto, desde enero han eliminado el Instituto Coordinador de Transferencias para el Usuario Social, ICTUS, ¿no se lo han dicho?

—No, hija, si a duras penas puedo leer el correo. ¡Yo no entiendo ya de esas cosas!

—Pues sí que es un jaleo. No lo ponen nada fácil. Pero usted no se preocupe. Imagínese, ¡yo trabajo aquí y no me aclaro! —dijo Úrsula, riendo de sus propias limitaciones.

—Y esto de aquí, ¿qué es? ¿Qué pone?

—A ver… sí. Lo que pone después es que, por este motivo, el paciente se remite a la sala de la tal LUCIA/UTSU, que se ha trasladado a la planta menos uno del hospital de referencia. Debe de ser alguna doctora nueva. Creo que debe de ser aquella vietnamita, o una africana que comenzó la semana pasada. Muy majas las dos. Pero ¡con tanta reforma laboral, cada dos por tres nos cambian los médicos y el personal! Así no hay manera de trabajar en equipo y con buena coordinación —se quejó—. ¡Yo tampoco conozco a nadie! Y aprenderse la letra de cada uno no es moco de pavo —dijo, acabando con su retahíla laboral.

—Sí, maja, a mí me pasa igual. Cada día hay uno nuevo

—No se preocupe. Vaya usted mañana por la mañana, que ahora ya estará cerrado, pues las oficinas cierran a las tres. Y mejor que le acompañe alguien, Francisco —dijo la enfermera con cierta preocupación. Que ya no tiene usted edad de andar por ahí solo….

—Gracias, maja. No sé qué haría yo sin ti —dijo Francisco, cogiéndole las manos con las suyas.

—De nada, hombre, para eso estamos. Hala, váyase para casa y dígale a sus hijos, cuando los vea, que su médico quiere hablar con ellos.

Al día siguiente, a las ocho de la mañana, en la planta menos uno, todo era un galimatías.

—¿Qué ocurre? —preguntó la secretaria del servicio de neurología, que pasaba por allí, a una de las enfermeras que hacían un corrillo, intentando ayudar—. ¿Qué ha pasado? —volvió a preguntar.

—Que en la sala de espera se han encontrado un hombre tirado en el suelo. Parece que le ha dado un ataque de algo. Están intentando reanimarlo.

—¡Anda! Vaya por Dios, ¡si es Francisco! Pobre hombre, si es que ayer ya estaba fatal y siempre solo.

—¡Dejen paso! Cuidado con la camilla —dijeron con autoridad los componentes del SEM (Servicio de Emergencias Médicas), que habían intentado reanimarlo. A continuación, cubrieron con una sábana el cadáver de Francisco.

—Es un paciente nuestro —dijo la secretaria.

—Pues es un EXITUS —informó con desánimo un miembro de aquel equipo de auxiliadores, por el fracaso de la reanimación—. No hemos podido hacer nada. Seguramente ha sido un ICTUS o un IAM masivo.

Mientras, las mujeres de la limpieza —que siempre andan de aquí para allá, porque reclaman sus servicios en las diferentes zonas hospitalarias—, recogían los guantes, los parches del monitor, el tubo de mayo desechable, los papeles de los sobres de las gasas y de los equipos de suero, y algunos guantes de un solo uso de la sala de espera donde habían encontrado a Francisco Mientras esto ocurría, comentaban entre ellas:

—Ya podían estar buscándolo los de la UTSU (Unidad de Transporte Sanitario Urgente)

—¿Y eso?

—Pues la Conchi, la que limpia en el ambulatorio, dice que ella estaba allí limpiando cuando oyó que el médico de cabecera de Francisco le decía al hombre que se esperara en la sala del CAP, que iba a ir una ambulancia del UTSU a buscarlo. No sé si es que parecía que tenía síntomas de una embolia o de un infarto, chica, que no me aclaro yo con eso, y, cuando llegaron, resultó que el abuelo se había ido. No pudieron localizarlo ni en su casa. La policía todavía lo debe de estar buscando. Y, mira tú por dónde, estaba aquí, en la sala de espera de UCIAS. Y va y se muere.

—Todo no se puede prever. Ya lo ves. Cuando menos te lo esperas…

—Ya, pero no me digas. ¡Ya es mala suerte morirte en la sala de espera de un hospital, con un volante de ingreso cursado y una ambulancia esperándote en la puerta! Anda, pásame el cubo con lejía, que voy a fregar aquella mancha.

—Pues sí, hija, cuando llega, llega.

Simultáneamente, la corriente de aire que discurría por el grisáceo y mal iluminado pasillo que conducía a la morgue —situada al mismo nivel que el servicio de urgencias—, propició que un papel que asomaba por el bolsillo del difunto, volara hasta los pies del celador que conducía la camilla.

—¡Anda, mira! —dijo el camillero.

Cogió el papel con curiosidad mientras dejaba la camilla arrinconada en la pared de enfrente, en la cola de entrada a la morgue, donde se registraban los datos de los difuntos y se recogían sus efectos personales en una bolsa homologada sobre un pequeño mostrador.

—¿Has visto lo que pone, Piedad?

—Ya te digo. Este hombre se ha muerto en la sala de espera, por no atenderlo cuando debían. Mira, mira, ¿ves? —dijo ellav señalando con un dedo—. Está fechado de ayer.

—¡Pobre hombre! No creas que va a ser el último con esto de los recortes. Verás cómo tienes más trabajo a partir de ahora —dijo con talante agorero el celador.

Piedad lo miró por encima de las gafas y dijo:

—Pues ahora ya sabes por qué la morgue también está en la planta *menos uno,* ¡guapo! —le dijo con sarcasmo—. ¡Aquí solo descontamos!

Seguidamente, vaciaron los bolsillos del pantalón y de la chaqueta de Francisco y cogieron la bolsa donde los enfermeros había guardado su anillo, la dentadura postiza, y la prótesis auditiva que llevaba en el interior del oído. Antes de guardar todos estos objetos para su custodia, en espera de que llegaran los familiares, fisgonearon el contenido de su cartera por simple curiosidad.

—Anda, mira, vaya una colección de carnets y tarjetas que tenía este hombre —dijo el camillero.

—¿A ver? ¡Trae! —exigió cogiendo la cartera de las manos de su compañero. Entonces, leyó en voz alta:

—BNP, BBVA, FJBSV, MSF, UNICEF, BSA, SCD, FCYPE, AUPAME, J.O.E T, KOMOR

—No sé cómo se podía aclarar el hombre con tantas siglas. Ni sé de qué son algunas.

—¡Y que lo digas! No sé a dónde vamos a llegar.

Seguidamente, Piedad rellenó el impreso con la relación de pertenencias del difunto, incluida la cartera, y, como no tenía otra cosa que hacer, aprovechó para leer el informe, pues era una experta *descifraletras*:

Francisco Hanciano de Pendiente, de 89 años de edad,
intolerante al AAS (ácido Acetil Salicílico), es
derivado desde el CAP (Centro de Asistencia
Primaria) para tratamiento urgente por probable IAM
(Infarto agudo de Miocardio) Babinsky + probable
ICTUS (*Isquemic Cerebral Transitory Sindrom*).
Hace un año tuvo un EAP (Edema Agudo de
Pulmón), por lo que el paciente se remite al servicio
de UCIAS del hospital de referencia, en UTSU
(Unidad de Transporte Sanitario Urgente) *. Desde
enero, estos dos servicios se han trasladado a la planta
menos uno.

COMPROMISO

Miserias trabajaba duramente en la mina de casiterita y estaño de San Fins, a fin de mantener a su madre viuda y a sus tres hermanos: un varón menor que él y dos mellizas, con los que vivía en las casas baratas del complejo minero, donde pagaban dos pesetas por la estancia, la luz y el agua. Aun así, vivían en la extrema pobreza. Estaba hastiado de vivir en aquellas condiciones míseras y con el duro trabajo que llevaba a cabo, pero el destino había puesto en sus manos sacar adelante a su familia, ejerciendo de padre en vez de hijo. Aquel día, excepcionalmente, deambulaba por las calles de Noya, uno de los pueblos costeros más relevantes, donde vivía su novia. Anduvo serio, con las manos en los bolsillos harto zurcidos. A causa de un derrumbe, libró por dos días de la mina, y siempre que podía —como ese día—, aprovechaba para bajar a verla, aunque tenía tres horas bien buenas de camino. Por suerte, hacía buen día, y la primavera irradiaba colores por doquier, rompiendo la rutina de su vida oscura en la mina. Miserias bajó del bordillo a la calzada, esquivando las paradas de libros y de flores, entre las que había las primeras rosas rojas de la temporada. Luego también sorteó algunas paradas con quesos, vinos, lacón y empanadas; y algunas con pulpo y mariscos; pasara por donde pasara, las humildes paradas le cortaban el paso, pues era día de fiesta grande. Aunque él ni las miraba, pues no podía comprar nada de ello. Y no le quedaba más que sufrir con los aromas que le llenaban de saliva y deseo el estómago vacío. Miserias anduvo por aquel pueblo costero con un paso similar al del costalero en las procesiones. Pero él no portaba ídolo alguno. Es más, los que tuvo en su momento se le habían caído a los pies, esos que ahora se arrastraban bajo el peso de la extrema pobreza. Esa que no le permitía ni tan solo un pequeño regalo para su amada.

Algunos chiquillos de aquel barrio, que corrían alborotados por la calle polvorienta, se apresuraron a coger a hurtadillas algunas rosas del jardín de la señora Lola, una vecina de Amalia, su novia; y no dejaron ni una, pues en la esquina de la taberna de Suso les esperaba el corrillo de las niñas, que reían esperando algún agasajo, mientras saltaban a la comba. Miserias pasó por el lado de la abuela Ximena, como se la conocía en el barrio, que estaba, como cada día, sentada en la silla de enea a la puerta de su casa, arropada con su toquilla negra y su cabello blanco recogido en un moño, mientras tejía unos patucos para su tercer biznieto.

—Buenas tardes, Ximena, veo que ya viene en camino otra boca que llenar…

—Hola, hijo, Pues sí, ley de vida. Ya repartiremos. A menos tocaremos. ¡Qué le vamos a hacer! Pero también traen alegrías. Precisamente, mi hija cumple hoy, que es veintitrés. ¿Cómo anda tu madre?, que hace tiempo que no la veo.

—Apenas sale de las casas baratas, pues desde que tiene esa fea llaga en la pierna casi no puede andar. Vengo de pagarle al médico de la mina las curas que le hace cada día. Menos mal que mejora, que ya me queda poco aceite en el candil… y las chicas comen mucho. A ver si me llevo a mi hermano a la mina y así nos entran dos jornales, que ya tiene edad.

—Sí, hijo, sí. Vivir cuesta mucho. Y el conde nuestro, en el pazo, despilfarrando. Sabes que fue novio de la Balbina, la del Xenxo, ¿verdad?

—Sí, pero hace mucho que no la veo.

—Claro. Porque la dejó preñada y le dijo que se iba a casar con ella. Y ahora el malnacido la ha dejado, cuando estaba a punto de parir. Dice que se va a casar con la condesa del Fisterre. De su clase, vamos…

—Ya veía yo que eso no le iba a salir bien a la Balbina. Ese tío no tiene escrúpulos. Dicen que lo hechizó una meiga y que no puede salir nada bueno de él.

—Sí. Dios los cría y ellos se juntan. Pues lo mismo es por eso que la niña que ha nacido se ha muerto. Podría ser por esa maldición. ¡Dios nos libre! Y el conde no ha querido ni reconocerla. Ni ha ido a ver a la partera. Me han contado que es él el que se ocupará del entierro, pero solo por caridad. Aunque yo creo que es porque no aumente su mala fama con el qué dirán.

—Sería del todo indecente que no lo hiciera. Vamos, su propia hija… Y ella, ¿cómo está?

—Balbina tuvo que dejar de servir para hacer reposo por el mal embarazo que llevó. Incluso el cura le hizo un exorcismo, por si acaso fueran sus males provocados por el hechizo. Ahora está en casa de sus padres, pues tuvo mal parto, y ya veremos si no se nos muere la muchacha también, que le han dado las fiebres. Si es que las penas nunca vienen solas… ¡Tan joven!

—Bueno, señora Ximena, me voy, que me espera Amalia. A ver si otro día me cuenta usted una alegría.

—Da recuerdos a tu madre. Un día que mi hermano Florián vaya a la mina con el carro de abastos me acercaré a verla.

—Eso le diré. Quede con Dios.

Un lujoso coche fúnebre tirado por caballos negros engalanados circulaba lentamente desde la verja del Pazo de Fortunas, donde vivía el conde. Miserias pasó por la estrecha calle empedrada del pueblo, mientras las campanadas a muertos sonaban en el campanario. Detrás del coche, únicamente iba el mayordomo a pie —acaso no tuviera algún contratiempo el cochero—. La plaza de la iglesia estaba concurrida de gente que murmuraba, y algunos acompañaban al padre, el hermano y los tíos de Balbina para que no hicieran algún despropósito, pues tenían mala sangre porque no les habían dejado ver a la niña, ya que el conde la quiso enterrar enseguida, pues, según la costumbre, era impura por no estar bautizada, y tampoco merecía nombre de alguna santa. Por ello, el conde había notificado a la familia de Balbina que no se presentaran en la iglesia, pues no serían bien recibidos. Miserias se paró ante el grupo de hombres para darles sus condolencias, cuando escuchó lo que hablaban entre ellos:

—Yo quiero verla, es mi sobrina… qué menos que despedirla cristianamente… —dijo Xoan, el hermano de Balbina.

—Ni se te ocurra, Xoan, que no queremos problemas con el conde. Ni con el párroco. Ya nos ha dejado bien claro que, al morir la niña, al conde no le une nada a Balbina. Que toma otro camino y que aquí se acaba la historia. Y considerando que no está bautizada y que es fruto del pecado, como le dijo el padre Froilán cuando confesó a Balbina, algo de razón lleva.

—Mejor que dejemos que todo esto pase como ha de pasar. Y cada uno a su casa —dijo Uxío, el tío de la partera.

A pesar de que Miserias no compartía nada de lo escuchado, por cortesía, se quedó un rato hablando con ellos.

Transcurrido el solemne tiempo de la misa de difuntos, el lujoso coche de caballos enfiló hacia el cementerio, paradójicamente sin comitiva, ya que el mayordomo fue a reunirse con las dos únicas acompañantes, la madre del conde y la chacha —ambas vestidas de luto riguroso, con mantillas negras en la cabeza—, que habían quedado esperando tras la verja del pazo, pues no les era permitido a las mujeres ir a los entierros. Y menos a este.

El coche fúnebre llevaba dos pequeñas coronas de flores colgadas en sus laterales, que los condes, para que no se maldijera de ellos, habían considerado oportuno poner. Pretendía así demostrar a los vecinos del pueblo que hasta en eso se habían ocupado de la niña que reposaba en el diminuto y blanco ataúd, tras los cristales y cortinajes, camino del limbo. Miserias se cruzó con el carruaje, contempló aquellas perfumadas rosas rojas y blancas y se atrevió a coger una de la corona que quedaba cerca de su mano. Y lo hizo, aunque sintió que le robaba algo....

Amalia, engalanada con el largo vestido blanco de los domingos que le llegaba al tobillo, y con sus trenzas recién hechas, lo esperaba ansiosa en el portal de su casa con un viejo libro, que había comprado en una parada a escondidas de sus padres, pues ellos tenían mejores pretensiones de casorio para su hija que un minero; querían casarla con el hijo de Hestaleiro, un constructor de barcos de pesca del mismo pueblo, y de buena familia.

Miserias sonrió al verla allí, tan guapa como siempre. Llegando a su lado, le obsequió inesperadamente aquella rosa desnuda, y la acompañó con un beso. Aquel día sellaron su compromiso. A pesar de todo. No fue fácil.

Pasaron algunos años. Miserias pasó el testigo a su hermano, que también se puso a trabajar en la mina de San Fins y se hizo cargo de las dos mellizas, pues su madre finalmente murió de gangrena.

Amalia se quedó embarazada de su enamorado con el que había formalizado su compromiso, pues fue el último recurso con el que podía doblegar la testarudez de sus padres. Y tuvieron una hija a la que llamaron Esperanza. Cada año, el 23 de abril, Miserias deja una rosa roja sobre una pequeña tumba sucia y abandonada del cementerio de Noya, donde reposan los restos de la hija bastarda del conde, a la que llamaron Olvido.

FASHION

Toc Toc

—Niñaaas… ¿Todavía estáis en el baño? ¡Por Dios, la de horas que lleváis ahí metidas!

En el cuarto de baño, Menchu y Daniela acababan de hacerse un depilado brasileño. También se habían maquillado y colocado unas pestañas postizas. La una a la otra se habían encrespado convenientemente el cabello, que ahora cubrían con esmero con unos mechones planchados, recogiéndolos en un moño de última generación, del que colgaban cuatro greñas californianas. El fino pincel delineador, que manejaba Menchu con destreza, ya había pintado de negro los bordes de los párpados de su amiga, que, acabados con forma de punta fina, pugnaban con las perfiladas y enarcadas cejas por alcanzar las sienes. Menchu sacaba la lengua de refilón hacia la comisura de los labios, con la boca entreabierta, y Daniela —más neófita en estos menesteres— procuraba no mover los ojos, cuyas pestañas temblonas más parecían unos abanicos que otra cosa.

—Estate quieta, ¡coño! —dijo Menchu con evidente fastidio.

—Jolín. Si no me muevo. Es que te chocas con las pestañas.

—¡Exagerada!

—¿Falta mucho?—dijo impaciente Daniela, ya que era su primera salida a la discoteca de moda y su primera noche fuera de casa. ¡Toda la noche! Pues hoy había cumplido los dieciocho años.

—Ya está. Te faltan los labios.

—Deja, que ya me los pinto yo. ¿Me has traído los tejanos de Choni?

—Sííí, están encima de la cama… ¡pesada!

—Los de la talla treinta y dos… esos con agujeros deshilachados.

—¡Que sí!

—¡Ah!, mira, pues me queda bien el rojo pasión con brillo —dijo Daniela, mirándose al espejo.

Seguidamente, refregó los labios uno contra el otro, y con un lápiz resiguió el contorno; luego abrió la boca y, estirando los labios, enarcó las cejas, con esa pose tan característica de las que se maquillan.

—Ahh.

Menchu, sentada en la tapa del váter, se puso las espumillas entre los dedos de los pies para dar una segunda capa de esmalte turquesa a sus uñas, y le dijo:

—Ve poniéndote los tejanos, que Fonsi me llamará de un momento a otro.

—¿Estoy bien? ¿Crees que le gustará? Me he puesto los *guanderbrá*. ¿Se nota? —dijo con cierta preocupación *por si no daba la talla.*

—Pues claro, nena. Ahora se te ven un poco más… ¿cómo diría?…. ¡busconas!, eso es, ja, ja. Anda, quítate la toallita de las axilas y déjate caer el top por el hombro derecho, así, como torcido. Es lo que se lleva. A ver… ¡vale!, así. ¡Estás muy guay! ¡Qué *fashion*, nena! —dijo su amiga entusiasmada.

—¡Menos mal que te has venido pronto! Estoy supermeganerviosa. ¡Gracias, chumina! Muaaks —le dijo, poniendo morritos, mientras se pulverizaba por todo el cuerpo con el último perfume del Kavim Kain para *woman*.

—¡Mamaaá! Ayúdanos, que no me entran los tejanos.

—Ya te dije que necesitabas la treinta y cuatro —dijo su madre, añadiendo—: pero ¡qué tozuda eres!

—¡Qué va! Anda, estira tú por este lado… ¡Aaaarrg!

—Que no te entra, Daniela…

—¡Menchuuuu, ven!, que solas no podemos.

—¡Voy *p'allá*! —dijo su amiga, contoneándose como un pato, pues andaba con los talones para no estropearse el esmalte de las uñas de los pies. Y, de paso, cogió un gel lubricante que llevaba en su bolsa.

—¿Qué haces?

—Anda, trae. Bájate el pantalón y déjame a mí.

Dicho esto, Menchu le pringó los muslos, las caderas, las nalgas y la barriga con el lubricante, que era de sabor fresa. Seguidamente, le dijo:

—No respires y esconde la barriga.

Entre la madre de Daniela y Menchu consiguieron subirle los pantalones pitillo.

—¿Ves? Ji, ji, ji. Ahora todavía se te ve más el pecho —dijo Menchu, riendo satisfecha, pero sin cerrar los ojos, ya que tuvo que hacer una grotesca mueca para que no se le corriera el rímel, pues se había puesto tanto que todavía no se había secado.

—Uff —casi que no puedo respirar —dijo Daniela con una voz entrecortada.

—Tranquila, dentro de un rato se te ensancharán.

—Lo que hay que ver, hija. ¡Si tu abuela levantara la cabeza! —dijo su madre, moviendo la cabeza con desaprobación—. Anda daos prisa, que mejor que tu padre no te vea así —dijo entre dientes la madre, meneando la cabeza con cierta inquietud, mientras rezaba porque su marido llegara tarde. La que se iba a liar… ¡Sería gorda!

Menchu se calzó unos zapatos rojos de plataforma altísimos. Haciendo equilibrios, se miró al espejo del recibidor, donde la esperaba su amiga, que llevaba los mismos zapatos, pero en azul eléctrico, y que también estaba ya arreglada. Entonces, Daniela se colgó unos pendientes de aro con cadenitas colgantes en color fucsia, cogió su bolso de Lakahgolin Eguéga y una cazadora punk de cuero negro con chapitas plateadas y azul eléctrico, de formas desiguales.

—¡Mamaaá! ¿Me das *suelto*? —pidió Daniela a su madre—. Anda, que tenemos prisa —añadió muy nerviosa—. Volveremos tarde. Quita la llave de la puerta, no vaya a pasar como la otra noche —dijo, recordándole los vericuetos que pasaron para que no se despertara su padre.

—Descuida, hija. ¿Adónde vais al final?

—Nos han invitado Quiko y Fonsi a una fiesta. Dicen que es en el polígono El Mogollón, creo que en el pub Esquizo's tripper. En las afueras de Peñazo.

—Pasadlo bien y vigilad, ¿eh? ¡Que hay mucho peligro por ahí! Porque vais tú y tu novio, Menchu, que se le ve muy formal, que si no… —dijo la madre sin que le llegara la ropa al cuerpo—. Y no vengáis demasiado tarde, que el lunes tenéis examen de diseño. Mañana tendríais que estudiar.

—Descuide, Dulce, se la traeremos entera. El domingo clavamos codos. Un sobresaliente vamos a sacar —dijo riendo Menchu—. Adiós.

—Andad con cuidado, que hay mucho malaje suelto. Y no corráis con el coche.

—Adiós, mamá. Que ya me lo has dichooo *tropezientas* veces.

—Y vigila tu vaso niña, que la droga… —advirtió la madre, intentando enumerar todos los peligros habidos y por haber…

—Que sí, mamaaaá —dijo Daniela con una cantinela—. ¡No me rayes! —expresó con su habitual tono de estar harta mientras cerraba la puerta con ganas.

—Menchu… ¿Has cogido los Putex?

—Claro. ¿Y tú?

—Llevo uno.

—¿Sólo uno? Pues te podías haber quitado las uñas de porcelana, que resultaría más seguro. Ya te digo. Cuando no tienes experiencia, has de extremar las precauciones. Anda, coge este otro y ándate con cuidado con esas cosas. Siempre hay que llevar al menos uno de repuesto.

—Ya. Ya tendré cuidado.

—Bueno, entonces te recogemos Quico y yo a la salida del Stripper, ¿q qué?

—Mejor dame un toque con el *wtsp* cuando volváis de todas maneras, por si no hay cobertura o me quedo sin batería, quedamos sobre las seis en la puerta de mi casa —dijo Daniela.

—Mira, ahí tienes a tu Fonsi. ¿Ahora tiene un Mini vintage?

—Se ve que sí. No sabía. Chao, Menchu. Pasadlo bien.

—Nos vemos, Daniela. Muak —dijo, poniendo morritos.

—Hola, nena, ¿subes?

—¿Es nuevo, Fonsi?

—¿No lo ves que sí? Agárrate, ¡que vas a ver lo bien que tira! Quiero ponerle un alerón y unos asientos de piel roja, y un equipo de música conectado a unos neones.

—¡Mooola! ¡Qué Guay!

—Pero tunearlo me costará una pasta. Y tengo que acabar de pagarlo todavía. O sea que a pocas fiestas voy a ir.

—¡Qué chulo quedará! ¡Ostia, parece que esté sentada en el suelo! Pero, ¡no corras tanto, Fonsi!

Unos cuantos kilómetros después, en el arcén de la carretera, el Mini se había empotrado contra la mediana, y, aunque sus ocupantes salieron ilesos, el coche ardía en medio de una columna de humo imponente. Fonsi despotricaba, dándole puntapiés a un árbol cercano y gritando:

—¡Maldita sea! ¡Mierda, mierda y mierda!

En eso llegaron los bomberos, que echaron un buen chorro de espuma sobre aquel pequeño montón de chatarra, y le dijeron:

—Ahora viene la policía a hacer el atestado. La grúa no tardará. Dad gracias que habéis salido a tiempo del coche, chavales.

—Pues sí —dijo Fonsi, sin acabar de creer lo que le acababa de pasar, contemplando el coche carbonizado.

Daniela daba vueltas sin parar, sollozando asustada, diciendo en voz alta:

—Pues a mí, mi padre me mata. A ver cómo le explico yo que íbamos a Peñazo a estas horas. Si no me deja ni salir del barrio. ¿Cuánto has dicho que tardaremos en irnos? Tengo que estar a las seis en la puerta de mi casa.

—¿Solo te preocupa eso? ¡Pues vete con viento fresco! Yo tengo para un rato. Maldita sea, si no te hubieras empeñado en venir a Peñazo, a lo mejor… ¡Me he quedado sin coche! —repetía el chaval desconsolado—. ¡Y me quedan dos años para acabar de pagarlo! ¡Mierda, mierda y mierda!

—No, si encima tendré yo la culpa de que conduzcas como un loco… ¡Idiota! Nos podíamos haber matado.

Los dos jóvenes se enzarzaron en una discusión hasta que se interpuso uno de los bomberos, justo cuando Daniela tiraba el bolso contra el suelo; luego pisó en un agujero del arcén, y el tacón de uno de sus zapatos se quedó clavado allí y se rompió.

—¡Chicos, chicos! Eh, lo importante es que estáis bien.

Nino… ninoo… ninooo…

Iuuu, iuuuu, iuuuuu

Un soberbio alboroto de sirenas anunció la llegada de una ambulancia y del coche de la policía. Comprobaron que los jóvenes no tenían daño ninguno; la prueba del alcohol y de drogas dio negativo. Más que nada, porque a Fonsi no le había dado tiempo a fumarse un canutillo todavía. Y la ambulancia regresó de vacío, afortunadamente. Al instante llegó la grúa. Daniela estaba muy nerviosa, y Fonsi y ella no paraban de discutir. Él, hablando del coche y ella de la bronca de su padre. Como estaban enconados, Daniela decidió abrirse de aquel marrón y se puso a hacer auto-stop. Al poco, paró un coche de alta gama, a una distancia prudencial del siniestro, cuyo conductor —un elegante joven vestido con ropas caras y con ademanes muy educados—, preguntó a Daniela:

—Hola, buenas noches, ¿puedo ayudaros en algo?

—Pues sí, querría irme de aquí lo antes posible— dijo sollozando Daniela, con un aspecto deplorable, pues andaba coja a causa del tacón roto, despeinada y con la cara tiznada a causa del rímel que se había corrido con las lágrimas.

Se acercó de inmediato uno de los policías y le dijo a la muchacha:

—Ya te acercamos nosotros a tu casa, no te preocupes.

—¿Qué no me preocupe? ¿Sabe usted lo que pasará si me lleva la policía a casa? ¡Ni se lo imagina! ¡Usted no conoce a mi padre! Y a mi madre la mato del susto… No, señor.

—Voy hacia el aeropuerto, si vive cerca de mi trayecto puedo acercarla yo.

—Sería mejor que no te fueras —argumentó el policía.

—Ya he cumplido los dieciocho, o sea que soy mayor de edad, ¿no? —dijo, mostrándole el carnet de identidad al agente. Pues prefiero irme con él —dijo señalando a Alan, que esperaba pacientemente en su coche, mientras observaba a Fonsi, que estaba pendiente de lo que quedaba de su coche, mientras atendía mil y una llamadas de teléfono.

Alan acababa de regresar de casa de su novia, pues habían roto sus relaciones de varios años; no tenía prisa ninguna, solo quería conducir y distraerse. No tenía ganas de llegar a su casa. Es más, este suceso fortuito le ayudó a zafarse de sus elucubraciones.

—Identifíquese, por favor —dijo el policía a Alan—. Comprenderá usted que tengo que saber con quién se va esta muchacha, dadas las circunstancias.

—Lo comprendo, tenga usted —dijo, mostrándole su cartera donde llevaba toda la documentación.

—Bien —respondió el policía, anotándose los datos—. Alan, es usted responsable de que llegue a su casa sana y salva.

—Lo sé, agente. Ella misma le llamará desde mi teléfono, para confirmar que está bien. Anote mi teléfono. Es el…

—Bueno, pues si le va bien, me voy con usted —dijo Daniela esperando en la puerta del coche—. Fonsi, me voy —dijo en voz alta—. No vayas a llamar a Menchu ni a mi casa.

—Vale. Yo me voy con la grúa. No vuelvas a llamarme, Daniela. ¡No quiero verte más, niñata! —dijo enfurecido.

—Hi, hi, hi, snnz —sollozó Daniela mientras entraba en el coche. Una vez sentada, abrió el bolso y cogió un pañuelo de papel para secarse las lágrimas.

—¿Nos vamos ya? —preguntó Alan—. ¿Dónde vives?

—Sí, vámonos ya, por favor. Verás, he quedado con mi amiga Menchu que nos veríamos a las seis de la mañana en la puerta de mi casa. Y si yo llego antes y ella no viene conmigo, habrá marrón en casa. No sé qué hacer. ¡Qué desastre de noche! —dijo, sollozando de nuevo.

Alan se quedó pensativo.

—Yo también he tenido una noche desastrosa. Si quieres podemos ir a tomar algo y te tranquilizas. Luego te dejo en tu casa a las seis en punto. Por cierto, ¿cómo te llamas? —le preguntó Alan.

—Daniela. No sé porque he dicho de irme contigo, la verdad es que no te conozco de nada. Pero estoy muy agobiada. Aunque la policía ha tomado tus datos —dijo, pensando en que se había ido con el primero que pasaba—. ¿Alan, has dicho que te llamas? O sea, que no sería inteligente que… Bueno, que hoy era mi cumpleaños y por eso he salido. Pero no acostumbro a… snnzzz —dijo mientras se sonaba los mocos—. Lo mismo doy una imagen que no…

—No tienes por qué darme explicaciones si no quieres; lo entiendo. Yo también he sido joven. Bueno, cumplir los dieciocho es algo especial que requiere alguna sorpresa mejor que la que has tenido esta noche.

—¿A qué te refieres? —dijo Daniela con cierta inquietud.

—Soy piloto. Y tengo una avioneta disponible. ¿Te apetece ver amanecer desde el cielo?

—¿En serio? Qué miedo ¿no? Bueno, quiero decir que… la verdad, que no sé —dijo Daniela indecisa.

—¿Qué decides?

—Bueno… Sí, mola. Pero me da *yuyu,* que lo sepas. A ver si me mareo y acabo de bordar la noche. ¡Ostia, qué fuerte! Vaya cara que llevo —dijo mirándose al espejo del parasol.

—Ja, ja, la verdad es que estas hecha una pena, pero no he querido decírtelo, que bastante desaguisado has tenido ya. Te puedes arreglar en los aseos del aeropuerto. Y una observación, si me permites.

—Sí, dime.

—Si cuidaras un poco tu vocabulario, ganarías mucho más glamour.

—Vaya. Lo mismo me dice mi madre. Y no te aguantes la risa, que me he pasado un montón de horas arreglándome, total, ¡para esto!

Llegaron a un aeropuerto regional, donde el mayor tráfico que había eran algunos vuelos internacionales directos a ciudades cosmopolitas y a ciertas zonas turísticas ligadas a grandes resorts. La mayoría eran aviones y avionetas privados, de magnates y empresas de gran envergadura que tenían sus propios hangares. Alan iba trajeado; su estatura alta y su extrema delgadez contrastaba con la talla de la muchacha, menos alta que él y vestida a la moda propia de la adolescencia. Hacían una extraña pareja. Daniela se fue derechita a los aseos, cojeando. Salió al cabo de unos minutos completamente *tuneada*. Repeinada, con el maquillaje recompuesto, e incluso había arreglado su tacón lo suficiente como para andar con cuidado, pero con cierta dignidad.

—Estás muy guapa, Daniela. Por cierto, a mí me apetece tomar un café. Podríamos comer algo —dijo Alan. Seguro que tienes hambre.

—Pues sí. Pero es muy tarde…

—Tenemos tiempo de sobra. Sólo son las doce. Disponemos de seis horas. ¿Qué te parece? Te invito yo, por supuesto —dijo Alan.

—Mmm. Vale. ¿Tendrán pizza a estas horas?

—Sí. Seguro que sí —dijo Alan, esbozando una sonrisa. Espera, que hago el encargo —dijo mientras marcaba un número de teléfono.

—De cuatro quesos, por favor.

—Una de cuatro quesos, y una de pepperoni. Gracias. En dos horas estaremos allí. Gracias, Luigi.

Luego hizo otra llamada al hangar y la torre de control, para ver que no hubiera algún problema.

—Ven, sígueme —le dijo a la joven, mientras se subían en un vehículo que les conduciría hacia el hangar.

—¿He oído bien? ¿Has dicho dos horas?

—Sí. Vamos a subir en ese avión de allí, ¿lo ves? —dijo, señalando hacia un hangar lejano—. Una sorpresa por ser tu cumpleaños.

—¡Halaa!.... Es… es ¡impresionante! ¡Qué guay! —dijo, poniéndose las manos en la boca, para no soltar un «ostia» descomunal.

Luego de que Alan hubo hablado con unos y otros, subieron por las escalerillas hasta la cabina del pequeño avión, donde Alan hizo que se acomodara en el asiento del copiloto, previa advertencia de que no podía tocar nada bajo ningún concepto. La avioneta recorrió la pista de aterrizaje y despegó, tras algunos «ostias» adolescentes que no pudo contener la joven. En el transcurso del viaje, entre varios «uálas» que exclamaba la muchacha y los «mira, mira», hablaron de los estudios de diseño de ella y de que tenía algunas ideas creativas para algunos diseños ibicencos. También hablaron de sus familias y de sus noviazgos; unas experiencias muy dispares.

—¿Siempre hablas en inglés en la radio del avión?

—Sí. Es como una llave, te abre puertas al mundo, en los viajes y negocios…. ¿Cómo se te da a ti en la escuela?

—Pffff… no muy bien, aunque tengo buen acento y me gusta.

—Pues no lo dejes, Daniela. Es muy importante para la profesión que has elegido, te lo digo muy en serio.

Al cabo de una hora, aterrizaron en Ibiza. De allí fueron en un taxi a comer una sabrosa pizza a *Ristorante* Il Fiorentino, propiedad de Luigi, un amigo íntimo de Alan, que tenía abierto las veinticuatro horas, pues estaba cerca de la famosa discoteca Pachá. Luego la llevó a conocer la discoteca ibicenca. Alan, acertadamente, optimizó el tiempo de desplazamientos en tierra.

—No puedo creerme que esté aquí. Es lo más *fashion* que me ha pasado nunca. Como un sueño.

—No podremos estar mucho rato. Son las tres y media.

—Da igual, solo con entrar y ver la discoteca me conformo. Cuando se lo cuente a Menchu y a mis amigas, van a alucinar.

—Ja, ja. Seguro que sí. Hola, Yon —dijo Alan, saludando a un tipo culturista; era un morenazo con el pelo, cortado al uno, teñido de blanco, que llevaba unas gafas con cristales tipo espejo para ocultar su mirada, y lucía *las cerezas* tatuadas en ambos brazos.

—Hombre, Alan, siempre es un placer verte por aquí. Nos vemos el mes que viene, me han dicho.

—Yo también me alegro de verte. Sí, si no se tuerce nada, en octubre haremos los pases de las nuevas tendencias para el próximo verano. ¿Podríamos pasar un momento? Solo es para que ella vea la discoteca.

—Por supuesto.

Haciéndose a un lado, les dejó pasar, poniéndoles una pegatina VIP a cada uno.

Yon le hizo una seña al *segurata* tamaño armario que hacía una ronda por el interior, tras el acceso. Y les facilitaron el paso.

Daniela alucinó con los neones, con las terrazas y con el ambiente de las cinco pistas.

—¡Wow! ¡Mira! —dijo, señalando hacia la tarima de mezclas— ¿Ese no es Piti, el pinchadiscos más glamuroso de Ibiza? Lo vi un día en el programa Callejeando por las Baleares.

—¡Ja, ja! Como le digas pinchadiscos a uno de los Dj's más famosos del mundo, te la juegas —dijo Alan riendo—. ¡Qué ocurrencias!

Tras la visita exprés, salieron y se dirigieron de nuevo en un taxi al aeropuerto. Despegaron cuando el sol asomaba entre las nubes y vieron el horizonte del mar de aquel rojizo amanecer del mes de setiembre. La muchacha se quedó en silencio, contemplándolo durante largo rato. Luego se acomodó y cerró los ojos hasta que aterrizaron.

—Daniela, ¿lo has pasado bien? —preguntó a la joven, que iba adormilada en el asiento del coche.

—Ha sido estupendo, Alan. Gracias. Muy guay. Pero ¿por qué has hecho esto? —dijo somnolienta, pues había sido una noche de intensas emociones.

—Me sentía infeliz, decepcionado; vacío. He parado al ver vuestro accidente por si podía ayudar. De qué poco os ha ido, Daniela. Has tenido mucha suerte. Y te he mirado cuando hacías auto-stop. Estabas allí, llorando desolada, con una pinta horrible, la verdad que parecía otra cosa.

—Ya. Una puta.

—Pues sí. Aunque yo no he parado por eso. Cuando he visto lo que pasaba, y me lo has contado, te iba a llevar derechita a tu casa, pero luego me has dicho lo del cumpleaños…

—Ya, y te he dado pena.

—Pena daba yo, Daniela —dijo Alan con un semblante más serio—. Yo pensaba igualmente venir a Ibiza, quizás a emborracharme y pasar el fin de semana haciendo alguna barbaridad para olvidar mis penas. Y pensé, al mirarte, que quizás podría regalarte unas horas de felicidad.

—Yo ni te he pedido ni te he regalado nada, Alan. Te agradezco mucho esto que has hecho sin conocerme. ¿Por qué lo has hecho? Sigo sin entenderlo.

—Verás, ayer también fue mi cumpleaños. Y por todo regalo me dieron un diagnóstico médico terrible. Me queda un año de vida, más o menos. Y mi novia también me dejó ayer, aun sabiendo el reciente diagnóstico. No pudo esperar siquiera al día siguiente —dijo Alan con la voz entrecortada—. Y tú me has regalado tu inocencia y tu alegría, tu espontaneidad. Haciéndote feliz he sido feliz. Ha sido algo nuevo para mí, que no me hayas tratado diferente, coaccionada por ser quien soy —explicó Alan, pensativo.

—Ayy, lo siento mucho —dijo la muchacha con lágrimas en los ojos—. ¡No te mueras, Alan! Eres muy joven para morirte. Y una buena persona. Snzzzzz —dijo, limpiándose los mocos que se le mezclaban con las lágrimas.

—Todo el mundo se muere, Daniela, tenga la edad que tenga. Tengo veintiocho. Te llevo diez.

—No es justo. ¿Me llamarás? O… ¿puedo llamarte yo? Ya pensaré en algún regalo. Te lo debo.

—Déjame tu teléfono. Ya te llamaré yo algún día.

—¿Seguro?

—Sí, de verdad. Aunque soy un hombre muy ocupado y ahora mismo no sé qué me deparará la vida el tiempo que me quede.

—Gira por esa rotonda, mi casa está allí. Es aquella portería con el rejado verde.

—Bueno, pues ya hemos llegado, señorita. Toma el teléfono, que he marcado el número del agente, tal y como quedamos.

—¿Hola? ¿Es la comisaría de Peñazo? Sí, soy Daniela, la chica del accidente. Ya estoy en casa. Sí, estoy bien, gracias… Toma, que quiere hablar contigo —dijo, alcanzándole el móvil.

—¿Sí? … De nada, agente. Gracias a usted…. Adiós. Anda, no llegues tarde —se dirigió a la chica al colgar el teléfono. Estudia mucho y obtén ese título de diseñadora. Serás la mejor si te lo propones. Eres una buena chica y muy creativa. Una buena combinación —dijo, guiñándole el ojo.

—Te he anotado mi teléfono en este pañuelo de papel. Me gustaría que me llamaras para saber cómo estás.

—Seguro que lo haré. Cuídate, Daniela. Ha sido un placer.

—Adiós. Ha sido una noche mágica. Gracias por todo —dijo Daniela moviendo la mano para despedirlo, luego de cerrar la puerta del coche.

—Adiós —dijo Alan, alzando la mano y sonriendo. Y dicho esto, subió la ventanilla del coche y dobló la esquina de la primera calle que encontró, mientras algunas lágrimas asomaban a sus ojos.

—¿Daniela? —dijo Menchu, que había visto marchar el coche de Alan cuando se dirigía al portal de casa de su amiga—. ¿Estás bien? Ese no era Fonsi —dijo extrañada.

—No, no era él. Estoy muerta de sueño. Ha sido una noche muy heavy.

—Chica, ¡cuanto misterio! Bueno, resumiendo, ¿te lo has pasado bien? ¿Dónde has estado? —preguntó, oliéndose que había pasado algo extraño.

—En las nubes, pero de verdad, tía. Fonsi me ha dejado. Y se ha quedado sin su Mini, que se incendió en un accidente.

—¿Que habéis tenido un accidente? —dijo alarmada—. ¿Y tú estás bien? ¿Has ido al hospital?

—Nos revisaron los médicos de la ambulancia. Tranquila. Yo estoy bien y Fonsi también. Podíamos habernos matado, pero mira, suerte del accidente, pues he conocido a Alan, un chico más mayor que me recogió.

—¿Dónde te recogió dices?

—Donde se incendió el coche. Hice auto-stop

—¡Que atrevida! Inconsciente más bien, tía, ¿cómo se te ocurrió? Podía haber sido un malaje.

—La policía le tomó los datos. Es piloto. Y me ha llevado en avión, hemos ido a Ibiza, a un restaurante italiano. Ha molado mucho. ¡Ha sido muy fuerte! Y todo en seis horas, tía. He alucinado.

—Ya veo que tienes ganas de tomarme el pelo. O que te has fumado algo. Bueno… ¿Y esa pegatina VIP? ¿Pachá? Oye, oye… —dijo sorprendida—. ¿Es verdad todo esto que me cuentas? ¿No es una trola? Dímelo, porfi —insistió Menchu.

—Ahhhhhaaa, sí, Menchu, parece una trola, pero no lo es. Ha sido muy chulo, pero, ostia, tía, déjame, que me muero de sueño. Vamos a dormir, que mañana te lo cuento mejor —dijo Daniela, dando tumbos por el pasillo de la escalera de su casa.

—Shhhh… no hagamos ruido —dijo Menchu, quitándose los zapatos y entrando a hurtadillas en la casa—. Como nos oiga tu padre, estamos apañadas —susurró.

Pasaron los meses y las dos amigas acabaron el curso. Daniela y Menchu obtuvieron su título de técnico superior en diseño, patronaje y moda, con las mejores notas de su promoción.

Ring… ring.

—¿Sí? ¿Diga?

—¿Daniela?

—¿Alan? ¡Ost…qué alegría! Creía que ya no me llamarías nunca.

—Pero lo he hecho, ¿no?

—¿Estás bien? No sabía si…

—Sí, estoy muy bien. He estado en América, en Houston, para un tratamiento. Y quisiera hablar contigo. ¿Tienes un par de horas esta tarde para vernos? Es que mañana vuelo a París, y me gustaría verte antes —dijo entusiasmado Alan.

—¡Y tanto! Me alegro mucho de que me hayas llamado y lo de ese tratamiento que me cuentas. Ahora vivo en Barcelona, Alan, trabajo en un taller de moda, cosiendo pedrerías y lentejuelas y haciendo algún diseño que otro para su boutique. ¿Te va bien quedar en Plaza Cataluña, quizás más céntrico?

—Casi mejor. Nos vemos en el Café Zurich a las cinco.

—Hasta entonces. ¡Ah! Por cierto, ahora voy teñida de rubio con mechas rojas, por si no me reconoces.

—Ja, ja. Gracias por la advertencia, pero creo que te reconocería en cualquier lugar.

Alan y Daniela estuvieron hablando durante toda la tarde. La empresa de la que era propietaria la familia de Alan —una importante multinacional de confección y moda— iba a abrir una línea ibicenca llamada Fashion, y le propuso a Daniela que ella formara parte del equipo de diseño.

—¡Qué fuerte! Pero apenas tengo experiencia. ¿Y dónde sería?

—Pero tienes ideas. Y no tienes miedo al ridículo; eres decidida, y eso, en un equipo es muy importante. Sería aquí, en la ciudad condal, pero tendrías que viajar a París, a Milán y a Londres, pero a costes pagados. Una buena manera de mejorar tu inglés. ¿Qué me dices?

—Pero… ¿que te voy a decir? ¡Fantásticooo!

Alan también habló con ella de sus temas personales, y le contó que había hecho un tratamiento experimental carísimo en Houston, pero, por suerte, él disponía de dinero más que suficiente para costearlo. Había resultado muy positivo: su enfermedad había remitido. Solo tendría que hacer unos controles semestrales durante un par de años, y luego cada año, hasta que transcurrieran cinco.

—Me gustaría seguir viéndote y salir contigo. No sé si volveré a enfermar, pero mientras, quiero vivir…

—Pues no sé, un tío así, tan mayor para mí, ¡tendría que pensármelo! —dijo, sonriendo con picardía—. Y por lo de tu enfermedad, mira, Alan, nadie sabe si en vez de una enfermedad puede tener un accidente, o que se queme el coche en que vas, tío, que lo mío me fue de pelos, cada vez que lo pienso…

—No me llames tío, que me hace sentir extraño.

—Vale. Ya sé. Mi vocabulario.

—Si vas a ser una diseñadora importante, has de cuidar tu imagen y tus modales.

—Me va a costar, pero lo haré. Me haces sentir importante, Alan, me siento bien contigo —dijo la joven.

—Daniela, fuiste un punto de inflexión en mi vida. Apareciste en un momento crucial, me demostraste que lo que era habitual e indolente para mí, que lo tenía todo, para ti era mágico. Cualquier cosa insignificante te hacía vibrar. Lo que yo derrochaba sin disfrutarlo, para ti fue un tesoro que disfrutaste al máximo.

Daniela se quedó pensativa y en silencio. Luego lo miró fijamente…

—¿En qué piensas? Dime algo —dijo Alan con inquietud.

—Ainnssss.

Daniela lo abrazó y lo besó con tanta fuerza que los clientes del café que estaban en las mesas anexas sonrieron ante el gesto espontáneo de aquella joven rubia con mechas rojas que llevaba unas gafas de sol color fucsia sobre la cabeza, un bonito vestido negro drapeado, y unos zapatos de charol fucsia con lentejuelas. ¡Ah! Y un bolso a juego, en el que llevaba cosida una pegatina VIP con dos conocidas cerezas.

SALVADO POR LOS PELOS

¡Ahhhhh! Vaya cara que hago, jodeeeer. ¿Otro grano?) Ifff… uffff… shhhhhhhh. ¡como duele!

Pfftttt…. blubbb. Blubbb… blubbb. Blubbb. Blubbb. Blubb…. ¡Tap!

—¡Mamaaaaaá!… que no me queda gomina extrafuerte.

—¿Cómo que no? Si compré un bote la semana pasada.

—Pues ya no queda.

—Haz el favor de no echarte tanta, que a este paso voy a tener que rehipotecar la casa para pagar la gomina que gastas.

—No te rayes.

—Pero ¡qué exagerado que eres! ¡Mírate! Si pareces un erizo —dijo ella, mientras lo observaba mirándose al espejo.

—Es guay, ¿no te gusta el look? Pues es lo que lleva la peña, y no esos *repeinaos* que llevabais vosotros de jóvenes. ¡Mira que erais *chusteros!*

—Pues al menos no íbamos sacándole los ojos a la gente en el autobús. ¡Ya te digo!

Xssss Xssss… Tachin tachin Bzzzzz Bzzzzzz

—Es tu móvil, Andresito, ¿dónde está?

—Lo llevo encima, mamá. Dime, *nen*… —dijo Andresito por lo bajini, para que no lo oyera su madre.

—Tío, que estamos esperando en la calle, ¿tienes la María?

—Pues no sé, lo tengo un poco complicado.

—¿Todavía no se ha ido tu madre? Luego te llamo.

—No. ¡Joder! *watsapéame,* que te saldrá más barato…

—Ya, no puedes hablar, ¿no?

—¡Tío, eres un lince!

—Vale, tronco, no te pases. Hasta ahora.

—¿Quién era? —preguntó su madre con curiosidad, pues se olía algún trapicheo.

—Mensi.

—¿Qué quería?

—Mmmm… Pues que vendrá a buscar el regalo que le compró a su hermana. Es que se lo guardé y se lo quiere dar esta tarde —dijo, intentando zafarse de su madre.

—¿Un regalo?

—Sí, es que hoy es su cumple.

—¿Y dónde lo has guardado? Yo no he visto ningún regalo por aquí —dijo extrañada.

—En la terraza, en el cobertizo de papá. Es que el otro día subió ella de improviso, y lo tuve que quitar de en medio corriendo —dijo, intentando que no averiguara nada más.

—¿Cómo se te ocurre? ¿No sabes que no quiere que nadie entre ahí, que tiene su sagrado laboratorio de fotos? ¡No me deja ni que lo limpie!

—Ya, pero le pedí permiso y me dejó la llave para que lo guardara.

—¿Y te la dio? ¡Vamos, que no puedo creérmelo!

—¡Mamá! ¿Cómo crees que dejé allí el regalo? Luego se la devolví. El caso es que necesito cogerlo, y como papá está de viaje… —dijo para justificarse.

—¡Vaya por Dios! Eso sí que es un contratiempo, pues yo tengo que irme a trabajar a y media. Dile que ya se lo darás otro día, que tu padre se ha llevado la llave. Ya sabes que la copia que hizo para mí se perdió el primer día, ¡como si se la hubiera tragado la tierra! ¡Y mira que he barrido por debajo de los muebles y he buscado y rebuscado! —dijo la madre extrañada.

—Bueno, yo había pensado que, como el padre de Diego es cerrajero, que podría abrirme la puerta y ya estaría solucionado el tema. Luego vuelvo a cerrar y ya está. Ya se lo he dicho; me quedo a esperarlo, que ahora vendrá.

—Ni hablar. Como se entere tu padre, la que se lía es gorda. No quiere que nadie entre allí —dijo tajante.

—Ya, pero él solo desbloqueará la cerradura. Solo entraré yo.

—Bueno, pero solo entras tú, ¿me oyes? —insistió.

—Joder, mamá, ¿no te lo he dicho ya? ¡Cómo te rayas! Ya se lo explicaré a papá cuando vuelva, tranquiiiilaaa. Por cierto, ¿podrías comprarme la gomina antes de irte a trabajar? Es que tengo que ir a la fiesta del cumple a la noche. ¡Y no puedo ir con estos pelos!

—Pfff, pues con lo tarde que voy.... Bueno, pero cuando te pique al timbre baja a cogerla, que me iré directa al trabajo. Te la dejaré encima de los buzones —dijo, dando soluciones, como siempre.

—Vale.

—Muakks. Hasta mañana pues, que cuando vuelvas yo estaré durmiendo. La comida está en la cazuela, la de encima de los fogones. Solo has de calentarla.

—Valeee, que ya lo sé. ¡Compra la gomina, porfi!

—Sí. Y cuida de que no se te queme la comida, ¿me oyes? Es que no se te puede decir nada, hijo. En fin, hasta luego. Y deja recogida la cocina…

—Vale, mamá. Hasta luego.

Fuuufiiii…fuuuufiiiii…fooooo… Plup… plup

Q, ya tnes l maria?

spera…que llaman al timbre

Ding dong… Ding dong

—Hola, Diego

—¿Que tal tronco? —preguntó, haciendo mil peripecias con las manos y los dedos, en un típico gesto ritual de su pandilla.

—Espera, que le contesto al Mensi.

Plup, plup

ok. kava d venir diego ak en 5 min

ok. dewwww

Plup.

—Ven, Diego, que te enseño el antro…

—Ualaaa, chaval, qué pasada con tu viejo, ¿no? Esto está a tutiplén…. ¿Esa es la Maddona? ¿La Cher? ¿La Beyoncé? ¡Joder, tío, que suerte que tienes! ¡Vaya con tu viejo! —inquiría con gran interés. ¿Y cuánto dices que sacáis al mes tu padre y tú?... ¡Eh! ¡Pásame una calada! —pidió con urgencia adolescente.

—Unos mil euros. Esas de ahí dentro todavía están oreándose. Oye, tío —dijo a su amigo—, echa el humo fuera, que si no va a oler mogollón. Y tengo a mi madre con la mosca detrás de la oreja.

Snuufff… pffff

—Toma.

—¿Colgadas?

—Sí. Para que los principios esos se vayan *pa' las puntas*. Eso dice mi viejo. Yo le cuido el chiringuito mientras está de viaje, pero se ha olvidado de dejarme la llave y por eso he tenido que llamarte —dijo en un alarde de chulería.

—*Dabuten…* pffff…

—A ver si viene el Mensi, que ya está tardando.

—Oye, ¿y tu madre?

—Comprando gomina.

LOS TRIGALES: LA PIEL DE LA MESETA

Estepa y meseta. La luz de la luna llena todavía alumbraba la silueta altiva y erguida de un hombre delgado, con sombrero y capa, que avanzaba cabalgando al trote por el camino, montado en un nervioso caballo blanco. Era el dueño de la hacienda de La Mies. A su lado, un hombre humilde llevaba cogido el bocado de su burra. En una de las alforjas que esta llevaba sobre el lomo, había cargado un cántaro de agua, una hogaza de pan, queso, chorizo y tocino; una escudilla y una navaja; por la otra asomaban la zoqueta y un par de hoces y algunos aperos de aventar, y, enrollados sobre la grupa, un fajo de costales de arpillera para media fanega, un par de canastos y la piedra de afilar.

Una vez comprobó el hacendado la presencia de la cuadrilla de jornaleros —que en algunos lugares eran llamados agosteros—, se despidió de su capataz. Espoleando con brío al caballo, desapareció al galope tras una nube de polvo y las primeras luces del alba. Sancho era un hombre recio, de baja estatura, frente ancha y gran corazón, que siempre vestía una camisa y un chaleco de paño marrón, pantalón negro de pana y un sombrero de paja; su porte era un andar firme y templado, pues con el paso de los años había aprendido a medir el tiempo y el esfuerzo.

Las breves ráfagas de viento que suelen aparecer con el amanecer ulularon discretamente por la llanura, moviendo tímidamente la hierba y acariciando los dorados trigales como ondas; también impelieron las ráfagas a las cuatro maderas en aspa, cubiertas con recios lienzos blancos con los que el viento solía jugar. Y tras ellas, otras cuatro más. Allá lejos, en el horizonte, se distinguía algún otro molino, bordeando el camino que limitaba con los trigales y con los rastrojos de la cebada. Aquellos sobrios gigantes circulares, vestidos con cal viva y salpicados con dos o tres ventanucos, habían dado fin a la cebada y al trigo primerizo, el de junio, que justo el joven Sarmiento acababa de transformar en harina, pues era menester dejar paso al trigo candeal o tardío, el que ahora iban a recoger. Y luego sería el tiempo del centeno.

Tras Sancho, algunos carros tirados por bueyes. El primero el de la era, que llevaba bien tachonadas las vueltas de haces prestos para trillar, que ya habían dejado acarreados el día anterior. Otro, que llevaba unas redes que sobresalían del borde del carro con unas varas, donde acarrearía la paja separada del grano, para llevarla a los sobrados de las casas y almacenarla. Y ya van dos. El tercero y el cuarto fueron a pie de la parcela, para que en ellos cargaran los haces que segarían en el día de hoy. El quinto iba repleto de costales de seis celemines y de los utensilios de aventar y voltear; también llevaban los hatillos de comida y algunos cántaros de agua, un grupo de zagales dormidos y unas pocas esteras para *guarecerles* bajo un sombrajo.

En la parcela, la cuadrilla de jornaleros de Sancho comenzó la siega con el alba de finales de julio, aprovechando que blandeaba y se cortaba mejor la caña, sin desperdiciar apenas grano alguno. El sol tiñó de dorado aquellos campos castellanos bordeados por algunos bosques de pinos albares y piñoneros, que se recortaban en aquel cielo azul, perdiéndose en el horizonte.

Pan, cebolla, tocino y un trago de vino a las nueve. El cántaro de loza iba y venía de la poza. Los hombres calaron sus sombreros de paja y se bajaron las mangas, cargando sobre sus espaldas sudorosas los haces y gavillas que ya había atado y bien atado Ataor, con una técnica artesana y muy importante, pues un haz mal atado desbarataba el trabajo del día. Luego apilarían los haces alrededor de la era, esperando a ser tronchados sin piedad por aquel viejo madero con incrustaciones de piedras de canto, con que la Bonita —la borriquilla del capataz— arrastraría el pequeño tiro por primera vez, pues hacía dos días que había muerto el Canelo, el mulo viejo. Y siendo el día de Santiago festivo para los segadores, no tendría otro mulo hasta pasada la fiesta.

En la era, la Bonita tiraba del trillo con la misma tozudez con la que Sancho, al frente del despacho de pan, haría un manjar con la harina de aquel montón de áspero y duro grano. Una vuelta. Otra más. Tantas, que diríase que trillar fuera como montar en un carrusel.

¡Chas, Chas, Chas!

El chasquido del látigo resonaba sobre la cabeza de la burra; detrás, la figura erguida de Sancho apoyando el peso sobre la parte de atrás del trillo la apremiaba, guiándola con la vara en el cuarto trasero; y, mirando el cielo, aprovechó a secarse el sudor. Ya era mediodía. Inquieto, observó cómo crecían algunos nubarrones que asomaban por el horizonte de la meseta, tras las que se adivinaban la silueta diáfana de las montañas de la sierra. Y temió que le estropearan la parva antes de que pudieran ventearla y recoger el grano. ¡No había tiempo que perder!

En el trigal, a media legua de la era, algunas lagartijas reposaban sobre unas piedras, disfrutando de aquel sol, aún abrasador. En los campos ya segados, las bandadas de urracas, arrendajos y cuervos se daban un festín con los granos dispersos, y también con los numerosos saltamontes que, como un resorte, salían disparados de entre las espigas; un sinfín de escarabajitos negros corrían velozmente por entre la paja trigaza; algunas culebrillas se deslizaban en un zigzag desesperado, buscando un hueco o una piedra donde ocultarse del certero pico de aquellas aves, ávidas de alimento con que cebar a sus polluelos. Aquellas aves tampoco desdeñaron los huevos de las cogujadas y codornices, cuyos nidos habían quedado al descubierto y diseminados por el implacable paso de los jornaleros con su hoz, cortando a destajo. Arriba, aunque a diferentes alturas, volaba en círculos un milano; bajo él había un cernícalo quieto y suspendido en el aire, como si colgara del cielo, movía frenéticamente las puntas de sus alas, a unos veinte metros del suelo. Esperaba así que los hombres y mujeres situados debajo provocaran la súbita salida de ratones, insectos y topillos, a los que la hoz obligaba a salir del cobijo del trigal para refugiarse en las caceras que había entre los campos, donde suelen transitar los erizos.

Sancho alertó de la posible tormenta a los jornaleros que conducían uno de los carros que iba de vacío hacia el trigal donde segaban; y dijo a voz en grito:

—¡Hay que ir al tajo, que el agua nos va a joder la marrana!

—Lo que nos faltaba pues —respondieron con fastidio, mirando al cielo.

Las mujeres recogieron su cabello con un pañuelo triangular y se arrollaron el del cuello para evitar los arañazos de la mies, para cargarse algunas gavillas al hombro. Algunas otras extendieron su delantal y las cargaron en él. Unas y otras se acercaron con premura hasta los carros vacíos que los jornaleros les habían dejado en el borde del camino para transportar los nuevos haces hasta la era.

Henar, una de las casaderas del pueblo, una muchacha recia pero agraciada, que llevaba su cabello castaño recogido en una cola, cogió el cántaro de agua de debajo del carro, puesto que era la única sombra de que disponían, y echó un trago. Se refrescó la cara y con su mano pasó su pañuelo empapado de agua fresca por el cuello y por su generoso escote. Luego se guindó a la carreta con el hijo de la Engracia, un fuerte hombretón que había acarreado los haces que luego esparramaría sobre la parva que Sancho estaba trillando a toda prisa en la era.

—¡Tiraa… caaa! —gritó Henar a la Tozuda, la mula del sacristán, mientras sacudía las riendas; y dirigió el carro hacia la era, para zafarse de la carga cuanto antes. Y volver a por más. Algunos jornaleros la miraron de reojo, pues sabido era en la comarca que los solteros del lugar bebían los vientos por ella.

Comenzó a nublarse, y por ello había que acabar con la siega de aquella parcela de trigo candeal, dorado y maduro, cuyo peso arremolinaba las espigas hacia el suelo, como haciendo caminos, con riesgo de que se descabezaran. En los márgenes del campo, los zaragüelles —aquella maldita gramínea con forma de espiga punzante que se desprendía fácilmente de su caña al paso de los que faenaban— se clavaba sin piedad en sus abarcas y en sus pies, provocándoles heridas ponzoñosas. Por ello el calzón largo y los calcetines, a pesar del calor. Un trabajo duro. Pero no había tiempo que perder. Les iba el pan del año en ello.

De la aldea vecina acudió una carreta cargada con hombres y mujeres, que venían dispuestos a ayudarles ante la amenaza de la inminente tormenta. Todos tenían muy presente la pérdida de la cosecha del veintisiete, año en que la aldea de Sinpán tomó el nombre de aquel desastre, tras un turbión inesperado, pues las consecuencias fueron devastadoras, ya que se desgranaron las espigas con el azote de un viento huracanado, y los campos quedaron anegados de agua por un diluvio excepcional que duró varios días. El grano, que cayó todo a tierra, fermentó y se perdió.

Desde aquel entonces, cuentan los ancianos, los vecinos de la aldea de La Fortuna —que por ser su trigo más temprano pudieron ensilarlo a tiempo— compartieron su pan con ellos durante todo el año, y así, generación tras generación, unos vecinos y otros siempre han acudido para echarse una mano.

Las gavillas se amontonaban en el campo a buen ritmo. Idas y venidas. Los jornaleros se calzaron la zoqueta en la mano para protegerse de un tajo fortuito con la dura madera, y con la otra, a golpe de hoz, marcaban el ritmo con el avance de la siega por hileras, sin perder la distancia entre ellos, *para no pisarles*, o dejar pasillos sin segar. Frenesí.

El sol ardiente quedó oculto algunos minutos, empeñándose en salir de nuevo. En la era, algunas mujeres se pusieron a ventear con el gario y con la horca de cuatro pinchos, hecha con madera de olmo, a destajo; todas las que estaban disponibles se fueron a ventear, pues una vez tronchada y volteada la parva, la lluvia estropearía tanto la paja como el grano, y habría *que ponerles* a secar. Unos volteaban la parva y otros disponían en hileras los haces, *para irles echando* en la era, para que el trillo tronchara lo que se ponía postrero.

Los niños, que estaban a cargo de la niñera, se reunían para recoger el trigo y la paja ya troceada, que se desparramaba aquí y allá en la era, con la escoba llamada amarga, hecha de varas de hiniesta seca, de palmas o ramajes de tallos largos atados y bien atados. Otros se turnaban para coger el cubo y ponerlo con rapidez bajo las ancas de la burra, que ya llevaba colgando de la cola unas asas con una banda de ropa, para evitar que sus heces cayeran en la parva.

Algunos zagales cargaban la paja que cupiera en el carro y otros la amontonaban a pie de campo, porque ya no daba tiempo a más, haciendo una figura bien conocida en la campiña: un voluminoso montón de paja por el que asomaba, mirando al cielo, el palo donde se apoyaban los haces primeros; pues, si era importante el grano de trigo, la paja suponía buena parte del alimento del ganado para pasar el invierno, y también para que yaciera este en las cuadras y cobertizos, donde se cobijarían de las inclemencias del tiempo.

Dos abuelas de Sinpán acudieron para hacerles la comida a la cuadrilla de jornaleros, relevando a las mujeres que se ocupaban de estos menesteres, para que pudieran ir a aventar también. No había tiempo que perder.

Pasaban de largo las cuatro, y los jornaleros no habían parado a comer a mediodía ni un triste torrezno, para no ralentizar la tarea, pero ya sentían desfallecer sus fuerzas. Así pues, aquellas generosas mujeres —todas ellas repeinadas con un moño y vestidas de negro, con refajo y delantal— apiñaron cuatro piedras grandes en una zona árida, donde prendieron fuego con algunas piñas que habían traído para tal fin dentro de un saco. Con la trébede de hierro bien asentada en las brasas y un perol de buen tamaño, echaron una docena de ajas, unas pocas cebollas, pimientos, tomates, sal y tomillo. Elpidia, una anciana delgada, de facciones muy finas y ojos azulados —la más enérgica—, se trajo un lechazo troceado para el guiso y, tras sofreírlo con manteca y pimentón rojo, le añadió el resto del aliño, agregó agua y lo dejó hervir; luego echó las patatas que habían entresacado del campo del Eladio el día anterior.

—¡Anda, maja! Qué buen guiso va a quedar —le dijo la más anciana, la Mostrenca, apodo con que siempre la habían llamado en el pueblo, de tal manera que nadie recordaba su nombre.

—Cof Cof Cof —tosió uno de los chavales que atusaban el pajar al otro lado del camino.

—Vaya con *la tos de Narros* que tiene todavía el zagal de Cuéllares —dijo Zoila, una de las mellizas del pueblo—. Por poco que no lo cuenta, nos dijo el boticario de Chañal. Suerte que vive en el pinar y está curtido.

—Y que su abuelo tiene ruscos en la cañada, que la miel de abejas le ha ido muy bien. Pero esa tosferina, esa… le va a quedar de por vida —dijo la otra melliza, la Meli.

—¡Ya te digo, maja! A *nohotros* nos lo vas a decir, que mi abuelo murió de lo mismo —intervino Elpidia.

—Podríamos *aguarles* mientras que cuece el guiso, que mira qué cansados están —dijo La Mostrenca, acercando un par cazos a los cubos de agua.

Y así, suministrando agua a los jornaleros, se les pasó una hora.

—Anda, maja, trae los cuencos, que vamos a servirles a todos —dijo Elpidia, que estaba vigilando el guiso.

Unas y otras fueron turnándose para repartir la escudilla a los segadores del campo; y luego Elpidia fue con el carro de la Henar con el perol, para que comieran los que trabajaban en la era.

—Mira, por ahí vienen los resineros. Apártales un plato caliente mujer —pidió Sancho a Elpidia—, que seguro que lo agradecen. Con ellos viene El Roña, mi compadre —dijo a la mujer, que silbó fuertemente para llamarles.

Los recién llegados, tres hombres de piel agrietada y muy morena, dejaron el carro donde llevaban unos pocos bidones de miera y algunos potes de loza para recambiar las que había clavadas en los pinos que ya habían sido remondados, y que estaban llenas de resina con trocitos de roña y algunos insectos que se habían quedado pegados. Ante la presencia de tantos chiquillos, los hombres guardaron a buen recaudo las hachuelas curvas de remondar que utilizaban para raspar la roña de los pinos, pues siempre estaban muy afiladas y no fueran los chicos a hacer alguna travesura.

—Se agradece el aroma al pinar que traéis con la miera… ¡qué bien huele! Guardadme un poco de miera y colofonia, si os acordáis —dijo Elpidia.

—Sí, pero andad con cuidado, que no se os manche la ropa, que luego no hay quien quite la resina —dijo el Roña.

—Anda, majos —dijo Elpidia mientras servía las escudillas—, a mí me vais a enseñar tres leches, ja, ja... Comed un poco, que algo ayudará. ¿Ya habéis terminado de resinar?

—Mmm. Está muy bueno este guiso —dijo el más joven de ellos—. Muchas gracias, Elpidia, que a estas horas se agradece comida de cuchara. Pues todavía nos queda el pinar del Retorcido, que con el calor que ha hecho, algunos potes rebosan.

—No podemos entretenernos, Guindilla, o sea que espabila y acaba de cucharetear, que poco pensábamos que hoy comíamos caliente —dijo Guzmán, el más mayor.

—¿Ya termináis con la siega? —preguntó, levantándose, El Roña—. Ya está bien de tanto descanso, so pencos —dijo a sus compañeros mientras reía, dejando ver las mellas de algunos dientes que le faltaban—. Pues sí que va a caer. Como chuzos de punta —apuntó, mirando al cielo—. Lo mismo cae piedra.

—Ahí va lo que tenemos —dijo Guzmán, mientras le alcanzaba un hatillo con una hogaza de pan y un par de chorizos de Tripaloz a la cocinera—. ¡Ea! repártalo usted como mejor pueda —insistió.

También les pasó una bota de pellejo llena de vino y un par de sandías que habían cogido del huerto del Eladio.

Sabido era en la comarca que el tal Eladio sembraba cien estadales castellanos, a más de su fanega de tierra, para alimentar expresamente a los jornaleros que faenaban cerca de sus tierras.

—Menos mal que el Eladio es como es. ¡Anda que no! Pues este ha ayudado a mucha gente. Eso no tiene precio. Y encima, algunos ni se lo agradecen.

—Si es que los hay que más vale que les parta un rayo… y no lo digo por nadie aquí presente, pero los ancianos del Cantueso saben que hace años la familia que pasó más hambre fue la de Eladio, pues eran veintitrés. Pero, años más tarde, cuando se casó, heredó una gran fortuna de un tío que su mujer tenía en Flandes, que decían que era tratante en lanas. Pero la muchacha murió de pulmonía y encinta. Desde entonces, su generosidad se volcó en sus humildes vecinos.

—A veces cuesta creer que haya gente así.

—Anda, vámonos ya, que la roña no se quita sola.

Y, tras un último trago de vino, los resineros siguieron su camino hacia el pinar del Retorcido, llamado así porque había un pino centenario *que para cortarle no valía*, pero de él sacaban la mejor miera del lugar.

Los hijos de las segadoras habían terminado de comer y andaban riendo y jugando con un erizo que habían cogido en una cacera y lo metieron en un cubo lleno de agua para que se desenroscara, mientras la Chica, que se había acercado para jugar con los niños, le ladraba al animal sin parar.

Algunas ancianas se quedaron al cuidado de los niños y fueron con ellos a coger zanahorias y achicorias de unos campos cercanos *para distraerles*; unas recogieron la loza y otras ayudaron a ventear el trigo en la era, pues soplaba el poniente, un viento bueno y sostenido para ventear el grano y separarlo de la paja. Llamaron a todos los que pudieran venir para rematar la faena.

Por el camino se veían algunos carros que acudían a recoger los costales de trigo para llevarlos a los sobrados de las casas a ensilarlos, y algunos otros los dejaban para hacer la harina en el molino.

En el campo, ante la cerrazón del cielo, apilaron los haces en vertical, unos sobre otros, haciendo que la paja de un haz protegiera el grano de los otros, de tal manera que la mayoría de las espigas no se mojaran con el aguacero que se les venía encima.

A todo esto, Indalecio el pastor, llegaba por el camino.

¡Fiiiu, fiiiiii!

—Chicaaaa… ¡Ayyy, va! ¡Echa, echaa! —gritó el pastor a su perrilla, que ya estaba guiando el ganado hacia los rastrojos de los campos segados para que los rozaran.

La perrilla negra corría con entusiasmo, ladrando y mordiéndole la pata a un carnero que se le había encarado, y al que, por fin, con gran tesón, consiguió meter en vereda.

Yau Yau. Fiiiiii. Yau Yau. Fiiiii.

Silbaba de nuevo el pastor para indicarle a la perra que se parara y dejara al rebaño de ovejas y cabras tranquilo, pues a veces le cogía el gusto *y les hacía correr* demasiado.

Se oían los graznidos de la bandada de gansos de Pinalejos, una aldea cercana a los trigales. Algunos gansos que vigilaban la bandada —mientras que el resto pastaban confiados— comenzaron a graznar y a aletear en un prado próximo a la laguna que había en Pinalejos, a unos cientos de metros de distancia, pues habían barruntado la llegada de los carros y del ganado. Tras la algarabía, los gansos comenzaron a andar lentamente, como en una formación, y poco a poco fueron haciendo grupos sin dejar de graznar. Cada uno de ellos se encaminó al corral de su casa, cada uno a la suya; si les habían abierto el corral, entraban, si no, daban la vuelta a la casa y se iban a la puerta a graznar hasta que salía alguien *a abrirles*. En pocos minutos no quedó ni rastro de ellos, pues siempre lo hacían —cada día— al caer el sol.

La luz del crepúsculo comenzó a menguar. El cielo se tornó negro, y fueron agrupándose unas pesadas nubes plomizas como si de un techo se tratara, al que algunos labriegos de este u otros lugares suelen llamar panza de lobo. Los segadores se fueron acercando exhaustos a la era. El cántaro de agua iba de mano en mano. Se acercaron al brocal de la poza y sacaron algunos cubos de agua de aquel manantial. Bebieron y se refrescaron. El trabajo de la siega se había acabado justo a tiempo; y cada cuadrilla subió al carro, sobre los costales de grano.

Indalecio llevó su rebaño al cercado de Pinalejos, para resguardarlo de las alimañas nocturnas y de la tormenta que se avecinaba. En su morral, una bolsa de tejido de algodón y un trapo y una navaja; también llevaba algunas vituallas: un trozo de queso, pan y cecina. Y un par de corderillos recién paridos, con la tripa colgando todavía ensangrentada.

—¡Ayyyy, vaa! ¡Chicaaa!

Iiiidaaa. Iiiida… Fiufi…fiufi…

Y con estos gritos, la Chica acorraló al ganado ante la puerta del cercado y lo hizo entrar. El pastor echó una jarapa sobre un montón de paja para descansar allí aquella noche, y, abanicando las manos lentamente, dijo:

—¡Tyrus, tyrus!

Así apartó, sin espantarlos, al grupo de gansitos y parros, que con su *cuac cuac* protestaban ante la intrusión, pues también los habían cobijado en aquella cuadra.

Tac. Tac. Tactac. Tactac.

Las gotas de lluvia comenzaban a caer copiosamente. Sancho cerró la puerta del molino del Sarmiento, pues este había ido a por un emplasto a casa del boticario de Chañal. El silo se hallaba a rebosar de grano suelto, con un montón de costales de seis celemines —o media fanega de trigo, que es lo mismo—, que quedaron a la espera para hacer la harina.

Satisfecho por haberle ganado la partida a San Pedro, Sancho abrió su viejo y negro paraguas de punta y mango de madera, donde repicaban las enormes gotas de lluvia; y agarró firme el bocado de la Bonita, pues a su borriquilla no le gustaban las tormentas; le puso una manta encima, ya que el animal estaba muy sudado por el arduo trabajo al que no estaba acostumbrado, y anduvo junto a ella por el camino de vuelta a su casa. Con parsimonia, le atusó las orejas, murmurándole unas ininteligibles letanías cariñosas, como tenía por costumbre. Y le acarició las carrilleras y el blanco y peludo hociquillo para tranquilizarla.

Se detuvieron en La Venta del Torrezno, donde Tomás, el labriego —que compaginaba su tarea con la de mesonero— le sirvió vino tinto y un pincho de tortilla de patata y chorizo, enseñándole la loza nueva que su mujer había comprado en Segúleda.

—Si mañana no llueve, pasado iré a labrar el trozo del Terrón, que ya no estará anegado, que así, con un poco humedad, se abre bien el surco —dijo el mesonero.

217

—Pues sí, que mañana *no habrá quien le pise*. Eso sí, caracolillos en los hinojos, en las cañas y en las caceras, a montones habrá —dijo el capataz—. ¡Con lo que me gustan a mí!

—Ya veo que te relames del gusto. Pues ya te guardaré unos pocos, hombre. Mira tú, que no hay mal que por bien no venga, ya me va bien que esté el terreno encharcado, que el chico todavía no me ha afilado el arado y estoy cambiando el madero por uno de pino rojo, pues el albar se me rompió en febrero, que hubo helada negra y la tierra estaba más dura que la piedra. Demasiados años que tenía ya.

—Y los bueyes, Tomás, y los bueyes… Demasiado yugo llevan ya, que están muy viejos. Y encima están tuertos —y del mismo ojo los dos—, que vemos los surcos, no te vayas tú a creer *que no les vemos*.

—Pues, gachó, sí que hilas fino tú también. La verdad que sacaré los cuatro duros que tengo y me iré a la feria de Melina del Canto, que ahí hay buen *ganao*. No vaya a ser que se me mueran de un esfuerzo en la labranza. *Habrá que hacerles estofados, que no habrá quien les hinque el diente*. Aprovecharé cuando venga el matarife, en otoño.

—Pues el Rufino ha comprado un toro en Cuéllares que se le murió el Estoque el mes pasado y no le dejó preñadas las vacas.

—Pues este va listo, que se queda sin vacada —dijo el mesonero, haciendo un chasquido de desaprobación.

—¡Qué va! Ese sabe más que los ratones coloraos, y por si acaso, dice que se le han *escapao* unas pocas vacas de las suyas al campo del Emeristo, el de la hacienda de la Samorama, que tiene un macho en sazón.

—Pues lo va a poner bueno el Emeristo ese —dijo Tomás—. Aunque, si ya las ha preñado, ¿qué más le va a dar? Ja, ja.

—Eso digo yo.

—El que no espabila…

—Pero quita, *que nohotros* no sabemos nada —dijo a Sancho, haciéndole un guiño.

—Queda con Dios, que yo me voy con el diablo —dijo Sancho—. ¡Que vaya cacho que me queda hasta casa con este aguacero! A ver cuándo puede ser que acabemos de trillar. He dejado en la caseta un par de chavales para que vigilen la cosecha, no vaya a venir algún listillo a jodernos la marrana.

—Que también podría pasar, pero no seas ave de mal agüero, *jodío*.

Al día siguiente, amaneció un día radiante. Las ovejas y las cabras de Indalecio rozaban los cañotes de los campos segados, y la Chica condujo al rebaño a abrevar a un arroyo cercano. Se hizo mediodía, cuando un sol implacable cayó sobre la piel de la llanura. Mientras, el rebaño de ovejas ya esquiladas, que estaban en medio del trigal, sin un ápice de sombra —se rebujaban apiñándose en redondel, con las cabezas bajas entre las mil patas, para procurarse sombra y frescor unas a otras—. Indalecio aprovechó a lavar algunas prendas de ropa, que extendió sobre la hierba y sobre las piedras de unos márgenes que bordeaban la linde del campo, para que se secaran al sol, ya que solo tenía ropa de quita y pon. El ganado siguió rumiando tranquilamente, y el pastor se puso a dormitar semidesnudo a la sombra de una olma, con la cara tapada con un pañuelo, entre el zumbido de las moscas, los tábanos y el canto de las cigarras.

Oculto entre los matorrales, asomó el rostro de Halmanegra, un indeseable. Con el siniestro brillo de sus ojos negros rasgados, escudriñó los alrededores. Apartó con sus huesudas manos los matorrales que le impedían ver, y su nariz aguileña asomó por ellos. Volvió a mirar y, al no encontrar a quien buscaba, se fue sigilosamente, procurando no ser visto. Su oscura silueta, delgada y esperpéntica, desapareció, confundiéndose entre los miles de troncos del pinar.

Pasaron un par de días en que la tierra ya estaba bastante seca —pues era un poco arenosa, eso era una ventaja—. Tomás acudió con sus bueyes y con el arado. Con las primeras luces del alba, comenzó a destripar concienzudamente la tierra. En el bancal de al lado, unos hombres se afanaban en echar al suelo el estiércol que transportaba el carro donde estaban subidos. De la parte trasera de este, colgaban dos cuerdas atadas a un madero que rulaba sobre la tierra arrastrando y desmenuzando el estiércol que con las palas y los garios los hombres iban echando abajo del carro, pues habían limpiado los establos y las cuadras. Cuando el labriego terminara de arar su trozo, iría a voltear las tierras de Ildefonso, el aparcero de la finca vecina. Agarrado a los mangos del arado, y subido en él para que se clavara en la tierra, Tomás guio a sus bueyes con destreza hasta la puesta de sol. Tocino, vino y una hogaza de pan. Un refresco en el arroyo y, al caer el sol, la vuelta a casa.

Amaneció un nuevo día y siguió la siega a buen ritmo. En la era se iban amontonando los sacos para llevar a las casa, a la hacienda y al molino. Los jornaleros que se ocupaban de los cultivos para el otoño y el invierno —cuando el sol ya no quemaba, para que los plantones no sufrieran— fueron clavando en la tierra de parcela de la Chata —destinada al cultivo verde este año— los plantones de las hortalizas de invierno que habían germinado en los semilleros, y fueron acunándolos con la tierra húmeda de la cresta del surco. En el extremo de este había un muchacho que portaba un azadón. Con él apartó la tierra que cerraba el extremo final del surco, y, retirando la tierra hacia los lados con un pequeño requiebro para ralentizar el paso del agua, le dio paso de la acequia para regar los plantones. La acequia se nutría del arroyo, del que estaba separada con una plancha de hierro, a modo de compuerta.

Algunas mujeres cercanas al molino, entre ellas Henar, se afanaban en construir, ayudadas por los niños, un par de figuras con unos palos en cruz y unos hatillos de paja que luego cubrieron con andrajos y sombreros para espantar a los pájaros. También clavaron algunas cañas con unas cintas de ropa vieja para que, al moverlos el viento, espantara a las aves que acechaban los huertos, pues les gustaba picotear los brotes tiernos y los echaban a perder.

Acabada la jornada, volvieron con los carros cargados con el heno recogido, pues aprovechaban que ahora iban de vacío para llevar hierba fresca a los animales estabulados en las casas y las granjas. Volcaron las gramíneas doradas, la alfalfa y las cañas secas del maíz en los comederos de las vacas; y en la corte de los cerdos con un poco de leche y salvado. Corriendo la colorida cortina de la casa, se fueron a refrescar al corral. Y cada cual a lo suyo, que mañana sería otro día.

Apenas había clareado el día cuando Engracia, la nodriza de la aldea —una mujer robusta y alegre que siempre llevaba un delantal a cuadros y un moño recogido—, aprovechó que la Manchada disfrutaba del heno fresco para ordeñarla; sentada en el taburete, apoyó su cabeza en la panza de la vaca y, con paciencia, exprimiendo las ubres, chorro a chorro, fue llenando el cubo, que luego vertió en la lechera; mientras, su marido Antón, que ya se había puesto el mandil de cuero, martilleaba los herrajes en un yunque y avivaba la fragua al rojo vivo, pues había que herrar a la caballería de tiro, que pacientemente, a tres patas, se dejaba recortar los cascos.

Tras las tareas cotidianas de la casa, y luego de un buen tazón de leche con pan migado, Engracia aprovechó para recoger la ropa sucia en un barreño y se dispuso a ir al lavadero.

Frente la casa de Engracia quedaba la plaza mayor de la aldea, cercana a la iglesia, que estaba empedrada con guijarros del río y de los que escupía el campo, pues hacían con ellos montones *para cogerles* cuando les necesitaran. Algunas mujeres charlaban cotilleando en la fuente del lavadero de la plaza —que era como un aljibe con un rebosadero—, protegido del sol y de los aguaceros por un envigado de maderas entramadas cubiertas con teja castellana, puesta en forma de U, como es costumbre allí, para canalizar la lluvia.

¡¡Plas, plas!!

Se escuchaba en los alrededores de la plaza mientras las mujeres frotaban la ropa en la pila de lavar y aprovechaban para charlar de sus cosas. A su lado, un perol grande con algunas prendas de ropa, un palo para removerlas y un cedazo repleto de ceniza y saponaria, sobre el que abocaban el agua calentada en un fuego de barrujo y piñas, que prenden muy rápido y calientan bien. Sobre el poyete de la pila, apenas descansaba una pastilla gruesa y blanca de jabón de aceite y sosa, pues las mujeres la cogían y dejaban cada dos por tres, para frotar enérgicamente la ropa. La piel de sus manos estaba agrietada y áspera, ya que estaba curtida por sol, el frío y el viento, así como por los trabajos del campo y por las tareas del hogar; distaba de ser fina y suave como las de las mujeres del burdel de La Cantina, del pueblo vecino.

—A esas les daba yo más trabajo —dijo la Engracia con unos gestos explícitos—. Que se iban a enterar lo que vale un peine. Ayúdame a llevar este barreño, maja —le pidió a Águeda— o tendré que volver a por él, que me pesa demasiado —dijo la nodriza a una de las jóvenes, que era su vecina.

Las muchachas casaderas se ocuparon de tender las blancas sábanas de algodón y las toallas, en los cordeles que estaban atados entre los fresnos y álamos, para ayudar a sus madres, tías o abuelas, tapando de esta forma la ropa íntima y los refajos y paños que estaban extendidos sobre los arbustos y las piedras. Así ocultaban con recato las prendas interiores de las mujeres. Preferían quitarlas de la vista de los vecinos que iban y venían cerca del riachuelo que lindaba con la taberna y el albergue, allí donde los mozos solían ir a tomar unos vinos, a jugar al mus y al siete y medio. Desde la puerta, uno de ellos se atrevió a rondar a las muchachas, mientras liaba un cigarro; y con cualquier pretexto, se ofreció a ayudarlas o a llevarles la colada hasta su casa. Una vez acabada la tarea, tres de ellas se fueron a ver a la Asun, la recién casada, pues ya había pasado la cuarentena y salía por primera vez de casa. Había parido a un niño sietemesino, al que tenía arropado con toquillas de lana a pesar de ser verano, y al que alimentaba con el gota a gota que caía de un algodón empapado en leche de vaca, pues el niño carecía todavía de fuerzas para mamar.

Un corrillo de críos jugaba allí cerca al escondite, chinchándose sin parar, mientras su abuela, sentada en la puerta de la casa en su silla de madera, zurcía, con la ayuda de un guijarro redondo, los agujeros de los calcetines, con un ojo puesto en la costura y otro en los zagales.

Sonó la campana de la iglesia:

¡Tan tan!

¡Tan tan!

¡Tan tan!

Toque a difuntos. Salió el delgado y bondadoso sacerdote de aquel pueblo, con su larga sotana negra y su bonete, a abrir la puerta de la pequeña iglesia de la aldea —que estaba, como era costumbre en aquellos pueblos, rodeada por las lápidas del cementerio—, último hogar de sus habitantes. Un carro tirado por dos caballos portaba una humilde caja de pino, donde descansaba en paz Chicote, un joven aldeano que había muerto del mal de miserere. La comitiva seguía de cerca al carro, de luto riguroso. Solo hombres, puesto que eran los designados a acompañar a los difuntos.

Las mujeres, que vestían de luto y con mantilla negra, se juntaron en la casa de la desconsolada madre para hacerle un buen caldo y, sobre todo, compañía. Juntas habían cuidado y amortajado al chaval tal y como le dieron la bienvenida a la vida. Otra de tantas tareas que asumían las mujeres por ser mujeres.

Una vez concluido el entierro, los hombres se juntaron en el bar, repasando quién iba a ser el próximo del pueblo y de los alrededores en provocar el toque a muertos de la campana.

—Pues el Guadaña ya va por ciento seis y dice que no piensa morirse todavía el *desgraciao*, ¡ja, ja!, a ese le importa tres leches morirse, por eso no se muere —dijo uno de los contertulianos.

—Pues que no se piense que se va a quedar para vestir santos —respondió el tabernero con sorna.

—Pues, mientras que *vohotros* habláis, dicen que lo que espera la Esperanza es suyo.

—¡Qué va a ser! Si ese ya se mea en los zapatos.

—Otros dicen que es de Halmanegra.

—Eso ya podía ser.

—Pues, desde que le echaron del pueblo, nadie le ha visto. Este acabará mal o hará alguna fechoría.

—¡Pues mejor que le parta un rayo!

—Sí, dejemos el tema, que ahí viene el padre de la Henar. Pon otro chato de vino, que estamos secos.

La luz del crepúsculo menguaba y las estrellas comenzaron a brillar en el cielo. Engracia se sentó a la puerta de la casa de Esperanza, que acababa de dar a luz. Un parto duro, durísimo para la madre. Y para Engracia también, pues sabía que el recién nacido viviría poco y mal. A sus pies, un zagal, el hermano del recién nacido, que señalaba a una estrella que era más grande que las demás. Y la matrona le dijo:

—¿Ves? De esa vienen los chicos con una hogaza de pan bajo el brazo. Ahora *le tendrás que cuidar,* y cuando sea más grande, los dos jugareis y ayudaréis a tu madre, ¿verdad?

—Sí. Yo cuidare de los dos, que ya soy mayor.

Y Engracia lo acurrucó, mientras de sus ojos resbalaba una lágrima silente.

Amaneció un día espléndido. El sol ardiente calentaba con ganas. En los patios de las casas lucía extendido el trigo recogido el día de la tormenta, pues tenía que secarse bien el grano. Con una pala lo revolvían una y otra vez, dándole la vuelta al montón para que no quedara un ápice de humedad que pudiera estropearlo, antes de volverlo a meter en los sacos, donde ya quedaría almacenado. El más seco, metido en costales de arpillera o pita para la próxima siembra, el trueque o su venta. También algunos sacos quedarían de reserva para llevarlo a moler, para cuando les hiciera falta más harina, pues en el molino ya no cabía ni un grano más, ya que los últimos sacos habían quedado allí guarecidos. Los vecinos tendrían que esperar para cuando les tocara la vez, pues cada vecino disponía de un turno para su molienda, y a cambio, el molinero se quedaba con parte de la harina obtenida, o del grano. Una retórica negociación que finalmente solía acabar con un apretón de manos y la palabra dada. Diferente era el trato con el hacendado, que se quedaba con la mayor parte de la cosecha. Y de lo que fuera. Del ganado también. Que no es negocio el ser pobre, ni con buena cosecha, solía decir Sancho a sus jornaleros.

Sancho cogió a la Bonita, la enganchó al carro —aunque hoy del carro tiraba el mulo del sacristán, pues era demasiado peso para la borriquilla—, y lo cargó hasta las trancas con los costales de trigo que llevaba a moler. Añadió algunos sacos vacíos más. Hoy le tocaba a él ir al molino y a pagar los jornales. Sarmiento —apodo por el que se conocía al hijo del molinero— ya andaba metido en faena cuando Sancho llegó, pues había de aprovechar el viento, siempre incierto. Le ayudó a descargar los sacos y, con una paleta de madera, fue vertiendo poco a poco un puñado de grano sobre el agujero de la gran piedra redonda de granito, que, friccionando con otra igual, roturaba la corteza del grano, machacándolo y haciendo harina. Tras pasar la harina por unos cedazos con diferente luz, esta quedó separada del salvado y fue clasificada en dos calidades por un fino tamiz.

Sancho cogió la harina, la fue echando en los sacos y le dejó la porción pactada a Sarmiento. Cuando Sancho se fue, llegó Henar cargada con unas roscas dulces. El hijo del molinero y ella se fueron a merendar cerca del manantial cercano al pinar. Sancho sonrió al ver a aquellos zagales juntos.

—Que suerte tienes, bribón —dijo a Sarmiento—. Cuando se enteren en Pinalejos ¡te van a dar una de leches! —dijo Sancho, haciendo chascarrillo cuando pasó con el carro cerca de ellos, en la linde del camino—. Y tú, maja, vaya buen mozo que te llevas—dijo a Henar—. Harina nunca te faltará.

—No es por eso, Sancho

—Que ya lo sé, mujer, que era broma, por picar. A ver cuándo tenemos boda, que de entierros nos sobran.

—Esperemos que pronto —dijo la muchacha sonriendo.

—¿Habéis visto cruzar a Indalecio por el manantial?

—Sí, *le vimos* con la Chica, que iba ya para el pueblo.

Allí cerca, Halmanegra observaba a la pareja. La maldad afloraba de sus ojos. Y esperó.

Cuando Sarmiento se volvió al molino a terminar su tarea, Henar tomó el camino de los campos de achicorias y se dirigió andando hacia el pueblo, que estaba a menos de media legua por el atajo del pinar, por donde anduvo confiada, cogiendo tomillos y cantuesos. Pero, tras un enorme pino, la acechaba aquel indeseable.

Salió de improviso por detrás de la chica y, cogiéndola por sorpresa, la doblegó hasta el suelo, tapándole la boca. Henar gritó y forcejeó en vano, intentando zafarse de él, y pidió auxilio, sintiendo el repugnante jadeo de su captor cerca de su cara, sin que pudiera hacer nada por evitarlo.

De repente, se oyeron unas voces, y Halmanegra se giró rápidamente hacia unos hombres que salieron tras el pino grande, soltando a la muchacha, pero no le dio tiempo ni a sacar su navaja; Henar vio entonces que la mirada del agresor se tornó extraña, y exhaló un grito contenido por un borbotón de sangre en su boca; Halmanegra se desplomó, dejando resbalar sus brazos sobre la muchacha, como si fueran de trapo. De su cuello brotaba la sangre a chorros, y de su costado también. Detrás de él, Sancho sostenía una navaja grande ensangrentada. Los ladridos de la Chica resonaban en el pinar. Indalecio, el pastor —y marido de Engracia—, estaba al lado del capataz. Un cuchillo de matarife, también ensangrentado, delataba un pacto de silencio. Tras una mirada endemoniada, el cuerpo de aquel violador cesó de respirar, aunque sus manos seguían del revés, retorcidas, y las piernas dieron su última sacudida. Sancho e Indalecio esperaron el desenlace, mientras Henar, cubriéndose con su ropa hecha jirones, se acurrucaba encogida contra el tronco del pino, llorando.

Al poco llegó la Chica otra vez, pues iba y venía a placer, corriendo y moviendo la cola de contento tras los pasos de Engracia, que acudió al lugar temiéndose lo que había ocurrido, pues desde que naciera el hijo de Esperanza, se mascaba la tragedia, ya que algunas mujeres del pueblo lo habían visto merodear por la casa de la partera.

La nodriza fue rápidamente y en silencio hacia Henar, a la que hacía ya dieciocho años había visto nacer, y, abrazándola acarició su cabello enmarañado. Llorando con ella, la consoló.

Los dos hombres arrastraron el cadáver, dejándolo a los pies de la roca que en el pueblo llamaban de las Mujeres Muertas, que, a modo de mausoleo, los vecinos habían hecho en homenaje a la primera mujer, que no la única, que fue ultrajada y asesinada por aquel villano: una mujer que Filomeno, el cuñado de Engracia, conoció durante la trashumancia. Allí habían encontrado los restos de Virtudes, la hermana de la nodriza, que estuvo desaparecida varios meses, pues Halmanegra la había sepultado muy hondo para que los perros y las alimañas no la encontraran. Pero la encontraron. Y a las otras también. Mirando a Engracia, le dijeron: «¡Ya está hecho!».

Sancho e Indalecio arrastraron el cadáver hasta un campo que estaba en barbecho y lo dejaron a sol y sereno. Las urracas, los cuervos y los buitres pronto darían cuenta de él. Y las temperaturas estivales, el resto. A partir de entonces, aquel campo no volvería a sembrarse jamás; y fue llamado La Parcela del Diablo.

Dos mujeres y dos hombres, una perra y una burra, cuyas siluetas se recortaban en la loma tras la que estaba la aldea, eran anunciados por los truenos que retumbaron en la lejanía, como si de salvas se tratara. Delante de ellos, un cruce de caminos. Y cada cual a lo suyo.

Xsssss, Craaac… ¡¡Broooommmm!!

Los relámpagos iluminaban a intervalos las nubes. Los rayos resquebrajaban la oscuridad de la noche. El olor de la tierra mojada le hizo exhalar un hondo suspiro, y el capataz miró al cielo. Se caló el capote. La silueta de Sancho y la Bonita se iluminaron súbitamente. De sus cuerpos se desprendía un vaho de calor bajo el aguacero que caía sin dar tregua. Siguieron caminando lentamente, hasta que desaparecieron tras la loma del camino, hacia una tenue luz que alumbraba el portal de su humilde casa de adobe, de la que caía el agua a chorros por la canal de las tejas que, como es costumbre en la meseta, una está colocada de manera cóncava sobre las dos, que están con la abertura hacia arriba.

Cesó la lluvia, y poco a poco, el cielo se abrió. Sancho secó con unos retales de paño a su borriquilla y luego le puso una jarapa seca sobre la grupa; la metió en la cuadra, donde le puso agua y abrió un saco de cebada que le colgó del bocado.

Antes de entrar en la casa, Sancho miró al cielo y contempló una lluvia de estrellas. ¡Un buen augurio para la próxima cosecha!

CHISMES DE BARRIO

Remilgo paseaba como cada tarde por el parque de su barrio. Llevaba a su perro, Glamour, pegado a su lado, porque se había roto una pata trasera y llevaba un aparatoso yeso; iba, pues, dando saltos a tres patas y, por si fuera poco, llevaba rasurada otra pata, lo que le confería un aspecto deplorable. Aun así, su dueño sujetó firmemente la correa para que no se fuera a jugar con un grupo de perros que andaban sueltos, pues era muy inquieto.

Remilgo paró un momento en la frutería de la esquina para comprar. Mientras cogía las bolsas, el tendero, el señor Lorzas, le dijo por lo bajini y con segundas intenciones:

—¿Se ha enterado del *affaire* ocurrido con la peluquera del barrio, La Rosita? ¡Menudo escándalo que ha montado! —dijo, haciendo un énfasis morboso.

—Pues no, ni idea —respondió de mala gana—. Bastante tengo ya con mis propios problemas, como para estar al tanto de tanto chismorreo.

El tendero, un tanto contrariado porque no le había dado comba para despellejar a las señoras de medio barrio, se quedó mudo y sin argumentos para meter baza.

—Son ocho euros, y noventa y seis céntimos —dijo Lorzas en un tono seco.

—¡Tome! —dijo Remilgo con cierto retintín, sacando la chatarrilla del monedero. Mientras, contó los céntimos con una lentitud exasperante, y le preguntó—: ¿es eso?

—Sí —respondió de mala gana el *largachismes* mientras barría con la otra mano el montón de chatarra que le acababa de dar su cliente.

—Adiós. ¡Que tenga un buen día!

—Seguramente —contestó desde detrás del mostrador con mala gana.

Pero a veces la vida se empeña en que demos traspiés, y eso fue lo que pasó: un gato se cruzó en su camino. Y Glamour pegó un tirón de la correa, escapándose del control de su amo, con su trotar a tres patas. Cruzó la calle como endemoniado y persiguió al gato, con tan mala suerte —quizás porque el gato era negro— que este acertó a entrar en el portal de una casa.

El perro corrió detrás de él, dando sus peculiares saltitos, cegado por el ansia de darle un merecido revolcón ¡por gato! Pero eso no fue lo peor. Aquel portal era el de la peluquera del barrio, la Rosita. Los dos animales entraron corriendo enloquecidos en el establecimiento por la puerta lateral que unía este con la portería de al lado, pues La Rosita vivía en el piso de arriba, y solía dejarla abierta.

El caso es que primero el gato y luego el perro arrollaron a una señora a la que estaban haciendo la manicura, con tan mala suerte que el bote del esmalte de uñas cayó sobre el felino, pringándole las orejas y el rabo de un color rosa fucsia despampanante. Luego de dar dos piruetas en el aire, el gato cayó de pie y salió por una ventana que estaba abierta.

Pero el can no tuvo ni tanta suerte ni tanta agilidad, y cuando pisó el suelo pulido de la peluquería, dio un patinazo tal que se estampó contra un secador de esos antiguos que, a modo de casco, impiden escuchar nada que no sea la turbina del motor, de ahí que las señoras se dejen resbalar por el asiento para poder escuchar algo más. La mala suerte quiso que en el secador estuviera la madre de la Rosita. Angustias salió gritando asustada y despavorida, pues sin comerlo ni beberlo se encontró rodando por el suelo, embadurnada de color fucsia hasta las trancas. Cuando llegó Remilgo y vio aquel desaguisado, se excusó:

—Lo siento. Lo siento mucho —dijo consternado.

El joven pidió disculpas reiteradamente; de hecho, ya no sabía ni que decir, mientras La Rosita, a la que conocía de vista, porque habían coincidido en el banco y en el supermercado del barrio, blandió el peine y las tijeras peligrosamente, gritándole:

—Pero ¿qué haces? ¡Cabronazo! *¡Mataviejas!*

Un tanto azorado, Remilgo ayudó a la señora Angustias a levantarse del suelo. La mala suerte propició que resbalara con el esmalte y, sin poder evitarlo, propinó una soberbia patada al carrito, de donde salieron despedidos un montón de bigudíes, rulos y pinzas, que cayeron estrepitosamente sobre las piernas de la Milagros, una clienta asidua, a la que la aprendiza le estaba cortando *las puntas*.

Milagros se asustó y gritó:

—La madre que… ¡Cuidado, niñaa!

—¡Ay, Virgencita del Carmen! —gritó la aprendiza.

A causa del inevitable respingo, la aprendiza le había dado un soberbio trasquilón; ¡un trasquilón morrocotudo! Y se quedó con un largo mechón de la clienta en la mano, la cual, mirándose al espejo, desencajó la mirada de puro espanto.

—¡Hija! ¡Vaya desgracia que me has hecho! ¡Y eso que solo quería cortarme las puntas! A ver, ¿qué hacemos ahora?

—Bueno, ya verá que le crecerá pronto, y ya le digo que es un corte más moderno. Rosita, por favor…

—Ya voy. Ya voy… Un momentito. Milagros, ¡por Dios! ¿Que no ve cómo estamos? —dijo la peluquera, en un intento de ganar la batalla, atacando la primera.

Por fin Remilgo pudo levantarse —eso sí, bien pringado— y ayudó a la madre de la peluquera, que todavía no había reaccionado. Estaba aturdida y no acertaba a comprender lo que había pasado. Su hija le dio agua del Carmen en un terrón de azúcar, y, en un par de minutos, la señora se puso la mar de contenta. Como vieron que no tenía más que el susto, la pusieron en el otro secador.

La Rosita, muy apañada, cogió las riendas de la situación:

—Quita el esmalte del suelo y recoge el secador y el carro —le dijo a la aprendiza—. Trae, que ya me ocupo yo. Verá cómo le va a gustar el corte, Milagros —aseguró con desparpajo a su mejor clienta.

La Rosita cogió las tijeras al vuelo, le dio a la clienta un par de trasquilones más y le dijo a golpe de espray que le iba a poner unos reflejos *fashion*. Le crespó el pelo y lo engominó con mucho arte. Le regaló unos abalorios y le dio puerta, tal como os lo cuento. ¡Y la Milagros se fue más contenta que unas pascuas!

Mientras, Remilgo se había quedado catatónico y boquiabierto, mirando el desparpajo con que Rosita manejaba aquel caos. Aguantó a Glamour—y a su dignidad—, pues el pobre se había quedado sin gato, y con un jaspeado color fucsia digno de un perro travestido. ¡Ah! y con las huellas del gato tatuadas en el yeso, para más humillación. Entonces fue cuando la Rosita, con los brazos en jarras, le dijo al joven:

—Tú… ¡no te quedes pasmado! ¡Ve a por mi gato! Y luego me esperas en el bar del Goyo, que me vas a pagar unas cañitas. ¡No te creas tú que te vas a librar de ésta por nada!

Glamour y Remilgo fueron en busca del gato, que estaba en el portal de al lado, acicalándose con su lengua rasposa. Y cuando vio al estrambótico can, erizó el pelo, pero solo a mechones, pues el resto estaba pegado. Lucía el vivo color con que se había teñido todo aquel desaguisado. Pero el perro, con las orejas gachas, ni lo miró. Remilgo miró al felino con cierto recelo, lo cogió en volandas por el pellejo del lomo y se fue al bar del Goyo, donde ya estaba esperándole la despechugada peluquera, que lucía un escote sin fin. La Rosita cogió enseguida a su gato y lo alzó, mirándolo a los ojos y diciendo:

—¡Vaya tela! Más que un gato, pareces el mocho con el que he fregado el suelo —dijo contrariada.

—¿Cómo puedo compensarte por todo esto?

—No te preocupes, hombre. ¡Más se perdió en Cuba! Además, me has dado la oportunidad de experimentar un corte de pelo inédito —dijo con un brillo extraño en los ojos. He pensado en lucirlo en el desfile de *La Coiffure,* de París, que voy a un pase de estilo la semana que viene. Todavía voy a tener que darte las gracias. Por cierto, ¿cómo te llamas?

— Remilgo, para servirte.

—¡Tiene tomate el nombre! —dijo ella con sarcasmo.

—De hecho, me llamo Buenaventura, pero todo el mundo me conoce por mi apellido.

—Bueno, ¡qué se le va a hacer! —dijo seguidamente, haciendo aspavientos—. ¡Virgen santísima!, mira cómo están los pobrecitos. ¡Hechos un desastre! Anda, vente conmigo a la peluquería y lavamos allí a Trespiés y a tu perro con tranquilidad, ¿te parece? —le dijo, cogiéndolo del brazo, sin darle oportunidad a contestar

—Bueno, sí…pero no querría molestarte más —dijo asombrado, ante el inesperado arrebato de la Rosita.

Y se fueron para allá. Finalmente, el perro y el gato acabaron juntos en el mismo barreño. El resultado, tras un secado rápido, fue que quedaron con los pelos electrizados, como un peluche.

La Rosita y Remilgo también acabaron juntos en el *jacuzzi* que recientemente había puesto ella en su casa. Lo que no sabía el joven es que la ventana del cuarto de baño de la peluquera también daba al cielo abierto; justo enfrente de mi ventana, y del Lorzas, mi vecino, de los más cotillas del barrio. Entonces vi que, como era habitual, Lorzas estaba fisgoneando a través del visillo de la ventana de su cocina, y observé que entreabría más la ventana para ver mejor; y seguidamente se fue derechito al teléfono, seguramente para contárselo a la Juani, la de la corsetería, que era la más embrollona del barrio, pues sabía todos los líos *liguesabánicos* habidos y por haber. Al día siguiente —como era de esperar—, en el barrio solo se hablaba del último escándalo de la joven peluquera, que se dejó olvidada a su madre, quien se quedó dormida hasta las tantas de la noche en el secador, con lo que le quedó el pelo churruscado.

Las malas lenguas rumorean por el barrio que en el piso de la Rosita se celebran fiestones y orgías, de lo cual no andan muy desencaminados, ya que la Rosita siempre anda buscándole trespiés al gato…

A CAL Y CANTO

Ana descolgó los vestidos del armario de su madre y los olió. Olían a ella, más allá de las pastillas de jabón de olor que guardaba entre las ropas y la naftalina de su abrigo negro de astracán.

Alzó los brazos y, suspendiendo las perchas en el aire, los miró pensativa, bamboleando aquellos vestidos rameados en azul, negro o en colores grises y malva en su mayoría, intentando recordar en qué momentos de su vida los había llevado su madre. Y seleccionó algunos que querían conservar. Puso algunos a la derecha sobre la cama y otros a la izquierda, sobre la única butaca del dormitorio de su madre, en el que se respiraba un gran vacío debido a su irremediable ausencia, un silencio que llenaba todos los rincones de la casa. Aunque, por otra parte, le parecía que iba a aparecer de un momento a otro por la puerta de la cocina. Estas sensaciones tan encontradas entre sí solo eran posibles por el impacto de una muerte reciente, y ella lo sabía, ya que Ana conocía de cerca a la muerte. Y sabía que el tiempo se encargaría de fraguar la certeza y de aligerar el dolor de la ausencia con el paso de los días. Que no el olvido.

—¿Te ayudo? —le dijo su amiga Carmen.

—Enseguida acabo. Este montón es para la Hermana Concepción, que se va a la misión del Congo dentro de quince días y me ha dicho que les falta de todo para las mujeres, abuelos y niños, y quiere llevarse todo lo que pueda.

—Vale, pues me lo llevo y se lo dejo en la parroquia, y así vamos acabando.

—De acuerdo. Llévate también los zapatos y las mantas que están en el fardo, en el recibidor. Cuando llegue mi hermana, que acabe de escoger, y lo que quede, ya lo llevaré yo misma a la parroquia.

—Hasta luego, pues. Me voy corriendo que tengo que ponerle la comida a mi Enrique

—Adiós, Carmen. Y gracias.

Se oyó la llave en la puerta. Francisquita, su hermana pequeña, entró azorada por el largo pasillo y, dirigiéndose a ella, la abrazó con gran sentimiento, tras lo cual se retocó el moño mientras le decía:

—No he podido llegar antes.

—Ya me lo he supuesto. Anda, siéntate y descansa, que vienes sofocada. ¿Y la niña?

—La dejé con Gemma. La recogerá Luis cuando venga de trabajar. ¡Anda, te has cortado el pelo! ¡Qué guapa estás!

—Sí, así voy más cómoda —dijo Ana—. Mira, ven, todavía no he mirado en la otra puerta del armario, la del espejo. Te estaba esperando. ¿Te acuerdas cuando nos disfrazábamos y veníamos corriendo para mirarnos en él? Nos encantaba ponernos los zapatos de tacón de madre, y sus sombreros y chales. ¡Qué elegante que vestía cuando salía!

—Sí, cuando salía. Pero salía tan poco —dijo con pena Francisquita—. Todavía me parece verla sentada en la butaca con sus libros, cartas y cuadernos. O andar renqueando con su bastón.

—Pues sí. Pero qué bien que nos lo pasábamos de pequeñas. ¿Te acuerdas? A veces, cuando entrábamos corriendo atolondradas de la calle, madre nos reñía.

—Éramos como un terremoto —dijo Francisquita.

—Pero luego nos hacía aquellos postres tan ricos y nos comía a besos y abrazos. Y nos planchaba los vestidos y faldas plisadas, ¿te acuerdas de aquel blanco con el Can Can que llevábamos el día de Navidad para ir a casa de la yaya?

—Y tanto. Mira que éramos presumidas —dijo Francisquita mientras se pasaba la mano por el talle, alisando las arrugas de su jersey.

—¡Qué bien nos lo pasábamos con todos los primos! Lástima que duró poco. Las peleas de los mayores nos arruinaron aquella bonita época. Tú ya eras más grande, seguro que te acuerdas.

—Sí, fue una lástima —dijo Ana pensativa. A madre le afectó mucho, a pesar de que ella no mantuvo actitudes intransigentes ni se ponía a la greña con nadie.

—Tenía un talante pacífico y sabía mantener la serenidad. Pero entre las peleas de sus hermanos y cuñadas, se quedó sola. A veces se iba a comprar o a pasear con alguna amiga. Pero no tenía muchas.

—Recuerdo que entonces fue cuando se dedicó más a escribir y a bordar sábanas, y a hacer vestidos por encargo, sentada ahí, con su lámpara de pie, junto aquel cesto que utilizaba como costurero y para las agujas y la lana —dijo, señalando hacia una vieja butaca de color rojo, desgastada por el uso.

—¡Ay, sí! Recuerdo que ponía las telas sobre la mesa del comedor y marcaba con la tiza las plantillas de los patrones.

—¿Te acuerdas de aquellas pedrerías y filigranas que cosió en el vestido de gala de la mujer del alcalde para la fiesta mayor? —mencionó Ana con nostalgia.

—¡Qué bonito era! Es que madre tenía unas manos… Lo que sé, me lo enseñó ella —dijo Francisquita, acariciando las puntillas del embozo de un juego de sábanas del armario.

—Sí, lástima que padre no supo apreciar esas cualidades. Siempre estaba sola. Y él en la taberna. Me acuerdo cuando subía mareado, y madre lo hacía ir derechito al dormitorio. Ella nunca dejó que le levantara la mano ni que le faltara al respeto, como le pasaba a mi amiga Dolores, que su padre les pegaba a todos, hasta al perro. Yo no recuerdo haber visto a padre borracho, nunca. Lo que pasa que siempre se excedía —dijo Ana con tristeza.

—Tengo recuerdos de padre, de cuando yo era muy pequeña y me sentaba en sus piernas y me hacía saltar al borriquito. O me llevaba los domingos que no trabajaba a pasear, luego de misa. Era el día que se ponía aquel traje gris oscuro. Nunca le vi ninguna prenda de color. Qué tiempos aquellos, ¿no? Todo en blanco y negro.

—Nunca lo recuerdo sonriendo —dijo Ana—. Siempre tenía un semblante serio. Yo me acuerdo de que a veces me acurrucaba con él en el sillón y luego me llevaba a la cama, y que siempre me hacía comer el puchero del plato, y lo peor es que me lo ponía a rebosar, pues me decía que me iba a quedar canija.

—Me da mucha pena pensar en ellos con lo buenas personas que han sido los dos. Cada cual a su manera. Madre fue una mujer diferente, más abierta a todo lo nuevo. Y padre muy tradicional y absoluto —dijo con añoranza Francisquita.

—Lo que me costó a mí, por ser la mayor y la que abrió camino, llevar la falda tan solo por la rodilla. No veas cómo se puso papá. Y cuando me corté la trenza, un disgusto. Como era la mayor y la que reclamaba que quería vivir más como el resto del mundo, estaba más pendiente de lo que yo hacía —recordó Ana.

—Es lo que pasaba entonces, solo había educación bajo el prisma dominante de los intereses de los hombres y de la sumisión de las mujeres. Madre en casa y a ocuparse de nosotras, de la cocina, la plancha y la limpieza, siempre arañando tiempo para poder hacer sus bordados y sus escritos. Pero madre nunca fue sumisa.

—Prudente sí. Sabía esperar el momento oportuno para conseguir lo que quería. No hablaba mucho, pero siempre sonreía.

—Pero, ¿qué escribía madre? —preguntó a su hermana mayor—. Yo era pequeña entonces.

—No lo sé. Sabes que a padre no le gustaba que escribiera ni leyera, que eso no era para las mujeres, decía. En cuanto él entraba en casa, ella se apresuraba a esconder su cuaderno bajo las lanas del costurero, para evitar…

—¡Qué barbaridad!

—Hasta eso tenía que ocultarle para hacer lo que ella quería —dijo Ana.

—¿Es que le ocultaba algo más? —preguntó extrañada Francisquita.

—Sí, claro.

—No sé nada. Yo era demasiado pequeña. Se ve que no me enteraba de nada. ¿De qué me hablas, Ana? Cuéntame.

—Cuando nos íbamos al colegio, algunos días iba a fregar, a coser y a cuidar a la mujer del alcalde, una mujer joven muy culta que nos quería mucho, pues no podía tener hijos. Y muchas veces íbamos con madre a merendar allí. ¿Te acuerdas?

—Sí, fue cuando Caridad se rompió la pierna y, como apreciaba mucho a madre, le pidió que fuera a las horas que a ella le fuera bien a hacerle compañía, pues sabía que padre le habría puesto mala cara. De eso me acuerdo —dijo Francisquita.

—Un día me dijo que el dinero que ganaba en casa del alcalde lo escondería bajo la baldosa que está junto a la esquina del zócalo, debajo del armario. Vaya ocurrencias. ¿No lo sabías?

—No. Ser la pequeña también tiene sus inconvenientes, ¿sabes? Y tú te fuiste tan pronto de casa.

—Mira, este era su joyero. Los pendientes de la yaya, dijo que fueran para ti. Y para mí su anillo, pero no tengo inconveniente en cambiarlo, si tú quieres.

—Me da igual, Ana, lo que quiero es algo suyo como recuerdo; y tú y yo no nos vamos a pelear como hicieron sus hermanos. Se lo prometimos. Además, es que ni madre ni nosotras somos como eran ellos.

—¿Y esta caja? ¿Qué es? —dijo Ana, cogiendo una cajita metálica que en el pasado había contenido dulce de membrillo—. Está sellada con lacre. Y pone para Ana y Francisquita.

—¿No es la caja de la yaya?

—Ahora que lo dices. Sí. Sí que lo es. Hace años que no la veía. Pensaba que madre la habría tirado. Ábrela, anda.

En su interior había tres libros. Dos eran iguales, con las tapas en color granate, y curiosamente estaban dedicados para cada una de ellas. Había otro más grande, con la portada verde que se titulaba *El talento de los silentes*.

—Anda. Yo tengo este libro en casa. Es muy bueno. Nos lo regaló la mujer del alcalde —dijo Francisquita.

—Sí, ya me acuerdo. Yo también lo tengo. Recuerdo que nos dijo que lo conserváramos como un recuerdo. A mí la verdad que me gustó mucho. Es una historia muy entrañable de la época de la yaya. Lo tengo en la biblioteca. No recuerdo cómo se llama el autor. Míralo.

—Antonio Puerta, pone aquí.

—Sí. Ese es —dijo Ana—. ¿Por qué lo guardaría madre en esta caja?

—Seguramente para que padre no se lo tirara.

—Pues no sé. A veces, cuando se hacen mayores, cogen manías que no tienen explicación —dijo Ana con tristeza.

Entre las hojas de aquel libro, había una carta plegada que se deslizó y cayó al suelo.

Era de su madre y estaba dirigida a las dos:

Queridas hijas,
A escondidas tuve que escribirlo, a escondidas tuve
que guardar el dinero y también el reconocimiento
que nunca pude disfrutar. Fue mi orgullo y mi conde-

na, pues vuestro padre, en un arrebato, un día que volvió de la taberna rompió lo que había escrito —enajenado por el alcohol, no sabía lo que hacía—. Pero no pudo borrar el sentimiento con el que lo escribí. Y volví a hacerlo en casa de Caridad, a la que siempre le estuve muy agradecida. Fuimos buenas amigas y siempre nos ayudamos la una a la otra.

Vuestro padre fue un buen hombre, pero demasiado impregnado de la rígida educación que recibió. Demasiado preocupado por el qué dirán y por las costumbres arcaicas heredadas. Además, su alcoholismo, aunque moderado, le acabo de arruinar su vida y nuestra vida familiar. Nos quisimos mucho a nuestra manera — más a la suya que a la mía—, pero a vosotras os quisimos en cuerpo y alma. Los dos. Por vosotras trabajó muy duro en la mina. Esto no lo olvidéis. El destino se lo ha llevado antes que yo muera, quizás para proporcionarle el descanso que no tuvo en vida. Y también a mí me ha regalado un poco de sosiego. Esta soledad forzada me ha permitido disfrutar de vosotras con más libertad un poco más de tiempo, apenas un suspiro cuando habéis venido a verme. Esta época de soledad la he vivido con intensidad, incluso me ha permitido escribir un último libro. Esto ha sido como un regalo para mí. Pero la enfermedad me consume y el médico me ha dicho que este mal que me aqueja solo durará unos pocos meses más. A Dios gracias, pues estoy cansada de vivir así.

Por ello quiero contaros cómo llegué a escribir estos libros, pues no sé si tendré tiempo de hacerlo a viva voz, puesto que vivís muy lejos de aquí y no quiero crearos inquietud ni quitaros el poco tiempo del que disponéis, ya que las dos trabajáis.

Hace unos años, mi esfuerzo y mi dedicación se vieron recompensados con los favores de Caridad, la esposa del alcalde, de la que espero guardéis un buen recuerdo, pues hizo mucho por nosotras. El caso es que, luego de tantos años de amistad, la acompañé hasta su último aliento este pasado año. Pero su agradecimiento hacia mí —porque éramos amigas y la cuidé en unos difíciles momentos— llegó de forma inesperada de mano de un afamado editor, que era amigo de su familia y que promocionó la edición y la venta de mis escritos a petición de Caridad; pero tuve que publicarlos con pseudónimo para que mi vida no fuera más difícil de lo que era. Y no podía decíroslo a vosotras, puesto que los niños no tienen malicia, y como niñas que erais, en algún momento podríais haber desvelado mi secreto, mi tesoro; estos dos libros que aquí habréis encontrado cuando leáis esta carta son fruto de mi segunda obra, de la que encontraréis mi legado en el testamento que os leerá el notario, puesto que os corresponderá seguir gestionando su edición si así lo decidís. Me hace feliz pensar que así será, aunque no os ha de obligar mi sentimiento, puesto que yo no estaré ya. Y si decidierais secundarlo, para ello habréis de contactar con el editor, del que os dejo las señas y el teléfono.

Debajo de una baldosa desportillada, justo la que está pisada con la pata de detrás del armario, que linda con la pared, hay una caja de metal sellada con cera fundida. En ella encontraréis el dinero que he ido ahorrando en estos años, tanto de mi trabajo en casa del alcalde como de la venta de mis libros, y quiero que sea para vosotras. Haced con él lo que queráis, viajad, estudiad. ¡Haced lo que os guste! Pero, sobre todo, decidle a vuestras hijas, si las tuvierais en el futuro, que nunca se rindan. Que lean, que escriban y que estudien. El saber no ocupa lugar. Tiempo sí. Pero, en cualquier caso, el saber siempre proporciona, en un momento u otro de la vida, las estrategias para aprender a vivir mejor y con más libertad. Con más autenticidad. Nunca dejéis que otro decida por vosotras. Y eso comporta ser responsables de vuestras decisiones y también de sus consecuencias. Amad la vida y la bondad. Disfrutad de lo bueno que tengáis a vuestro alcance y sed felices. Vuestra madre que os quiere hasta la eternidad.

Amparo.

Ana y Francisquita se miraron mientras unas lágrimas silentes resbalaban por sus mejillas.

En silencio corrieron el armario y levantaron la baldosa desportillada que estaba suelta, y al lado se soltó otra y otra más. Una gran caja de metal estaba encajada en aquel agujero, que resultó ser más grande de lo que suponían. La caja contenía un montón de dinero en billetes al uso, pues su madre se había preocupado de hacer el cambio de moneda para que su patrimonio no quedara obsoleto y perdieran con el cambio. Una mujer que pensó en todo. Hasta pagó su propio entierro para no dejarles quebraderos de cabeza ni penurias.

Luego pusieron el dinero sobre la cama y lo repartieron entre las dos en silencio, pasmadas por la suma acumulada. Y se abrazaron. Ana cogió uno de los dos libros encuadernados en granate que habían dejado anteriormente encima de la cama. Y leyó a viva voz el título de la obra póstuma de su madre:

A cal y canto.

TIEMPO MODERNO.

Amanda acabó de doblar la ropa que había recogido del tendedero, visiblemente nerviosa. Se puso el abrigo, se atusó el cabello y cogió el bolso y las llaves.

—Niños, que me voy al trabajo. ¡Uff! Qué voy a llegar tarde y es mi primer día —dijo con nerviosismo—; acabad los deberes, luego vendrá papá con su amigo Juan y traerá pizzas, que hay partido de fútbol. No hagáis jaleo, ¿eh? Un beso —dijo mientras abrazaba a sus hijos.

—Aiiiins —respondió la pequeña, abrazando a su madre a la altura de las caderas—. Muaaaak.

—No hagas enfadar a tu hermano, y que te pregunte las tablas de multiplicar, que mañana tienes un control.

—¿Traerás cruasanes para desayunar mami?

—Sí, preciosa. Hugo, ocúpate de ella, y si pasa algo llamas a tu padre, o me llamas a mí a este teléfono —dijo, colgando el papel con un imán en la nevera—. ¿Vale? Y acordaros de cepillaros los dientes antes de ir a dormir.

—Mamáaa, ¡qué pesada! Ni que fuera la primera vez que nos quedamos solos. Además, ya soy mayor.

—Ya, pero no me voy tranquila —repuso, estrujando a sus retoños en otro abrazo de osa, mientras Ainoa se colgaba de su cuello—. Y ayudad a papá… Decidle que coloque la tabla de surf, los esquís y toda la ropa de deporte en el armario del trastero grande, que el carpintero ya lo ha terminado. Anda, me voy, que llego tarde. Adiós.

—Adiós, mami.

—Chao.

Al cabo de un par de horas, llegó Pepe con su amigo. Los niños cenaron unos trozos de pizza mientras veían *Bob Esponja* en la tele de la cocina, desde la cual —a pesar de que la puerta estaba cerrada— podían escuchar perfectamente el partido que retransmitían por el canal de deportes a un volumen excesivamente alto, como siempre. Hugo abrió la puerta para decirle a su padre que bajara el volumen, y con una mirada de resignación, contempló en silencio la silueta de Juan y de su padre en el sofá. Sus cabezas reposaban, una sobre la otra, recortadas ante la pantalla, y, como en otras ocasiones, escuchó el susurro y las risitas de sus voces. Había un montón de botellas de cerveza sobre la mesilla del salón, entre las cajas de alitas picantes de pollo y los fideos chinos; también había algunas escuetas colillas, esas de cigarrillos liados con papel, que desprendían un conocido aroma que inundaba la estancia.

—Papá.

—¡Hugo! ¿No os he dicho que no molestarais? ¿Qué quieres? ¡Id a dormir ya! —insistió su padre—. ¡Ah! Y quítate ese *piercing* de la nariz, que no soporto verte así.

—No me rayes, ¿vale?

—No seas así, Pepe, ¿que no ves que el chico está muerto de sueño? —dijo Juan ante el tono crispado de su amigo—. Bastante bien que se portan —dijo con cierta complicidad.

—No te quejes, papá, ya he puesto el lavavajillas, que mamá vendrá cansada. Ayúdame a coger a Ainoa, que se ha quedado dormida en la silla y no hay manera de despertarla. Y me pesa mucho. No puedo con ella.

Pepe cogió a Ainoa y la llevó a la cama, le puso el pijama, la arropó y le dio un beso, acariciándole la carita. Hugo se fue a su habitación, pero salió al cabo de un momento, y le dijo:

—Mamá me ha dicho que colocaras la tabla de surf y lo demás en el trastero. Que a ella no le daba tiempo. Que se me ha olvidado decírtelo antes —dijo de carrerilla.

—¿Ahora? —preguntó con fastidio su padre, a pesar de que había acabado el partido.

—Es que me ha dicho que mañana por la mañana vendrán los pintores. Y tiene que estar todo recogido.

—¡Lo que faltaba! —refunfuñó—. Anda Juan, ven, que te ha tocado ayudarme. Te quedas a dormir, ¿no?

—¡Voy! Anda, Hugo, será mejor que desaparezcas — dijo en voz baja cerca de su oreja—. Ahora lo ayudo y se le pasa.

Hugo se fue a dormir. Al cabo de un rato, unos ruidos provenientes de la pared de su habitación, que lindaba con el trastero, le despertaron. Se levantó soñoliento y fue a ver qué ocurría. Pepe y Juan se estaban besando y entrando en algunos preliminares de sexo explícito cuando, al percibir que entraba alguien, interrumpieron su apasionado escarceo amoroso y se metieron dentro del trastero, en una reacción compulsiva por ocultar su desnudez. Hugo los miró sin inmutarse y se quedó pensativo por unos momentos. Luego, dijo con naturalidad:

—Papa, tranquilo… —dijo Hugo bostezando—. Ya puedes salir del armario, que yo me vuelvo a la cama.

LA MASÍA DEL MONTSERRAT

Una súbita ráfaga de viento arrastró algunas hojas rojizas y ocres por delante de los pasos de Andreu, arremolinándolas contra un margen de piedra que marcaba el camino que conducía hasta la finca de La Viña Bona, que se divisaba en lo alto de una suave colina. Tras la masía se alzaban los bosques de pinos que vestían las faldas de la emblemática montaña de Montserrat. Bajo aquel cielo gris y amenazador, desprovisto de ave alguna, a lo lejos se recortaban, cimbreando como juncos, tres cipreses altísimos, erguidos junto a la casa, cuya visión alivió a Andreu, pues andaba cojeando y cansado de su largo peregrinar.

Los cipreses eran un símbolo de hospitalidad en aquellas tierras, y revelaban que sus habitantes le ofrecerían refugio por una noche y también algo que comer, ya fuera que lo necesitara por las inclemencias del tiempo o por las miserias de la vida. Algunas bandadas de aves, leyendo los negros cielos, se afanaban en cobijarse apiñadas y con las plumas *estarrufadas* para dormitar entre las frondosas ramas de los pinos, robles y encinas colindantes. La bandada de palomas propia de la casa aun revoloteaba en círculos para ocupar los recovecos y las tarimas que había bajo la techumbre de aquella masía, que se alzaba al pie de la montaña mágica, llamada así por los descreídos.

La casa tenía varias edificaciones adosadas dentro del recinto amurallado: una para la vivienda de los campesinos, llamados payeses o masuvés, y otra para los jornaleros de temporada. También había un recinto para los corrales de aves y conejos, que estaban más a mano que el resto de la ganadería, cuyos establos estaban detrás, alejados del acceso principal a la finca. La masía se hallaba rodeada de campos segados y de bancales en barbecho, pero disponía también de cultivos de hortalizas y frutales hasta el mismo pie del Montserrat. Por las vertientes de la cara sur de la montaña se adivinaban algunos caminos empinados y sinuosos que se perdían por entre sus características rocas grises y romas, las cuales se alzaban como dedos entre la oscura vegetación que crecía entre sus grietas y recovecos. Sus diversos caminos ascendentes conducían, unos a las ermitas que habían diseminadas cerca de las cumbres; y otros al monasterio custodio de la virgen negra.

Los bosques por los que discurría el camino que Andreu Remensa había tomado para llegar a La Viña Bona, estaban bordeados por los pámpanos agostados, cuyas viejas cepas, ya vendimiadas, acogían en su robusto pie a los tordos y mirlos que picoteaban con avidez algunos pequeños granos de uva diseminados. Más allá había numerosas hileras de grises y retorcidos olivos, que compartían vecindad con los troncos marrones de algunos almendros centenarios que estaban cargados de frutos; tanto, que sus pesados vástagos, repletos de almendras, rozaban el suelo roturado y libre de hierbas; sobre ellos, los petirrojos lavanderas y mosquiteros saltaban aleteando y picoteando la tierra a diestro y siniestro, en busca de insectos.

Los campos de olivos estaban custodiados por algunos márgenes de piedra, que confluían en un camino que se bifurcaba en tres ramales. En el cruce, tres tablas de madera clavadas en una vieja encina indicaban, en grandes letras cinceladas a fuego, las diferentes direcciones a tomar: a Can Gínjol y al Mas d'en Grau una; otra que apuntaba hacia el Bruc, La Viña Bona y Collbató. La madera de más arriba, que estaba atravesada en dirección contraria, indicaba la dirección a Esparraguera, Abrera y Olesa, siendo este un camino más amplio, por cuyos márgenes medraban escaramujos, zarzas, ginestas y aliagas; y algún gínjol (azufaifo) solitario, cuyos rojizos frutos ya se hallaban en sazón.

Andreu enfiló, pues, hacia el camino de la casa de payés que le quedaba enfrente, La Viña Bona. Bordeando el pedregoso camino, se alzaban algunos olmos viejos, por entre los que partía una senda que descendía hasta un arroyo, cuyas aguas discurrían entre grandes piedras grises, chopos y saúcos. Entre pequeñas cascadas y remansos, las arenas acumuladas albergaban un arriate de equisetos, donde algunas torcaces y una bandada de estorninos se habían posado para beber, antes de emprender su migración.

La fachada principal de la casa estaba orientada al sur, con la antesala de una explanada de tierra rodeada por altos muros. Una verja cerrada daba la bienvenida, aunque con prevención, pues hasta hacía unos pocos años los franceses y bandoleros habían campado a sus anchas por aquellos lares.

A través de sus barrotes de hierro, Andreu Remensa observó que los tres cipreses sobrepasaban la altura de los tejados sobradamente; y que, dispuestos en hilera, mostraban la puerta principal de la casa señorial, la del amo, que lucía una gran arcada de dovela, enmarcada por piedra mampuesta de granito y arenisca, donde estaba grabado el blasón de la heredad.

La masía de La Viña Bona era muy antigua y estaba construida con los tejados a dos aguas, con unas paredes gruesas de adobe y tochos de *terra cuita*, que conformaban aquellas paredes de más de medio metro de grosor. Tal anchura era para resguardar a sus habitantes del frío y de las heladas; y también de la nieve que cada año coronaba la montaña, porque en inviernos muy fríos también nevaba en los valles colindantes. Y del calor estival. Las paredes lucían algunos desperfectos y numerosos agujeros, donde las abejas alfareras, siempre oportunistas, habían hecho su nido. Uno de los muchos impactos de bala que había en la fachada —hechos en la lucha contra el francés—, había destruido, bajo el blasón, el año de su construcción, que presumiblemente pudiera ser anterior al mil seiscientos. Algunas ventanas de doble hoja se beneficiaban del calor del sol que, con su cotidiano itinerario, calentaba algunas estancias de la casa; las ventanas más pequeñas y de alféizar más profundo estaban en la parte norte, la zona más fría. Tras la casa, recortadas en el cielo, las cumbres grises de siluetas aserradas parecían sostener aquellas nubes tormentosas, que se cernían sobre la montaña y su comarca.

La masía estaba rodeada y fortificada con unos muros altos de adobe y de piedra en su base, a modo de cimentación, excepto en la parte trasera de la casa, que daba al norte. En ese lugar, unos márgenes de piedra similares a los que cercaban los bancales de olivos albergaban un recinto parcialmente techado, que estaba destinado a guardar los carros, el arado y la leña, y unos cobertizos y chamizos para acoger al ganado y la caballería.

El acceso a esta corraleta se hacía por la parte trasera de la casa, que lindaba con la cara sur del macizo montañoso, por donde se bifurcaban tres caminos: uno que llaneaba hacia la izquierda, hacia la aldea del Bruc, y otros dos, más empinados, que conducían hacia la montaña, por el camino de los Franceses, anteriormente llamado de los peregrinos, que llegaba hasta el collado del *Migdia* (del mediodía); y otro, más quebrado y serpenteante, conducía hacia las cumbres de pétreos dedos y también a peligrosos barrancos y grutas, a los que únicamente se podía llegar por algunos senderos abruptos, que solo los lugareños conocían y mantenían en secreto, como era el paso hacia una profunda sima a la que, siglos más tarde, se le llamaría el *Cau de las Bruixas* (guarida de brujas).

La parte trasera de la casa donde vivían los payeses, que estaba adosada a la casa del amo, comunicaba con el cruce de estos caminos a través de una abertura en los márgenes de la corraleta, que disponía de una cancela para proporcionarles comodidad a las entradas y salidas diarias que tenían que hacer con el carro para las labores del campo y para cuidar al ganado. Pero quedaba desprotegida, precisamente porque no quedaba a la vista del camino principal, y cualquier bandido o milicia podía salir del bosque y acceder a la casa sin ser vistos. Por este motivo, la puerta trasera de acceso a la casa de los masuvés disponía de un grueso chapado en hierro y de una cerradura.

Los muros de la masía presumiblemente se erigieron sobre el mil seiscientos cincuenta y cinco, un año después de que un brote de peste negra y la posterior hambruna diezmara la población de esta comarca pues el contagio se había producido, desde las poblaciones de Berga y Manresa. Los supervivientes que quedaron tuvieron que alzar estos muros para controlar el acceso a la casa y repeler las guerras y guerrillas posteriores, pues los payeses tuvieron que defender a capa y espada los pocos alimentos de que disponían, tanto de los ladrones como de las milicias, que, abusando de su fuerza y de sus armas a lo largo de los siglos, habían acabado con la vida tranquila y con la despensa de aquellas gentes de bien, que solo querían vivir en paz.

Cientos de años después, siguieron las guerras y revueltas, pues la paz, siempre efímera, no logró instalarse en el devenir de los tiempos más que por unas pocas décadas por cada siglo transcurrido. La peste, más misericordiosa, desapareció.

La dureza del trabajo y las condiciones que les imponían los amos, a los masuvés les exigían que vivieran —con mucha dureza, austeridad y esfuerzo— de la tierra que cultivaban con sus manos. Y las guerras, la peste y el saqueo tuvieron sus consecuencias. Los tejados de las casas de algunas fincas circundantes se habían derrumbado con el paso de los años, y muchas tierras quedaron abandonadas debido al diezmo de la población, provocado por las epidemias y por la hambruna; algunas familias enteras desaparecieron por defunción de todos sus herederos. Así se añadieron las tierras huérfanas vecinales —que estaban baldías y en barbecho— a algunas heredades. Los amos acumularon más riqueza y a los masuvés, los legítimos artífices de la riqueza de aquellas tierras, les supuso más trabajo, a cambio de lo suficiente para subsistir.

Andreu llegó por fin a la casa *pairal*. Detrás de la verja, algunos perros ladraron visiblemente excitados, alertando a los payeses de que alguien rondaba por allí.

Andreu dio unas voces.

—¡Ahh de la casa! ¿Hay alguien para atender a un peregrino?

Y esperó tras los barrotes de hierro pacientemente, entre los fieros ladridos de los perros, que acudieron mostrando sus dientes, yendo y viniendo hasta la verja y provocando una gran algarabía. Los pavos y las ocas —que presumiblemente se hallaban tras una corraleta de obra que había a mano izquierda— se pusieron a graznar, sumándose a los ladridos. Al poco, desde el fondo del patio, se abrió la puerta principal, y salió una mujer anciana, que gritó desde allí:

—¡*Redeu!* ¿A quién busca usted? ¿Qué quiere?

—Busco refugio y algo de comer para reponerme, pues vengo andando y herido desde Esparreguera.

—¿*Com diu?* ¡Laiaaa! … ¡*Nena, vine!* —gritó aquella mujer desgañitándose, mientras los perros ladraban más y más, metiendo el hocico y pateando el zócalo de hierro de donde partían los barrotes de aquella enorme puerta forjada. Y la anciana, haciendo caso omiso del recién llegado, se fue para dentro de la casa.

Aquel joven de tez morena, de mediana edad, alto y recio, observó el entorno con curiosidad. Apartó su largo cabello castaño del cuello con un pañuelo, pues a pesar del viento, el esfuerzo requerido para subir la loma lo había hecho sudar; y dejó su fardo en el suelo, sacudiéndose los pantalones de paño; se ajustó la faja negra sobre la camisa blanca y miró hacia la explanada de tierra del recinto, frente la fachada de la casa, donde estaban los tres cipreses. Del edificio adosado a mano derecha se oyó el chirrido de una puerta, y allí vio a una muchacha de estatura alta, que lucía una cabellera negro azabache, que acudía con ligereza llevando una canasta, pero que se dirigía a lo que parecían ser los gallineros. Alzando la mano, le dio una voz:

—¡Voy enseguida…!

Dicho esto, desapareció de su vista.

Proveniente de aquel lugar, Andreu oyó el cacareo desesperado de las gallinas, que quedó sofocado por el estridente canto de un gallo, seguido de un alborotado revuelo y un fuerte batir de alas.

Un gallo asomó por la puerta tras la joven que salía apresuradamente, a la que el gallo embistió, adelantando los espolones de sus patas en el aire mientras revoloteaba. La muchacha se giró resuelta y, antes de que el gallo tocara su falda con las patas, le dio un escobazo. Cerró apresuradamente la media puerta del gallinero, dejando allí su escoba. ¡Por si acaso! Algunas plumas salieron despedidas por el umbral, balanceándose caprichosamente por el viento en su derredor, y algunas se posaron sobre el largo cabello ensortijado de la muchacha. El gallo revoloteó de nuevo, esta vez solo hasta el borde de la media la puerta, pero cantando como un descosido y batiendo fuertemente las alas, como recordándole que aquel era su territorio.

La joven caminó entonces hacia la verja. Vestía una prenda negra de punto con escote, cuyas mangas llevaba arremangadas hasta el codo, dejando ver la blancura de su piel. Sobre una falda larga, también negra, lucía un delantal a cuadros blancos y negros, en cuyo bolsillo abultado se adivinaban un par de huevos. En su mano izquierda traía sujeta por las alas a una gallina negra y rechoncha, con las plumas erizadas, que cloqueaba guturalmente su resignación.

—¡*Ves per on!* Tiene un huevo atravesado —dijo murmurando contrariada. A la par que andaba, cogió la gallina y la sujetó a horcajadas contra su cintura; metió su dedo índice, que ya traía embadurnado con aceite, en la cloaca de la gallina y, haciéndole un masaje en el bajo vientre con la otra mano, intentó girarle el huevo.

—Buenas tardes —dijo, limpiándose el dedo con un paño que colgaba de su delantal—. ¿Qué le trae por aquí?

—Pues...

—¡Gos, *calla, fuch!* —dijo enérgicamente al más grande de los tres perros, también él más en tolerar la presencia del forastero.

—Mejor así. Aunque veo tiene buenos vigilantes.

—Sin perros no se puede estar aquí. Usted dirá.

—Siento interrumpirla en sus quehaceres, pero quisiera alojamiento y comida por un par de días; necesito curarme una herida, además de refugiarme de la tormenta que se avecina, que presumo que va a ser de órdago.

—Panza de lobo, ha dicho el pastor, el aragonés. Sí. Una buena tormenta sí que caerá. Creo que viene con granizo, que pesan mucho esas nubes negras. ¿De dónde viene usted?

—Desde el Perthus, en la frontera. Aunque ya llevo días por aquí cerca, en Esparreguera.

—¡*Verge santísima!* Sí que viene de lejos. ¿Y adónde va? —preguntó la muchacha con curiosidad.

—Hice una promesa. Me llamo Andreu Remença. Me dirijo al monasterio en peregrinación —contestó, señalando hacia Montserrat.

—¡*Coi!* Le queda un buen trecho todavía. Y una buena subida. Bueno, va. Pero algo me tendrá que pagar, que los amos no nos permiten acoger a *rodamons*, quiero decir, vagabundos, más de una noche, para que me entienda. Habrá de darme algo, aunque sea la voluntad, por el segundo día —

dijo, mirando de arriba abajo a aquel hombre moreno de mirada profunda y serena.

—Es justo. No pase usted pena, que no le ocasionaré problemas con el amo. Tenga, un adelanto —dijo, sacándose un par de monedas del bolsillo de su chaleco de paño marrón, del que asomaba la cadena de un reloj.

—Un momento, que voy a atar a los perros —dijo, mirándolo de reojo—. ¡Sultán, *vine*! ¡*Gos*! —gritó, llamándolos con autoridad—. Yo me llamo Eulalia, pero todos me llaman Laia —se presentó, atusándose el flequillo con el antebrazo y dejando al descubierto sus mejillas sonrosadas.

Laia puso a la gallina dentro de un cesto de mimbre con tapa, que había colocado a la entrada del gallinero, dejando a oscuras al animal para que se tranquilizara y pudiera poner aquel enorme huevo. Luego, ató a los perros bajo el hueco de la escalera que subía al palomar, y lo atrancó bien con unas maderas para guarecer a los canes de la tempestad que estaba por llegar. Laia los mandó callar de nuevo, pues algunos gruñidos guturales se escapaban de sus fauces mientras miraban hacia la puerta. Y obedecieron, aunque miraron de reojo al recién llegado, sobre todo uno, más desconfiado, al que llamó *Pelut*, que era un perro pastor de tamaño mediano, de negro pelo rizado y mirada inteligente.

La muchacha se acercó de nuevo a la verja y sacó del otro bolsillo del delantal una enorme llave de hierro; dio un par de vueltas y abrió la pesada cancela, que chirrió al cerrarla.

—Venga conmigo —dijo mientras se quitaba los zuecos de madera y los dejaba en la puerta del corral.

Luego ató a su pierna la negra lazada de sus alpargatas de esparto.

—Espere, que estas *espardeñas* me van a hacer tropezar —dijo, mientras se ataba la lazada del otro pie—. Cenaremos a las siete, cuando vuelvan los jornaleros.

—¿No cierra con llave la cancela?

—La dejo abierta ya para ellos, si no, entre ir y venir no me dejaran hacer nada.

—No teme que...

—No tardarán. ¿Ve? Ya está chispeando.

—He visto algunos hombres por el camino en los campos.

—Eran ellos. Unos están tirando el estiércol en el bancal del sur, que vamos a sembrar las habas tempranas y las coles; el pastor ha ido a recoger el ganado, y el resto está acarreando la leña que cortaron antes del verano, que ahora ya pesa menos. Y han de terminar antes del aguacero, que me queda poca...

—Iban a destajo cargando el carro.

—Tendrán hambre, que hoy solo se han llevado tocino y pan —dijo riendo.

—Ya podría ser —respondió Andreu con cierta ironía, pues él también tenía un hambre atroz.

—Más les vale. Enseguida le serviré algunos carquiñolis y avellanas, y también un poco de mistela, que mi abuela y yo ya hemos comido algo. Llevamos desde las cinco levantadas. ¡Uf! Es muy desapacible este viento —dijo, apartándose el cabello de la cara con el antebrazo y sacudiendo su melena con cierta coquetería, pues le daba el viento en la cara.

—Sí que es molesto. Pero es fácil que esta noche no haga mucho frío, con estas nubes —apuntó Andreu—. De donde yo vengo hace más frío que aquí.

—Pues lo mismo tiene usted razón. ¡*Aviaa*!, póngase la toquilla de lana, no vaya a coger una pulmonía con este viento, —dijo a voz en grito al ver que la anciana salía de nuevo, inquieta porque entraba un hombre.

—Ya sabía yo. *¡Redeu!* Uno más. Así no vamos a hacer nada... ¡Nenaaa, no tardes, que hay que amasar el pan! —dijo, recogiéndose la toquilla alrededor del cuello.

—Está un poco sorda, y no siempre me entiende bien lo que le digo —explicó, justificando su vocerío, mientras echaba el agua de un cubo sobre una pila de piedra. Quitándose el delantal, lo colgó en una ramita que había metida en uno de los agujeros de bala de la pared y le dijo a Andreu:

—Haga el favor, téngame esto un momento —dijo, señalando el par de huevos y la llave.

Luego, se lavó las manos con un trozo de jabón que había encima de un poyete de piedra.

—Tenga —dijo Andreu, alcanzándole un trozo de paño que colgaba de otro palitroque.

Fiuuuu... fii…

Silbó Andreu en un tono peculiar al *Pelut*, al modo de los pastores. Y aquel movió la cola, mirando al joven de mejor manera. Le dijo a la muchacha:

—Se ve que es buen perro este; yo tuve uno parecido.

—Gracias. Sí, sí que es bueno —dijo, cogiendo de nuevo los huevos y la llave y rebujando el delantal para echarlo a lavar—. Buen pastor y compañero. Siempre está con nosotras, mientras no lo mandamos con las ovejas y el pastor.

Andreu observó la fachada principal de la masía. Lucía una enorme puerta, que era de madera gruesa, con herrajes incrustados y un ventanuco rejado también. Arriba había algunas ventanas amplias, pues era la vivienda de los amos, y los dos niveles más de altura también. En la misma fachada, en lo más alto, estaba el reloj de sol.

Entre la casa de los amos, los cipreses y el lugar donde estaban ellos, el patio estaba empedrado y hacía unos dibujos con guijarros grandes, quizás para evitar que la suciedad de la tierra entrara en la casa señorial. Y en el centro del patio había el brocal de un pozo con una *corriola* o polea y una soga y un cubo. A mano derecha estaba la casa de los masovés, donde ahora se dirigían. La puerta de esta, más sencilla y acristalada a media altura —quizás para controlar mejor el recinto— tenía una contraventana que se hallaba abierta y que estaba protegida de las inclemencias del tiempo por las arcadas de un pasillo cubierto, donde unos pilares de piedra soportaban las arcadas del sobrado del piso superior. Al lado de la puerta había algunas jardineras de granito con frondosas aspidistras, un par de marquesas y un arriate de cintas veteadas, que hacían acogedora la entrada.

En el edificio que había enfrente, al otro lado del patio, adosado a la izquierda de la casa de los amos, había una puerta de madera rústica de dos hojas, que daba acceso a la casona de los jornaleros, y había otra puerta al lado, que tenía una viga de madera por dintel. En la pared colgaba un farol. Cerca de ella había una prensa para hacer mosto.

—Es una bonita hacienda la que cuidan. ¿Y aquellas puertas? ¿Vive alguien más con ustedes?

—La puerta del farol da al almacén donde los señores guardan las chacinas y salazones y donde almacenan el grano, las patatas y el aceite, y debajo está la cava. Todo es para su consumo, para sus fiestas cuando tienen convidados importantes, y el sobrante lo venden para abastecer a la ciudad. La otra puerta es la casona del capataz y sus jornaleros.

Laia entró en la vivienda donde vivía con su abuela. Una estancia fría y oscura con olor a ceniza y fuego a tierra.

—Perdone, que no he pensado… ¿Quiere un poco de agua?

—Iba a pedírsela.

—Puede cogerla del cubo que cuelga de la corriola del pozo, la he cogido antes de ir a abrirle.

—Tiene usted un…

—Tome —dijo, alcanzándole un cazo que colgaba al lado de la puerta, junto a las llaves—. Cuelgo el cubo, para que no beban de ella los gatos, que al brocal sí que se suben, y pueden traer infecciones y maluras, aunque peor son las ratas.

—¿Tienen muchas ratas por aquí?

—Hace tiempo sí que había. Ahora no. Suerte de los gatos, si no, nos quedábamos sin grano, sin patatas y sin pollitos. Aunque nunca sé por dónde andan los mixinos cuando no están tomando el sol.

—Es bueno tener gatos, pero a veces traen malas pulgas.

—Para eso les froto el pelo con un agua de romero, ajo y lavanda macerados, eso cuando rondan por casa y puedo pillarlos, claro. Hasta lo echo alrededor de la entrada de la casa. Y también rocío las ropas con la loción. Si no, nos comen las piernas de picaduras cuando hay plaga. Es una receta ancestral de nuestra familia, creo que desde la epidemia de la peste, ¿la conocía usted?

—No. Ya me vendría bien un poco, que cuando venía hacia aquí he cruzado por el bancal donde estaba el rebaño y ya me han picado unas cuantas. Y pica a rabiar.

—Luego le doy un frasco.

—¿Qué me va a cobrar?

—*Els remeis* no los cobro, que son cosa mía… El amo ahí no tiene nada que ver, mal que le pese.

Viendo salir a la *Avia* de la casa del amo, le dio una voz para decirle que cerrara bien la pesada puerta.

—Nena —dijo la *Avia* mientras daba dos vueltas al cerrojo con una enorme una llave—, ya he guardado la cubertería de plata en el aparador del comedor y he dejado unos lienzos para que lo tapes, que no llego, si no, la señora refunfuñará, *que ja la coneixem* (que ya la conocemos).

—Luego voy, *Avia*, que ahora atiendo a este peregrino.

—Más trabajo no nos hace falta —refunfuñó.

Andreu fue hacia el pozo y, tras beber un buen trago de agua, regresó y entró en la casa con la joven, que lo estaba esperando.

—Muy buena está. La verdad que reconforta el agua fresca.

—No puede faltar nunca en una buena casa. Si no hay agua buena, no se vive bien. De ahí el nombre de esta masía, que es *La Vinya del Aigua Bona*, pero para acortar el nombre, todos la conocen por Viña Bona.

Al entrar vio que, salvo el discreto espacio del recibidor, a mano derecha había un sencillo taquillón de madera, sobre el que reposaba un farol de hierro acristalado. Al lado izquierdo, pero enfrente, había una escalera empinada, que estaba orientada al norte, y, a su lado, Andreu vio una puerta abierta por la que se apreciaba una estancia en penumbra que debía de ser la despensa, pues disponía de un ventanuco abierto, protegido de la entrada de insectos y aves por con una rejilla recia, de mimbre fino.

Tras la puerta abierta, había unas cortinas arrolladas y mal puestas sobre una silla, que dejaban pasar el aroma de las secallonas, así como algunas vueltas de morcillas y chorizos que había colgadas; y también algunas ristras de ajos. Asimismo, se veían colgar de unas cañas matas de pimientos y tomate. Las patatas y cebollas de la cosecha estaban extendidas en el suelo para su secado. Pegadas a la pared, había unas amplias estanterías de madera. Allí reposaban las manzanas, las granadas y los membrillos recién recolectados, a juzgar por el intenso aroma alimonado que desprendían. Y unos ramajes de laurel, de espliego, manzanilla y *sajolida* (ajedrea), que pendían atados boca abajo para secarse en la penumbra.

—Laia, *¿ets tu?* —dijo la anciana desde lo que parecía ser la cocina, pues de ella emanaba un suculento aroma que humeaba desde una cazuela que reposaba sobre una encimera de piedra.

—*Avia… ¡Valgam Dèu,* que se ha dejado las cortinas del *rebost* sin correr! ¡Y la puerta abierta, y todavía hay moscardones!

—¿Dices algo, nena?

—Ya no puedo fiarme de ella, que está muy mayor y no se da cuenta de las cosas —dijo dirigiéndose a Andreu, que iba tras ella.

—La vejez no perdona —respondió Andreu con prudencia.

—Espere un momento —dijo mientras cogía una tira estrecha de ropa que había en un gancho de la despensa y la untaba con miel. Colgó entre las estanterías aquel dulce pedazo de tela, y, al salir, dejó caer las cortinas. Cogió un ramillete de sajolida y se lo puso en el escote.

—Un aromático reclamo —dijo Andreu con una media sonrisa y segundas intenciones, pues la cercanía de aquella muchacha le resultaba estimulante.

—Ya veremos, si hay alguna, a ver si se quedará ahí pegada, *renoy* de moscas —murmuró con disgusto. La semana pasada, una moscarda me llenó de gusanos el pollo que había matado para comer, en dos minutos. ¿Puede creerlo? Y a los perros tuve que echarlo.

—Pues moscas no sé, pero avispas he visto unas cuantas moribundas arrastrándose por el suelo.

—Hay muchas este año. Como se mueren con el frío, van buscando refugio. El viento las pone de mal humor y pican más. Venga conmigo —invitó a Andreu, mirando fijamente a sus ojos grises, de los que no había echado cuenta hasta ese momento. Y un estremecimiento recorrió su piel.

—¿Y los hombres de la casa?

—No tenemos a nadie más con nosotras. Perdone, me doy cuenta que hablo mucho, hace meses ya que estamos solas y no hay con quién hablar en todo el día, y cuando viene alguien hablo por los codos sin darme cuenta

—A mí me ocurre igual, no se preocupe. Llevo ya mucho tiempo andando por los caminos en soledad y me viene bien hablar con alguien. Y no se me ocurre ahora mismo nadie mejor que usted.

Ambos siguieron andando, pero ahora en silencio. Habían confesado espontáneamente su soledad y eso, para uno y otro, era algo inusual, teniendo en cuenta que habían expresado su deseo implícito de compañía. Los pasos que daban sobre aquellas ásperas baldosas de barro cocido resonaban en aquella humilde pero amplia estancia, donde un aparador, un bufet y una larga mesa rectangular de madera de roble servían para acomodar a los jornaleros. Doce sillas de enea a su alrededor se disponían a lo ancho, frente a una gran chimenea de piedra que estaba ubicada en la pared del este, donde quemaba lentamente un gran tronco de encina, apoyado en varios troncos de pino; de esta manera hacían las brasas más rápidamente para hacer la comida. Dispuesto sobre ellas, en un viejo trébede ennegrecido por el uso, un gran perol desprendía suculentos vapores que escapaban por la tapadera mal colocada a propósito.

—¿Laia? —preguntó la anciana frunciendo las cejas, pues se había sentado en una silla bajita de enea, que había frente al *caliu* del fuego, con una cuchara de madera en la mano.

—Soy yo, *Avia*, voy a enseñarle a este señor su habitación, para que se refresque y deje su fardo.

—No necesitamos *mes enrenous* (líos) con otro hombre más—dijo la anciana, mirando con desconfianza al forastero.

—Que no pasa nada, *Avia*. No hay ningún problema. Solo es un peregrino que va al monasterio de La Moreneta. Discúlpela, se ha vuelto muy miedosa, pues apenas ve bien y oye con dificultad, y se pasa el día llamándome a la que ve una sombra u oye un ruido. Hace unos meses entró el chico del Grau sin pedir permiso y le dio un buen susto.

La anciana no dijo nada más y miró a Andreu con dificultad, pues una placa blanquecina en sus ojos delataba su dolencia. *Avia* era una mujer muy curtida, a juzgar por los pliegues de su rostro y por la expresión de su semblante. Su mentón y su nariz, demasiado próximos, delataban una edad muy avanzada o una mala vida. Un súbito bostezo dejó entrever los dos únicos dientes ennegrecidos que le quedaban: uno arriba y uno abajo. Y, arropándose con una toquilla de lana negra, tapó el escapulario que llevaba colgado al cuello, como colofón a un luto riguroso. Lentamente se levantó, renqueando y encorvada, y destapó de nuevo el perol que había en la chimenea para remover el cocido. En aquel comedor de techos altos y envigados había dos puertas más que daban paso a otras estancias, y un pasillo que conducía a la puerta herrada que daba a la corraleta del norte, donde estaba el ganado y la comuna. Pero Laia se dirigió a las escaleras empinadas que quedaban enfrente.

—Venga conmigo, que le enseñaré su aposento, está en el desván —dijo mientras subía los peldaños ágilmente—. Las dos puertas que ha visto abajo son nuestros dormitorios, y el cuarto de las ropas y costura. Si necesita coser algo…

—No. Gracias.

—Lo malo es que el desván da al norte, pero podrá contemplar la cara sur de la montaña mágica, la más amable.

Andreu siguió a Laia, observando hechizado el contoneo de sus caderas a una distancia prudencial. Desde una ventana del pasillo que recorrían, ya en el primer piso, observó las arcadas que conformaban el sobrado. Estas soportaban el peso de las vigas de madera, dispuestas de forma perpendicular a la fachada y cubiertas con un machihembrado de caña y un entramado de madera, sobre el cual se encajaban las tejas árabes. Entraron en él, pues Laia aprovechó para enseñarle la casa y procurar así más conversación, ya que se encontraba a gusto con el recién llegado.

Las arcadas del sobrado descansaban en unos pilares y estaban unidas por unas balconadas de madera, por entre las cuales colgaban algunos geranios rojos y malvas. Tras ellos ondeaban al viento un par de sábanas blancas que estaban tendidas bajo el cobijo del tejado. Al fondo del sobrado, la pared maestra procuraba el resguardo del sol y le confería sus características a aquel recinto semiabierto, donde un montón de capazos de mimbre y garrafas de vidrio forradas con tiras de castaño trenzado esperaban para ser reclamadas en la próxima cosecha de aceitunas. Cerca de la baranda había una

silla sobre la que descansaba un huso con un ovillo a medio
liar, y tras él unos cestos repletos de lana blanca unos y otros
de lana negra, sobre los que descansaban las cardas.

—¿Atiende usted todo esto? —inquirió sorprendido.

—No lo dude, que aquí solo estoy yo. *Avia* me ayuda, pe‐
ro poco puede hacer ya que no sea la comida, doblar la ropa o
limpiar con bicarbonato la cubertería de plata de los señores.

—¿No hay ningún hombre con ustedes? —preguntó de
nuevo con curiosidad y con un interés manifiesto, ya que
pretendía que la muchacha tomara nota de ello.

—¡Ni se le ocurra decirme eso delante de la *Avia*! No. No
hay hombre alguno hasta que vengan los amos.

Dicho esto, Laia permaneció en silencio.

Un montón de ramilletes de mazorcas entrelazados colga‐
ban, secándose al sol en las balconadas. Tras ellos una pila de
costales de media fanega de trigo pendientes de almacenar
para protegerlo de la humedad y de las aves, ratones y alima‐
ñas. Asomados al patio, Laia y Andreu se miraron en silen‐
cio, disfrutando de aquellos minutos de ocio y de intimidad,
mientras. a su lado, subida a la baranda, Sendra, la gata, re‐
lamía su pelaje con fruición, mientras sus orejas inquietas
escuchaban los imperceptibles maullidos procedentes de un
fajo de sacos de arpillera, donde había parido su camada ha‐
cía una semana.

—Buena cosecha han debido de tener este año —dijo An‐
dreu, en un intento de buscar un poco más de conversación,
para suscitar interés en la muchacha.

—La verdad que sí. Todo se ha recogido en sazón y tiem‐
po seco. Buena calidad, para conservarlo aún mejor. ¡Ojalá
todos los años fueran como este! —exclamó la muchacha
sonriendo—. Me refiero a la cosecha, que, por lo demás, no
ha sido tan bueno —dijo, cambiando el semblante de repente.

—Hay que guardar para los malos tiempos.

—Aquí somos como las hormigas. Siempre guardando. Que ya hemos pasado muchas penurias. ¿Ha visto cómo están de cargados los olivos? Rezando estoy porque no caiga pedrizo y nos estropee la cosecha —dijo, mirando con inquietud los negros nubarrones que parecía que querían colarse por la chimenea

—Buena cosecha de aceite van a tener.

—Espere, que recojo las sábanas —interrumpió—, que hay humo rastrero, pues estas nubes de plomo no lo dejan subir.

—¿Es su madre la anciana?

—No, pero como si lo fuera. No habla mucho la *Avia*. Es que ya ha enterrado a dos hijos, dos maridos y una nuera. Y ha trabajado muy duro. No se le puede pedir más.

—A mi madre le ocurrió algo parecido. Solo que ella murió demasiado joven.

—Lo siento. Es un golpe duro perder una madre. Yo no conocí a la mía, porque murió de la fiebre de parto al darme a luz. Y *Avia* me ha hecho de madre. No quiero pensar en el día que me falte. ¿Quiere hacer el favor de coger las puntas? —pidió, ofreciéndole los picos de la sábana.

—¿Y su padre? —preguntó mientras las doblaba.

—Mi padre se fue a buscar fortuna al quedar viudo y se murió de miserere, allá por el Ebro, cuando trabajaba en la sirga, en el río, no sé si lo conoce usted esto que le digo.

—Pues no, la verdad que no sé a qué se refiere. ¿Qué es la sirga?

—El remolque de una embarcación con unas cuerdas, desde la orilla. En el Ebro hacen esto. Un trabajo duro.

—Ya veo que no han llevado una vida fácil. Mejor no pensar en ello. El pasado, pasó, aunque a veces vuelven sus fantasmas —dijo pensativo.

—¿De qué murió la suya?

—Es largo de contar.

—No pasa nada. Ya tengo la faena avanzada, o sea que no sufra usted, que por un rato puedo descansar y escucharlo.

—De joven tuve que irme a vendimiar a Carcasone, en Francia, porque murió mi padre y yo tenía que mantener a mi madre y mi hermana; a la vuelta, gané un buen salario enseñando a leer y a escribir a uno de los hijos de la condesa de Tarrades.

—Eso sí que es una suerte. ¡Saber leer y escribir!

—Fue gracias al hermano de mi madre, que era monje y que fue mi maestro durante los veranos, cuando iba a ayudarlo en los trabajos de las tierras del convento y en la biblioteca; por eso sé leer y escribir. Pero el segundo año que fui a Carcasone murió mi hermana de una hemorragia de mujeres, me dijeron. Mi madre quedó sola y sumida en la tristeza, y se volvió taciturna y rara de carácter. Pero no estaba loca, por mucho que me dijera el boticario. Entonces volví casa para cuidar de ella. Pero llegué tarde.

—Vaya, sí que lo siento. Ha debido de ser muy duro para usted. Vaya tragos que ha pasado para ser tan joven.

—Fue muy duro. Llegué a la casa y no había nadie. Una vecina me dijo que mi madre había salido a buscar al molino de agua a Bartomeu, su segundo marido, y a su hijo, con el que había discutido. Hubo una fuerte tormenta y comenzó a llover. Viendo que tardaban mucho y que ya oscurecía, salí a buscarlos con el carro, pues algo me dijo que nada bueno ocurría… Tuve un presentimiento.

Andreu trago saliva y se hizo un silencio.

—Si le da reparo, no me lo cuente, Andreu.

—Los días tormentosos me coge tristeza todavía. Y hoy especialmente —expresó con la mirada perdida en los campos que se divisaban desde la balconada.

—¿Es algún aniversario hoy? —preguntó la chica intrigada, pues intuyó que el dolor estaba muy vivo en él.

—No... no. Es la tormenta. La estoy apabullando con mis cosas y apenas la conozco, perdone.

—Siga, por favor —pidió ella, apoyándose en el pilar y dejando en la baranda las sábanas dobladas.

—Me acompañó un vecino. Encontramos a mi madre muy malherida junto a Bartomeu, que ya estaba muerto, pues se había roto la cabeza sin remedio. Al parecer, ambos habían caído por un pequeño precipicio que había junto al puente que cruzaba la cascada del río, cerca del molino. Quizás cayeron los dos en medio de la oscuridad y la tormenta.

—¿Y su hermanastro?

—No apareció. Tras meses de buscarlo, desistí. Pero antes de morir, mi madre tuvo tiempo de decirme algunas palabras. Y le hice una promesa que vengo a cumplir, pues era muy devota de la virgen negra.

—Es lo que ha de hacer. Las promesas hay que cumplirlas. En gloria esté su madre.

—Sí, hay que cumplir —dijo con voz firme y los ojos tristes. —¿Y esos ventanales?

—Son aposentos del *hereu,* el hijo del amo. Allí aloja a su familia cuando vienen, pues suelen estar a temporadas en otra casa que tienen de su mujer. La señora del *hereu* es la *pubilla* de su familia y la única heredera que queda viva, por lo que también tiene que cuidar su masía y a sus masuvés. Que no son de tanto fiar como nosotras. El amo ya está muy mayor y apenas viene por aquí. Ahora viene el *hereu.*

—¡Unos tanto y otros tan poco!, ¿verdad? —dijo, dirigiéndose a la muchacha.

—Sí. ¡*Que hi farem*! —respondió ella con resignación—. Cada cual nace con su herencia. Volverán en noviembre a más tardar, pues hay que tronchar las almendras y varear las olivas para llevarlas a la almazara de los Grau, la otra casa *pairal* que usted habrá visto a una hora antes de llegar aquí, a buen paso.

—Sí, paré allí, porque equivoqué el camino, parece ser.

—Ya le pasa a más de uno, no crea.

—Allí di unas voces, porque me había parecido ver a alguien, pero no me atendió nadie. Solo ladraban los perros. Y con los truenos que había, he preferido venir hasta aquí, pues los cipreses llamaron mi atención.

—¿No había nadie?

—Estarían en el campo o cazando —dijo dubitativo.

—Es raro —dijo la muchacha frunciendo las cejas—. De todas maneras, aquí estará mejor atendido, pues allí solo viven hombres. Y Rufián, el hijo del Grau, no es de fiar. Bueno, no es hijo de sangre. Lo recogieron hace unos años, medio muerto en el campo. Alguien le había dado una paliza y estaba medio muerto. No está bien de la cabeza ni saben nada de él, pero es fuerte y trabaja mucho. Pero aquí no le dejamos entrar desde que asustó a la *Avia. ¡Válgam Déu!*

—¿Qué edad tiene el tal Rufián?

—Un poco mayor que yo. Quizás rondará los treinta, como usted. Apenas sale si no es a cazar con el padre, o a llevar las olivas a moler. Pero nunca lo deja solo *el Grau.*

—Mejor. Mi hermanastro era así. Nunca hay que darles la espalda o permitir que tengan mujeres cerca. Son una desgracia para la familia.

—Pues sí. Dan miedo esas locuras. Mire, usted se alojará ahí —dijo, señalando hacia arriba—. Tenemos permiso del amo para alojar a los viajeros en el desván. Antes era de la casa del amo, pero lo tapiaron y dejaron esta escalera para subir desde aquí. Los jornaleros duermen en la casona, pero a comer todos vienen aquí abajo, al comedor por el que hemos pasado antes de subir. Usted también comerá con ellos.

—Gracias. Y los campos y el ganado que he visto al otro lado del camino ¿también les pertenecen?

—Sí, señor. Tenemos muchos cultivos y hay mucho trabajo aquí en estos campos. Pero los señores son muy exigentes.

A veces me parece que no se hubiera acabado *la época de los siervos y de los malos usos* que me ha contado la *Avia*. Pero no son malas personas y nos permiten quedarnos una pequeña parte de la cosecha, algún choto y parte de los embutidos de la matanza; y, sí ha sido un buen año, un par de cerdos y, claro está, la parte del trigo, legumbres, patatas y hortalizas.

—Tampoco es mucho.

—No podemos quejarnos. ¿Dónde iría yo con *Avia*, si no? No nos queda ni un hombre en la familia —dijo la muchacha con tristeza—. Sin hombres para trabajar la tierra, nuestro futuro es incierto.

Y estrechó las sábanas dobladas contra su pecho.

Andreu hizo un gesto de dolor al subir aquellas escaleras, pues tropezó con el canto de madera del peldaño.

—¿Se ha hecho usted daño?

—Sí. Es que hoy me he caído por un terraplén queriendo coger un atajo para venir aquí, y tengo un buen morado y un pequeño corte.

—*¡Valgam Déu!* Sí que está apañado, pues.

—¿Dónde puedo lavarme?

—Descuide. que ahora le traeré agua y un trozo de jabón, que le irá muy bien. Es aquí. En el armario encontrará un paño limpio para secarse. Pase —dijo. bajando la mirada para esconder la inquietud que sentía al estar con un hombre apuesto y joven en aquella habitación que hasta hacía poco había sido la suya.

Andreu entró en aquella estancia fría y oscura. Las contraventanas de madera estaban cerradas. Laia fue enseguida a abrirlas, y también abrió la ventana acristalada para ventilarla, pues la habitación olía a humedad, a moho y también a ropa vieja. Al fondo del desván había un montón de trastos y enseres almacenados, seguramente por si los necesitaban de nuevo, o por si pudieran hacer algún apaño con ellos. Tanto guardar se debía a la miseria sufrida en otras épocas más duras, a las que se había referido la muchacha. Y al futuro incierto… Él sabía muy bien lo que ocurría cuando no hay dinero para comprar lo necesario. También había pasado por ello.

Cerca de la ventana, había un armario grande, provisto de un espejo con los bordes ennegrecidos por la humedad y por el paso de los años, que presidía la estancia, frente a una cama de matrimonio. El cabezal diríase que era de bronce o latón. La altura de la cama era generosa, de tal manera que Andreu tan solo tuvo que apoyarse para sentarse en el abultado colchón de lana. Una palangana y un aguamanil reposaban sobre una mesa de madera de nogal, que soportaba un pequeño espejo circular que quedaba a la altura de la cara. Le iría bien para afeitarse. En el suelo, que era de toba roja, las baldosas tenían encajados una cerámica blanca cada cuatro de ellas, en las que lucía la silueta de una flor de lis color añil, más propia de la decoración francesa.

Andreu miró hacia un rincón y además de las inflorescencias y desconchados que tenía la cal de la pared, observó que había una silla de madera y una mesa pequeña, rectangular, con un cajón frontal y un reposapiés. Sobre ella colgaba un candil de aceite y un par de velas encajadas en unas palmatorias. Al lado de la mesa, una percha con una zamarra, una barretina para cubrir la cabeza y una bufanda.

—Esas ropas eran de mi tío. Murió hace dos meses. Está enterrado al pie de la montaña, al lado de la ermita del *Miracle*. A Dios gracias que murió después de la siega y el trillado. Fue luego de la vendimia. Nos dejó con lo principal y la despensa llena. Hasta para morir fue buena persona.

—Pues sí, dentro de la desgracia, al menos han podido ustedes recoger el fruto de tanto trabajo.

—No quiero ni pensar qué hubiera sido de pillarnos en medio de la siega o la vendimia. Si quiere, póngase sus ropas, creo pueden ser de su medida. Están lavadas, no sufra, que estaba muy sano —dijo con la voz entrecortada.

—No quisiera…

—Puedo guardarlas en otro sitio si le da reparo —dijo, doblándolas con cuidado.

Y, oliendo las, ropas las abrazó y las apretó contra su pecho, ausente de la mirada de Andreu, que se quedó en silencio observándola.

—Parece mentira el vacío tan grande que deja la muerte de una persona querida, ¿verdad?

—Sí…

—Aquí le dejo esta manta de lana. Pau, el de Monistrol, el jornalero más viejo, nos ha dicho que esta noche habrá tormenta y que hará frío, que le duelen las corvas. Y no hay duda de ello, pues cuando el Montserrat tiene nubes por montera, la lluvia no espera. Es un dicho de aquí —explicó sonriendo, con sus ojos azules llenos de lágrimas aún.

—Es lógico, en cada lugar conocen lo propio.

—Si necesita la ropa puede utilizarla, que no me importa. Alguien la habrá de aprovechar.

—Siento la muerte de su tío.

—Se llamaba Yofre. Lo quería mucho. Solo lo tenía a él y a la *Avia* —dijo, enjugándose con la mano una lágrima.

—Es muy reciente todo esto. Es lógico que todavía le aflija. Lo siento mucho.

—Gracias.

—¿De qué murió?

—Pues no sabemos. Seguramente resbaló por unas peñas que hay cerca de aquí, arriba, en la montaña, pues había llovido un poco. Lo encontraron Rufián y el Grau cuando volvían de cazar jabalís, en la canal del Migdia.

—¿La canal del Mediodía? He oído hablar de ella. ¿Se ve desde aquí?

—Sí, mire —dijo, asomándose a la ventana y señalando con el dedo—. Esa hendidura ancha que queda por la mitad

de la montaña, que parece que separa las cumbres aserradas;
es el camino que puede usted coger para subir a Sant Jeroni,
si quisiera ver el mar.

—Se ve empinado.

—Sí, hay un tramo abrupto y rocoso. Pero también puede
subir por el camino de los Franceses, que queda a la derecha
de la canal, por allí arriba —lo señaló—, pues es más agrade-
cido para andar. Los dos le llevarán a Sant Jeroni.

—¿El monasterio queda cerca de allí?

—No crea. De ahí al monasterio hay un buen trecho. Tiene que ir a buscar el camino de la ermita de San Joan. Yo
subí en un día espléndido de junio en romería. Y vi el mar —
dijo Laia con un extraño brillo en la mirada—. El mar es in-
menso y muy azul. Mágico —continuó, mirando al cielo—.
Merece la pena subir allí.

—Podré ver el mar —respondió, entusiasmado ante esa
posibilidad.

—El Montserrat tiene muchos caminos. Pero es muy fácil
perderse. Nunca subestime esta montaña. Hay algunos caminos y sendas muy peligrosas que dan a barrancos que están
verticales —dijo con lágrimas en los ojos.

—No llore usted, que son demasiado bonitos esos ojos para verlos tan tristes.

—No diga usted eso. Como lo oiga la *Avia*, lo echa de
aquí con la escoba.

—Pues, por lo que veo, está usted en edad casadera. ¿Me
equivoco? ¿O es que ya tiene algún compromiso?

Andreu quería saber si podía tener o no expectativas con
aquella muchacha, pues desde que la viera, le gustó.

—Bueno, ella quería casarme con el tiet Yofre, porque era
hijo de su segundo marido, de otra mujer que tuvo este, o sea
que no era hermano de mi padre y no era de mi sangre. Pero
yo solo lo quería como a un padre. Y él lo respetaba esto,

aunque sé que él… —dijo, bajando los párpados— era un hombre honesto, para que me entienda.

—¿Y entonces? ¿No va usted a ninguna fiesta de la vecindad, ni la corteja nadie?

—No, ¡qué va! *Avia* quiere que le guarde luto. Además, al morir él, queda anulado el pacto que el amo tenía con mi abuelo en el que, como mínimo, ha de haber un hombre de la familia que trabaje en los *conreus* y se encargue de bregar con el capataz y los jornaleros. Hay mucho trabajo. *Avia* tiene mucho miedo. Que a su edad tenga que verse así, ¡con lo que ha trabajado!

—¿Entonces han de irse ustedes de aquí?

—Los amos han decidido que nos dejarán vivir aquí a cambio de nuestro trabajo hasta que muera la *Avia*, pues ella trabajó para el amo desde muy joven, y han tenido compasión. *Avia* fue nodriza del hermano pequeño del amo. Y lo estuvo cuidando desde que nació, porque era un niño que siempre estaba enfermo. Se ocupó de él hasta que fue al seminario. Y, como la quiere mucho, ha intercedido por nosotras con el amo.

—Celebro que sea así.

—Sí, pero me dice que cuando ella muera, que yo tome los votos en el convento de San Benet, que allí no me faltará de nada.

—Ya… —dijo pensativo, mientras la contemplaba extasiado, pues le encantaba escucharla hablar.

—En fin, demasiadas cosas le he contado ya sin conocerlo, pero es que no viene nadie por aquí, no tengo con quién hablar de estas cosas —dijo ruborizándose—, pues mujeres habrá visto que no hay ninguna, si no es que va a los pueblos vecinos. Y a los jornaleros no he de darles confianza alguna. El amo no quiere. Y *Avia* tampoco.

—Desde luego, es más prudente que mantenga distancias. Nunca se sabe.

—Puede colocar sus enseres en el armario —dijo ella mientras ponía las sábanas limpias, pero remendadas—. Ahora voy a por un cubo de agua para llenar el aguamanil y a buscar algunas mantas y cobertores.

—No se moleste, puedo ir yo a por el agua.

—He visto que cojeaba al subir las escaleras. Y que tiene manchado de sangre el pantalón. Será mejor que descanse un rato y se lave la herida. Si le duele, puedo darle un poco de *aigua de cop*, que va muy bien, la hago yo misma con árnica, una flor amarilla que crece entre las rocas. Si se pone un emplasto toda la noche, le irá bien.

—No creo que necesite nada más que descanso y algo caliente para comer, gracias.

—Debajo de la cama tiene un orinal por si lo necesita por la noche, pues la casa queda cerrada.

—Pero si hubiera de salir...

—Deje la palmatoria sobre el taquillón de la entrada. Allí puede coger el farol, que está todo acristalado, y no se apaga con el viento. Está ahí por si alguien necesita salir por la noche a aliviar el vientre.

—No deja usted de sorprenderme. Tan joven y cómo está pendiente de todo, Laia —dijo, desviando su mirada hacia el fardo de sus enseres para no delatar el sentimiento que le brotaba.

—Si necesita alguna cosa, me da una voz —dijo, cerrando la ventana de cristal—. Cuídese de las corrientes de aire, que atraen al rayo. Y aquí, en esta montaña aserrada, nos vienen todos. Puede dejar su fardo en el armario.

—No se preocupe, que cerraré puertas y ventanas. ¿Donde está la comuna o el corral?

—El de los hombres es el que da al noreste, a la derecha, según mira usted la montaña de frente.

—¿He de salir por la puerta que hemos entrado a la casa?

—No, no hace falta. Puede usted salir por el pasillo que queda a la derecha de la escalera. Al final encontrará una puerta, que está herrada, que da al chamizo de los corderos y las caballerizas de los mulos; detrás verá un pequeño cubierto. Allí está la comuna, al lado de un terraplén —explicó la muchacha—. La llave de la puerta herrada siempre se deja puesta cuando vuelva a entrar, y cierre.

—Gracias.

—Le traeré algún cubo, porque alguna gotera sí que hay —dijo, mirando hacia el techado de cañizo y las tejas—. Aunque no las hay sobre la cama. Ya le avisaré para la cena.

—No se preocupe. Mejor que al raso estaré —dijo mientras colocaba su muda en el armario

—¡Ayyy! ¡*Guaita*!

—¿Qué pasa?

—¡Una tarántula en su hombro! ¡Quieto! —dijo mientras de un manotazo la tiraba al suelo, la pisaba y repisaba—. ¡Qué asco!

—¡Vaya! Pues grande sí que era. Me ha salvado usted de una noche de fiebres si me hubiera picado.

—Vigile, no haya alguna más por el armario. Me voy, que ahora ya voy justa de tiempo.

Laia se fue a sus quehaceres. Andreu se asomó a la ventana, contempló fascinado aquellos conglomerados de piedra y vio que algunos se asemejaban a grandes dedos o agujas, mientras que otros parecían un grupo de libros colocados en un estante. Lo que no pudo ver a causa de la distancia fue que, entre ellos, el color verde oscuro que realzaba sus formas se debía a que habían enraizado pinos y acebos, y también madroños, retamas, espinos albares y durillos o marfulls; y que en el suelo medraban romeros y tomillos, una vegetación abrupta, resistente y no de gran tamaño, seguramente a causa del fuerte viento que azotaba la montaña, expuesta a la furia de los cuatro vientos.

Una montaña, la del Montserrat, cuya longitud recorría algo más de diez kilómetros del camino del sol naciente, al poniente, y su anchura generosa —encarada entre norte y sur— acogía algunas grutas, donde algunos ermitaños vivían en paz con su soledad; también le habían dicho que existían ermitas diseminadas por las cumbres, y cuevas; una de las más conocidas era la del Salnitre, repleta de estalagmitas y agua dulce.

Andreu sabía que entre aquellos altos peñascos estaba el santuario, pero también que allí se custodiaban algunos documentos históricos y milenarios de esas tierras, así como archivos de las expediciones a las colonias de ultramar. Y, siendo un hombre relativamente culto —ya que lo había educado un monje—, esto había acrecentado aún más su curiosidad. Pero Andreu había llegado hasta aquí con un propósito y no pensaba subir al monasterio hasta no haber cumplido con él. Por ello había pasado por casa de los Grau... Mientras pensaba en ello, un chirrido procedente de la escalera lo sacó de su ensimismamiento.

Toc, toc.

—¿Puedo pasar?

—Sí, Pase.

—Le traigo esta panera de carquiñolis para matar el hambre. Y este porrón de mistela. Es vino dulce; vigile de no abusar, que pasa demasiado bien, pero marea. Quédeselo aquí para cuando quiera comer algo. Le dejo dos mantas más.

—Gracias, no tenía por qué.

—Quiero que se lleve un buen recuerdo de esta casa, que lo mismo otra vez que vuelva yo ya no estaré.

—Pues iré a visitarla allá donde estuviera, si usted quiere, —dijo Andreu,

—¡Au va! No diga esas cosas, que usted va de paso.

—No he querido molestarla.

277

—No pasa nada. Destape usted la cama, que las sábanas que he puesto limpias estaban gélidas. Luego le traeré un calienta camas, cuando retire parte de las brasas por la noche. Le dejo aquí el cubo dc agua limpia.

—Humm, creo que la llaman. ¿Y esas voces?

—Son los jornaleros y el pastor. Acaban de llegar. Puede usted bajar de aquí a poco, que la cena la pondremos antes, que vienen muertos de hambre. Han trabajado muy duro hoy. Voy a atenderles.

Andreu no esperó. Bajó tras la muchacha al comedor, en el que ya estaban los hombres ocupando la mesa y las sillas ruidosamente, pues ya se habían aseado en la pila de agua del exterior. Entre las chanzas de unos y algunas murmuraciones de otros, fueron sentándose a la mesa.

—¡Buenas noches! —dijo Andreu dirigiéndose a ellos, mientras bajaba el último peldaño.

—¡*Recollons*! —dijo Chimo, el capataz valenciano, mirándolo con cierta desconfianza—. ¡*Chiqueta*! *¡Qué uí tocarem a poc!* (que hoy tocaremos a poco) —dijo riendo—. ¿Está de paso, joven?

—Sí. Me quedaré dos días. Vengo en peregrinación.

—Tranquilos, que hay comida de sobras para todos ustedes —dijo Laia para frenar los comentarios de los que faltaban por entrar, que algunos eran un poco buscabullas y estaban protestando por si la ración fuera más escasa.

—*Vinga açi, home,* que si la *Chiqueta* dice que hay comida para todos, será verdad —dijo, ofreciéndole su sitio en la mesa.

—Chimo, aquí le dejo el perol y el *cassó*; ya servirá usted, Andreu —dijo—. Coja usted las dos hogazas de pan que he dejado encima del bufet, que son para ustedes, y las reparte, hágame el favor.

—Muy lejos ha venido usted. Que la ascensión al monasterio es mejor por Monistrol y por el convento de San Benet. ¿Cómo que ha venido por aquí? Se me hace extraño.

—Bueno, es que me perdí y fui a parar a casa de los Grau. Pero no había nadie. Tomé el camino de La Viña Bona para buscar refugio antes de que estallara tormenta.

—Ya… —contestó Chimo, muy escéptico.

Afuera, un aguacero imponente caía como una cortina. Los jornaleros que quedaban entraron maldiciendo el mal tiempo. Sacudieron las capas y colgaron los sombreros que chorreaban en unas perchas que había al fondo, tras el taquillón de la entrada, donde tenían un cubo.

—¡San Judas! Que a tiempo hemos llegado —dijo el aragonés, el pastor—. Laia, ya tienes los corderos y las cabras en el chamizo, a buen resguardo. A ver cuándo nos pagas el jornal.

—Cuando acaben la temporada y venga el amo, en unos días. No me deja dinero aquí, para que no nos roben —explicó Laia con desparpajo.

—Sí, pero…

—Si quiere, le reclama a él. Pero ustedes esto ya lo sabían cuando negociaron. O sea que no me enreden a mí. Enciendan los candiles y las velas, si hacen el favor, que no veo nada.

—Sí, pero…

—Ya sabe lo que hay —dijo con firmeza al pastor—. Este aguacero nos hará gastar más velas —añadió mientras las contaba de un vistazo.

—¿Sobra un plato? —dijo Chimo, observando que le faltaba uno de sus hombres.

—No… —dijo Laia mientras traía el resto de la *escudella* en una cazuela de barro muy grande.

Aquellos hombres famélicos miraban con avidez la *escudella* que Laia había hecho con cansalada, butifarra negra, garbanzos, judías secas con ajo, pimiento y tomate. Y una gallina entera, calabaza, patatas, cebolla, una col grande y arroz para la sopa. Había sido un día duro y frío.

—Es que falta un jornalero —dijo muy segura . Chimo, llene bien los cuencos, que hay caldo de sobras.

—¿Y Barrué? ¿Dónde para? —preguntó Chimo a los suyos, mientras servía los cuencos de loza a rebosar.

—Estará al llegar —dijo Arnau, mientras cogía la bota de vino y empinaba el codo. —¡Cagun…! ¡Gamerús! —masculló el chaval, cabreado porque sus compañeros habían cortado el chorro de vino de la bota con un dedo y se había puesto perdido con los churretes.

Ja, ja, ja, ja.

—¡Bueno, va! *Prou,* chicos —dijo Chimo, riendo ante la broma, pues vio que Arnau se enfurecía por momentos—. Y ¿qué te ha dicho? —preguntó el capataz.

—Que se acercaba a casa de los Grau —explicó a los demás—, que le tenían que dejar su escopeta.

—¿No tiene la suya?

—Se le ha estropeado el percutor. Y pasado mañana tenemos que salir de batida de jabalís por la riera, que nos están destrozando los campos de patatas de los dos bancales.

—¡Qué oportuno! ¡El mejor cazador y sin escopeta! —masculló Chimo contrariado—. Pues con el atracón de patatas que se han dado en el sembrado *els senglars* deben de estar bien rollizos este año. ¡La madre que los…!

—Hoy hemos visto la piara de jabalís. Habría unos veinte. Siempre andan por los mismos pasos. Y Barrué y yo ya sabemos dónde se encaman, pero es una zona muy abrupta —dijo el joven Arnau, limpiándose los churretes de vino con la manga de la camisa.

—Hace días que los estamos ojeando. Iremos antes del amanecer con los perros hasta El Bruc, y allí arriba estaremos cuatro apostados, esperándolos en la riera, donde van a abrevar —dijo el pastor.

—Yo este año no podré ir con el carro para que los carguéis, Arnau. No puedo dejar a la *Avia* sola. Pero puedes llevarte a *Gos* para que te los levante de las rieras y barrancos. Pasen estas jarras de agua.

—Pues necesitamos que venga alguien más.

—Si quieren puedo ir yo con el carro —se ofreció Andreu, que había permanecido al margen hasta ahora—. No me viene de un día de estarme aquí.

—¡Mira que espabilado el forastero! —dijo Chimo, dándole un manotazo afable en el hombro—. Ande, eche un trago —invitó, pasándole la bota de vino que estaba sobre la mesa, al lado de las cucharas—. ¡Es vino del priorato!

—Irá bien si sabe manejar los mulos, claro —dijo con escepticismo Arnau, que había observado cierta mirada de interés de Andreu por Laia. Y eso le incomodaba.

—Me defiendo con los carros —aseguró, limpiándose los labios con el reverso de la mano—. Con la escopeta no. Tengo mala puntería. No veo bien con un ojo.

—¡No se hable más! Hacían falta dos manos mas —dijo Chimo riendo—, y aunque no son tan bonitas como las de Laia, nos servirán, ¡ja, ja!

Estaban cenando ya cuando entró Barrué chorreando, pues el aguacero le había pillado de lleno. Su semblante huesudo y aterido, porque estaba calado hasta los huesos, expresaba, no obstante, una mirada extraña. Por entre los mechones de pelo cano asomaban las arrugas de su frente, fruncidas por su preocupación.

—Brrrr. ¡Que frío hace, *collons*! —dijo, frotando sus largos y huesudos dedos.

—¿Y la escopeta? —preguntó Chimo, al ver que no la llevaba en las manos.

—No hay nadie en casa de los Grau. Me he cansado de gritar y la cancela está cerrada. Y yo solo no he podido saltar el muro. Es extraño, porque los perros sí que estaban. Y todo estaba oscuro. Ni una luz. Si se hubieran ido de caza se los habrían llevado. Y con este tiempo, no se caza nada. Lo saben de sobras ellos. No sé…

—Sí que es extraño —murmuró Chimo, pensativo—. Ahora que lo dices, ayer tampoco los vi—. ¡Laiaa!

—¿Qué quiere el capataz, que da esas voces, nena? —dijo *Avia* desde la cocina.

—Sabe si Grau tenía que ir al pueblo o al Más d'en Josep a sembrar? ¿O a la Viña Vella?

—Mmmm, no. Hace días que no los veo. Mañana habría que ir a ver. Raro sí que es —dijo la muchacha.

Barrué se aseó, porque era una premisa de Laia para que pudieran entrar a comer, y se sentó a cenar con los demás. Estuvieron hablando y haciendo conjeturas en la penumbra, solo iluminados con el resplandor de las velas y del fuego de la chimenea, dando a sus rostros un aspecto un tanto inquietante. Al final decidieron que irían al día siguiente cuatro de ellos, a ver si hubieran regresado los Grau, o para ver si es que les había ocurrido algo. Laia apremió a los jornaleros a que acabaran sus charlas y las continuaran en su casona, pues el que más y el que menos ya comenzaba a bostezar; el duro trabajo pasaba factura. A ella también.

—Tengo que recoger todo esto y tengo que salir a cerrar la verja —dijo, recogiéndose el cabello en una cola.

—Ya nos vamos, *Chiqueta*. Muy buena ha estado la *escudella* y el *trinxat* —dijo Chimo.

—Mañana será otro día. Cojan un par de cántaros de agua del brocal del pozo, que ya están llenos. Que descansen.

Se disponían a salir de la estancia, Chimo el último, como tenía por costumbre, para vigilar que ninguno de sus hombres se quedara rezagado, pues la escasez de mujeres se hacía notar, cuando unos fuertes golpes en la puerta los sorprendieron.

—¿*Qui hi ha a estes hores*? *Valgam Déu* —dijo asustada Avia—. ¡No abras, nena!

—Pero, Avia, si pican a estas horas es porque alguien necesita algo. ¿No han ladrado los perros? Entonces es peor. Alguien conocido debe ser…

—Con los truenos y el aguacero no se oye nada —dijo Chimo—. Suerte que estamos aquí todavía Ya abro yo.

—¡¡Grau!! *¡Verge Santísima!* ¡Chico!, ¿qué pasa?

—*Bona nit*. Siento venir a estas horas, pero es que tenía que prevenir a las mujeres —dijo jadeando.

—¿Que ha pasado? —preguntó Laia con ansiedad, intuyendo las palabras que saldrían de la boca de Grau, pues no era la primera vez.

—Rufián se ha escapado otra vez. Fui a ver al *hereu* de la Baronía de Castellvell, pues me dejó dicho que el domingo fuera a su finca de Olesa, que tenía que traerme a la nueva cuadrilla para recoger las almendras, y que ya se quedarían conmigo para hacer leña y recoger el mes que viene las olivas arbequinas. Y cuando he vuelto, Rufián ya no estaba. Y lleva una escopeta, la que yo había sacado del armario de armas para darle a Barrué. ¡No sé cómo he podido tener ese descuido! Espero que no esté por aquí. ¿Nadie de vosotros lo ha visto?

—¡Maleída sia qui el va parir! Déu em perdoni —dijo santiguándose la anciana.

—No creo que se atreva a venir por aquí —dijo Andreu muy serio, tanto, que sorprendió a Laia y a los demás, que se quedaron mirándolo extrañados.

—Tómese algo caliente, Grau, que va a pillar una pulmonía —le dijo la joven.

—No me pasa nada por el gaznate, mujer, que tengo un nudo. Vuelvo para casa, a ver si hubiera vuelto. Cuando hay tormentas se pone muy raro. Como loco.

—Enseguida le sirvo, espere.

—Gracias, pero me voy —dijo, calándose el sombrero y la capa con gran preocupación—. ¡Maldito el día en que lo acogí! —despotricó—. Tenía que haberlo llevado de vuelta al Perthus. Por una promesa a mi mujer me hice cargo de él y me compliqué la vida —murmuró mientras se dirigía a la puerta—. *¡Siau! Bona nit.*

—Vaya con Dios, Grau —dijo Laia con inquietud, pues había reconocido el nombre del pueblo de Andreu.

—Laia, entra al perro a la casa con vosotras por si barrunta algo, y cierra todas las puertas y ventanas. Ya cierro yo la verja con llave —dijo Chimo a Laia, calándose una capa y un sombrero.

—Sí, mejor será que lo entremos.

—Ahora traigo las llaves de vuelta. ¿Usted se queda aquí? —preguntó a Andreu con cierto recelo, quizás por el trato afable que le dispensaba la muchacha al forastero.

—Sí. Estoy alojado en el desván. No se preocupe, que estaré alerta. Si hay problemas, escucharán dos tiros —dijo, sacando una pistola pequeña del cinturón, que llevaba cubierta con la zamarra.

—Chico, vaya usted con cuidado con esa pistola, que aquí no queremos problemas. A ver si se le escapa un tiro, mejor que la guarde.

—Si oyen un tiro, mejor que entonces vengan corriendo. Porque o él o yo habremos muerto —dijo con firmeza—. Sé de qué son capaces los hombres como él…

—Sí. Ya veo… Usted, Andreu, sabe más de lo que aparenta. Y eso no me gusta.

Entonces Chimo le dijo muy serio a la muchacha:

—No estoy conforme con que se queden con este hombre aquí, Laia, ¿de qué lo conocen? —preguntó Chimo a la joven, pero mirando fijamente a Andreu.

—Preocúpese de Rufián, Chimo —contestó Andreu.

—Como usted quiera, Laia. Puedo quedarme también aquí a dormir con ustedes, si está más tranquila, —dijo el capataz, ajustándose el pantalón, pues había engordado un poco y la cinturilla le resbalaba por debajo de la barriga—. O que se venga él con nosotros, que sitio le haremos.

—Gracias, Chimo. Está bien así. No se preocupe.

El capataz salió contrariado y farfullando algunos tacos reprimidos, y dio una vuelta con el farol por el patio para dar un último vistazo; y una vez cerrada la verja, entró al Pelut a la casa; el perro aprovechó para enroscarse frente a la chimenea a dormitar. Chimo dejó el farol y las llaves sobre el taquillón y les dio las buenas noches a las mujeres.

—Le hago responsable de lo que ocurra aquí, Andreu. Si me falla y le pasa algo a la *Chiqueta* o a la Avia, le juro por Dios que lo mato —dijo amenazante, clavando sus ojos negros en los del peregrino.

Dicho esto, dio un portazo y se fue a la casona con sus hombres, murmurando entre dientes, mientras se rascaba la barba, esa que ocultaba una gran cicatriz que tenía en su robusto cuello. Los azules ojos de Laia miraron fijamente a Andreu, que pasó su mano por la nuca, pensativo. La luz del farol resplandecía sobre la bella silueta de la muchacha, y él, con un brillo en la mirada, la contempló de reojo, mientras hacía ver que contemplaba las brasas.

—Andreu, usted es del Perthus. ¿Conoce a Rufián o a alguien de los suyos? —preguntó la joven con aparente nerviosismo—. No se lo he preguntado antes porque Chimo es un buen hombre. Muy leal y amigo íntimo de mi *tiet*, que en paz descanse. Y no se va a conformar con verdades a medias. Es un hombre honesto —dijo con firmeza.

—Sí, Laia. Algo sé.

La actitud serena de Laia todavía la hacía más atractiva. Andreu estaba hechizado por la franqueza y el carácter resolutivo de aquella joven. Y, aunque no quería mentirle, no se atrevió a sincerarse del todo. Aún.

—Pues ya dirá...

—Sé de un Rufián, un chaval que desapareció hace algunos años del Perthus. Pudiera ser él, pues son demasiadas coincidencias. ¿De qué promesa hablaba Grau?

—No lo sé. Es la primera vez que lo nombra, es muy reservado. Bueno, me voy a descansar, que mañana a las cinco he de levantarme para preparar el desayuno a los jornaleros. Usted levántese cuando quiera. *Bona nit.*

—Yo también voy a descansar. Si oye algo extraño, dé una voz. Buenas noches, Laia —dijo, cogiendo una palmatoria. Y dicho esto, subió las escaleras, acompañado por su propia sombra.

A Laia el corazón iba a salírsele del pecho. Contempló a aquel hombre hasta que el haz de luz de la vela se desvaneció en la oscuridad del rellano de la escalera. La presencia de Andreu le había hecho brotar algunos sentimientos y sensaciones que la inquietaban. Lo deseaba. Pero tenía el estómago encogido por la angustia; temía que no fuera honrado con ella, dadas estas incógnitas que flotaban en el aire sin resolverse, pues, al igual que Chimo, intuía que él sabía algo más… Demasiado bien conocía a algunos hombres aparentemente formales. Suerte tuvo que el *tiet* siempre había velado por ella, pues, sin ir más lejos, el *hereu* era un hombre de aquellos que parecían lo que no era y, a pesar de ser católico y de estar casado, había intentado propasarse con ella. Pero aquel verano, Yofre le había parado los pies con un puñetazo, y sobre todo con la amenaza de contárselo a su mujer y a su madre, que era lo peor. Las maneras educadas de Andreu, tan diferentes de los rudos trabajadores, le hacían pensar a Laia que quizás él fuera diferente. Habían estado toda la tarde charlando sin parar, muy a gusto. Pero tenía dudas y apenas lo conocía. Aunque… Laia dejó sus pensamientos y prestó atención a un ruido: era la puerta del desván que chirriaba. Esta sería el testigo de sus entradas y salidas. Entonces, la joven, que estaba rendida, se acostó al lado de Avia, que ya se había dormido. El intenso día vivido hacía aflorar a su pensamiento imágenes, personas y palabras como un torbellino, sumiéndola en un estado de nerviosismo. Aun así, logró serenarse y se durmió pensando en él.

Andreu apagó la llama de la vela, y entonces escuchó unas gotas que caían sobre el suelo. Y también comenzó a caer agua en el cubo que acertadamente había puesto bajo la gotera. La tormenta arreciaba…. Un viento huracanado silbaba por entre las rendijas y los huecos de las tejas y las maderas que golpeaban unas contra otras; los truenos retumbaban prolongadamente en la montaña, en un eco sin fin, como queriendo devolverle la furia al mismísimo cielo. Andreu contuvo el aliento ante la caída cercana de un rayo, que pareció quebrar la casa; y luego, un convulso trueno desgarró el cielo durante unos largos segundos. Andreu nunca había escuchado la reverberación de un trueno tan fuerte y duradera. El eco prolongado era propio de la montaña mágica. Se lo había contado Laia, a propósito de la reciente hazaña del timbaler del Bruc. Acurrucado en la cama, Andreu pensó en la muchacha y en la atracción que ejercía sobre él. Pero pensó que el tal Chimo, aunque más mayor de edad, podía ser un buen partido para ella, pues podía solucionarle la vida. Al fin y al cabo, tendría un buen hombre y a su cuadrilla de jornaleros. Eso era lo que ella necesitaba. ¿Qué podía ofrecerle él? Transcurrió un largo rato en que el nombre de Rufián martilleaba su cerebro con los demonios del pasado. Las duras imágenes y el recuerdo de los últimos momentos con su madre lo atormentaron en su duermevela. Dio una y mil vueltas en la cama sin poder conciliar el sueño. La lluvia había cesado y la tormenta se alejó. El silencio se adueñó de la noche, solo interrumpido por el goteo del agua que caía en el cubo, cuya cadencia se fue espaciando cada vez más.

Uuh, uuh. Uuh, uuh. Uuh, uuh.

Andreu escuchó el sobrio y grave ulular del búho real, que advertía así de su presencia, por lo que el cárabo que anidaba en el sobrado de la casa esperó pacientemente a que el rey de las rapaces nocturnas acabara su cazar de ratas y ratoncillos entre la paja y la leña de los corrales. Andreu lo escuchó, y, tras unos minutos de silencio, le pudo el cansancio y se durmió, pensando en aquella joven que lo había encandilado.

A la mañana siguiente, al alba, el cielo estaba nítido y despejado, aunque un manto de niebla rastrera cubría los valles colindantes, dejando ver las cimas aserradas que asomaban tras las nubes blancas, que caían sobre las cumbres menos elevadas como cascadas deshilachadas. Las aves, sabias donde las haya, anunciaban con su ir y venir, picoteando aquí y allá y revoloteando entre las ramas, que la lluvia no volvería por el momento. Laia había ordeñado ya a una de las dos vacas que tenían, la que tenía ternero; y la abocó del cubo a una olla honda, donde hirvió la leche tres veces. Y puso la nata espumada en un cuenco, para el desayuno de los más madrugadores. Cogió dos hogazas más de pan, para que aquellos hombres curtidos tuvieran algo que llevarse a la boca, y para que lo migaran en la leche con un poco de achicoria que había hervido y con un trozo de panal de miel, para que tuvieran fuerzas hasta la hora del medio día, en que comerían pan con ajo y tomate, unos trozos de tocino y de queso y un par de secallonas; todo a pie de bancal o en el bosque. Y luego nada más hasta la cena.

Andreu bajó al tiempo que los jornaleros entraban en la estancia para el desayuno. Comenzaba a salir el astro rey tras las colinas. Y las cumbres del Montserrat se tiñeron de un color sonrosado en las paredes orientadas al este. El joven se asomó a la puerta de entrada y vio que, con el calor del sol, la niebla ascendía lentamente desde las vaguadas. Entre las nubes se veían los bosques, más verdes y oscuros al hallarse empapados; y en el suelo, un manto de hierba reverdecida destacaba por entre las hojas marrones y rojizas depositadas sobre los grandes charcos y el barro del camino.

Laia trajo las hogazas de pan, las dejó en la mesa y se agachó para atizar el fuego, con el cabello recogido en una larga trenza, que había echado a un lado. Los ojos de Andreu se quedaron fijos, mirando fortuitamente los senos de la muchacha, pues se había enganchado un botón de su vestido con una astilla de los troncos que llevaba cogidos en sus brazos, y que, al dejarlos sobre el suelo de la chimenea, rasgaron su escote. Sabiéndose observada, frunció la tela rota con una de sus manos y desapareció tras la puerta de su habitación, volviendo enseguida con un fular anudado y con una expresión más relajada, aunque el rubor de sus mejillas no había desaparecido. Y la mirada de Chimo hacia ellos dos, tampoco, pues, al igual que Andreu, él también había contemplado la escena desde la entrada. Miró a la muchacha con cierta preocupación. Mientras desayunaban, estuvieron hablando del suceso de la noche anterior:

—*Chiqueta*, no salga usted de la masía para nada hasta ver si Rufián ha vuelto a casa del Grau. Ya haremos por saber y le envío algún hombre a darle el recado.

—No es necesario, Chimo —contestó Andreu—. Yo no tengo nada que hacer. Puedo acercarme a casa de los Grau y enterarme. Y a media mañana ya estaré aquí de vuelta por el resto del día.

—Se lo agradezco, Andreu, porque estos hombres tienen más trabajo del que pueden hacer, y con estas lluvias todo se ha complicado.

—Sé que aprecia a estas mujeres. Y no ha de temer por ellas estando yo aquí.

—Comprenda que no lo conozco de nada. Pero en alguien habré de confiar, ya que mi amigo Yofre ya no está. Los hombres van a cargar leña de los pinos y encinas que cortamos antes del verano para traerla con el carro y hacinarla, que no hay quien toque la tierra, ni se puede podar ni nada de nada. Laia —dijo Chimo, poniéndose un tronquito de regaliz en la comisura de la boca para mascarla—, tampoco se pueden podar las viñas hasta que haga más frío y esté el tiempo seco, o cogerán hongos y maluras. Hoy poca cosa.

—Ya lo sé. No se preocupe, Chimo.

—Solo hay caracoles y salamandras por todas partes. *¡Redéu!* Al menos, será buen año para las setas.

—Si se mantiene el sol, mañana será otro día —dijo Andreu con cierta parsimonia—. Y si acaso ya les ayudaría yo en lo que pudiera.

—No podemos pagarle.

—Ya lo sé, capataz. Considérelo como cortesía.

—No podremos coger las almendras tardías ni nada de la huerta hasta que la tierra deje de estar anegada. He salido antes y no hay quien pise. *¡Dimonis!* —exclamó Chimo de malhumor—. Tengo las espardeñas empapadas. ¡Y pesan un quintal!

—En el desván tengo guardadas un par de alpargatas del *tiet*, las nuevas —dijo Laia

—Menos mal que empedramos el camino de carro a Collbató el año pasado con Yofre, si no, con las roderas, ni leña podríamos traer hoy con el carro. *¡Au, anem,* chicos que ya es tarde!

—¿Y las espardeñas?

—Cuando vuelva, que así tendré calzado seco. Ahora sería lástima, pues se van a mojar también. Coged las azadas, algún *cavaguet*, y un par de palas, que no sé lo que nos vamos a encontrar en el camino. Nos faltan las manos de Yofre —dijo, pasando la mano por su cicatriz, al tiempo que respiraba hondo, ahogando un suspiro—. ¡Au! vamos, que me pongo a pensar en él y se me hace un nudo en la gola…, que a mí me la salvó él. Pero él ya no tiene arreglo, el pobre. Si yo hubiera estado con él… *¡Redéu!* Que me hago mala sangre y ya no tiene remedio. Laia, me llevo al Pelut, que el pastor me ha dicho que hoy lo necesita para buscar a dos descarriadas.

—Sí, puede llevárselo, que está deseando salir de la casa a correr a las ovejas.

—Voy a acercarme a casa de los Grau, Laia —dijo Andreu, mirando a la muchacha.

—Como quiera, pero vaya con cuidado, me gustaría que volviera sano y salvo —dijo con una cierta intención—. Cuide que no se salgan los perros cuando se vaya.

—Cierre bien las puertas, las ventanas y la verja; y no salga hasta que yo vuelva —dijo Andreu—. Hasta luego.

—¡*Ves per on!* ¿Ahora se va este también? —vociferó Avia con indignación—. A ver que *farem* si viene ese malnacido, nena.

—Tranquila, Avia. Volverá enseguida y no estaremos solas. Voy a asearme ahora que se han ido todos.

—Ya cierro yo la verja. No tardes, nena, que hay que hacer el pan, que la artesa está vacía y la masa ya ha fermentado. Yo voy pelando las patatas —dijo Avia mientras iba renqueando con su bastón y un cesto, a buscarlas a la despensa.

Laia salió por el pasillo que daba al chamizo de los corderos donde cobijaban los haces de paja, el heno y la alfalfa para el ganado, y también algunos haces de correhuela para los conejos; y fue hacia la izquierda, al lado contrario de donde estaban las caballerizas y la comuna de los hombres. Yofre le había hecho a la muchacha, para que pudiera asearse con comodidad, un discreto techado con tres paredes, ya que la cuarta era el muro de la propia casa de los amos. Y le había colocado una puerta. Allí estaba la comuna de las mujeres, para resguardarlas de la vista de jornaleros y transeúntes, aunque rara vez pasaba alguien por allí, si no era que tuvieran que ir al Bruc o coger al camino de Los Franceses. A unos pocos metros, más cerca de la puerta de la casa de los payeses, había hecho otro techado parecido, bajo el que había una pila, y una sobria tarima donde se apoyaban un par de cubos de agua. El agua de lluvia era aprovechada y recogida por una canal hecha con tejas, desde las aguas del tejado hasta un pequeño aljibe descubierto, del que rebosaba el agua para el abrevadero de los animales. La joven se aseaba allí afuera una vez a la semana, de la cabeza a los pies, cuando ya se habían ido los jornalcros a trabajar y mientras no hiciera demasiado frío. Y también se cerraba de la vista con una puerta, pero se había desencajado con el batir del viento de la pasada noche, con la tormenta, y no la pudo cerrar.

Andreu, que andaba a paso ligero hacia la casa de Grau, dio un respingo pasada la verja de Viña Bona, y se dio media vuelta corriendo. Avia se olvidó de cerrar la verja y se puso a pelar las patatas en la cocina y no lo oyó volver. Andreu subió corriendo al desván para coger su pistola, pues la había dejado debajo de la almohada. Entonces vio que se había quedado abierta la ventana del desván, pues cuando bajó a desayunar la dejó así para airear la habitación y que se secara la humedad reinante. Pero pensó que, desde el alero del tejado, alguien ágil como Rufián podría descolgarse al interior del desván y entrar a la casa, sorprendiendo a las mujeres. Y fue a cerrarla. Miró hacia abajo, y entonces vio a la muchacha, que se estaba desnudando de cintura para arriba para asearse y, echándose hacia adelante, se echó agua con un pote sobre sus cabellos y también por el cuello, las axilas y los senos, aunque no pudo contemplarla como hubiera querido, a causa de su larga cabellera y porque la puerta estaba a medio cerrar. La muchacha frotó el trozo de jabón enérgicamente en sus manos, y con ellas su cuerpo. La visión de aquella escena le hizo salivar y se quedó encandilado mirándola. Andreu perdió la noción del tiempo.

La muchacha acabó de enjuagarse y se secó el cabello con un paño grande, y con otro el cuerpo. Se abrochó un jersey negro. Luego se quitó la falda y pudo contemplar sus piernas y sus tobillos, que habían permanecido ocultos por la negra tela. Entonces fue cuando, de entre unos arbustos que había al otro lado, al pie de una gran roca cercana a la entrada de los corrales, salió de improviso y corriendo hacia ella Rufián.

Aquel brabucón, al que llamaban loco, por su expresión cejuda y huraña, era un tipo fornido y desalmado. Rufián abrió la puerta de golpe y, sorprendiendo a la muchacha, la amenazó con la escopeta, acorralándola contra la pared de la casa por la fuerza.

Andreu no dudó ni un instante y, como movido por un resorte, bajó corriendo por las escaleras y enfiló el pasillo; sin pensarlo, al ver la puerta que daba al chamizo de los corderos entreabierta, le dio una patada y salió corriendo a la izquierda sin titubear. Rufián quería forzar a la muchacha y estaba como endemoniado, pues ella no consentía y le pegaba y arañaba para zafarse de él.

El agresor, que se había girado al oír la patada en la puerta, miró a Andreu sorprendido, ya que no esperaba que hubiera ningún hombre en la casa. Se quedó inmóvil unos segundos. Suficientes para que Andreu, que le llevaba ventaja al haberlo observado desde arriba, le propinara una fuerte patada en la mano con la que Rufián sujetaba la culata de la escopeta; y esta se cayó al suelo a causa del fuerte impacto. Andreu paró un puñetazo reactivo del agresor y le volvió a propinar un fuerte puñetazo en la nariz, que hizo caer a aquel indeseable al suelo, con lo que separó a Laia de su alcance. Le dijo:

—¡Corre, Laia! ¡Corre y cierra la casa!

—Hi... hi... snzz —sollozó la muchacha desgreñada, mientras corría desesperada hacia la puerta, medio desnuda.

Andreu le propinó varios puñetazos a Rufián, luego de quitarle el arma, aprovechando que por un momento aquel malnacido se había quedado traspuesto por la sorpresa al reconocerlo. Andreu cogió la silla que había cerca del barreño y la estampó contra la cabeza del criminal.

—¡Tú! Así que eres tú otra vez, Andreu —gritó Rufián, tambaleándose a causa de los puñetazos y por la sangre que le resbalaba de la cabeza por los ojos—. El otro día pudiste escapar, pero ahora sí que te voy a matar —gritaba y jadeaba mientras sacaba con rapidez una faca que llevaba sujeta en la bota.

—Eres tú el que tenía que haber muerto, y no mi madre. ¡Desgraciado! *¡Malparit!* ¿Que querías? ¿Ultrajar a más mujeres y matarlas luego? ¡Cobarde!

Sssszzic.

—Anda ven —dijo tentando el aire con la faca y haciendo un gesto provocativo con los dedos de la mano, mientras blandía la navaja con la otra y miraba con malicia a su rival.

—¿No tuviste bastante con mi hermana y mi madre, que sigues con el demonio en el cuerpo? —gritó Andreu, con las venas del cuello henchidas y la cara enrojecida.

—¡Acércate si eres hombre! —le retó Rufián.

—Eso es lo que tú querrías —respondió Andreu, mientras saltaba junto al barreño, donde había ido a parar la escopeta.

¡¡Pam!!

Sin darle el alto, Andreu le descerrajó un tiro a bocajarro; sin pensarlo dos veces. Demasiados años lo había estado pensando ya. Rufián quedó inmóvil, con la cara desfigurada y el pecho reventado, en medio de un gran charco de sangre que crecía por instantes y que la tierra engullía con dificultad. porque ya estaba anegada. Pasada la efervescencia del momento, Andreu, tembloroso por el trance, se lo quedó mirando unos instantes. Luego, empujándole el hombro con la bota, lo giró boca abajo, para no ver su desagradable aspecto.

Entonces Andreu escuchó una voz tras él.

—Llego tarde, por lo que veo —dijo Chimo, que estaba apostado con una escopeta, apuntando hacia Andreu.

Desde el quicio de la casa, Chimo había contemplado la escena, aunque con los nervios templados, a juzgar por el tono de su voz.

—¿Tarde? Depende de para qué —respuso Andreu con nerviosismo.

—Pues chico, que no me iba tranquilo y dejé a los hombres en el carro, camino del bosque, y yo me he vuelto sobre mis pasos. Tuve un mal presentimiento, ¿sabes? ¿Y qué hacemos ahora, Andreu? —dijo, manteniéndose en su posición y sin dejar de apuntarle.

—¿Hacer? Yo me voy, si usted no me cierra el paso. Antes de que avisen al *somatent.*

—¿Así arregla usted las cosas?

—¡Entregarme no lo voy a hacer! Tendrán que cogerme por la fuerza. O sea que le ruego que se aparte, que lo tengo en buen aprecio, Chimo. No quiero pelear con usted ni herirlo, no me obligue a ello —dijo, jadeando y visiblemente nervioso, intentando mantenerle la mirada mientras cogía el cuerno de pólvora y la bolsita de la munición que llevaba Rufián colgado del cincho. Luego sacó la baqueta de debajo del largo cañón, haciendo tiempo, pues se resistía a cargarla de nuevo.

—No estoy hablándole de eso, Andreu. No me ha entendido usted. Sé cómo deshacerme del cuerpo de esta alimaña.

—Yo creía que…

—He oído lo que le ha dicho antes de dispararle. Si no lo hubiera hecho usted, lo habría hecho yo. No me creo que Yofre se despeñara por la senda de esta montaña a la que conocía tan bien. Este malnacido seguro que ya acechaba a la *Chiqueta*, y Yofre lo debió de sospechar —dijo, cambiando la postura de tiro y colgándose la escopeta al hombro—. Y ella esto no ha de saberlo, ¿entiende? No puede cargar con esa culpa.

—Rufián ha ultrajado y ha matado a muchas mujeres, Chimo. De mi familia a dos… —dijo Andreu sollozando, pues las emociones le brotaban ahora tras el ímpetu de aquel desenlace.

—Diría yo que también mató a la del Grau, pues murió en su propia cama, nadie sabe bien el porqué, de una hemorragia de mujeres, dicen… Aunque no soy yo quien se lo vaya a decir. Bastante tiene ya el pobre.

—Pues enterrándolo por aquí, un día u otro lo encontrarán los perros o algún vagabundo.

—Déjame hacer a mí —le dijo Chimo—. Creo que ya podemos tutearnos, Andreu, ¿no te parece? Yo conozco muy bien esta montaña. Pero vamos primero a ver a la *Chiqueta*, que ha pasado un mal trago…

Chimo y Andreu dieron la vuelta y entraron a la casa por la verja de la entrada principal, para ver que Laia estuviera bien. Picaron a la puerta.

—¡Andreu! —dijo la muchacha, echándose a sus brazos. ¿Está bien? —preguntó con voz trémula—. He oído un disparo y temía que… ¿Chimo? ¿Qué hace usted aquí? —inquirió sorprendida al ver al capataz.

—Shhh, tranquila —dijo Andreu, estrechándola fuertemente entre sus brazos durante unos segundos. Luego la miró fijamente y le advirtió—: No digas nada a nadie, Laia, ni a la *Avia*. ¡Nunca! Le he disparado yo.

—Entonces, está muerto —dijo la muchacha, cabizbaja y pensativa, aunque aliviada.

—Sí. Pero si alguien se entera, tendré que huir para siempre, pues los del *somatent* me perseguirán. Y me gustaría quedarme —dijo, subiendo el mentón de la muchacha delicadamente con sus dedos. Y la besó en los labios con delicadeza por un instante.

—*Chiqueta*, que sepas que a todos hay que decirles que a Rufián solo lo hemos visto tú, Andreu y yo, pues estaba merodeando por aquí, tras la casa, y que al darle una voz nos ha disparado y ha huido en uno de los mulos que se supondrá que os ha robado, hacia la montaña.

—De acuerdo. Pero Avia está muy asustada, aunque no sabe lo que ha ocurrido —dijo, apoyando su cara contra el pecho de Andreu y cogiéndolo por la cintura.

—Pues es lo único que vamos a decir, ¿queda claro? —dijo contundentemente Chimo—. ¡Ejem! Bueno va. A juzgar por lo que veo, me gustaría ser el padrino de la boda al menos —dijo con cierta socarronería, pero satisfecho por el desenlace.

—¿Entiendes bien lo que te decimos Laia? —susurró Andreu, cogiéndola por los hombros con suavidad para separarla de él y mirarla fijamente a los ojos. Rufián tiene que seguir desaparecido para siempre —insistió—. Era mi hermanastro, Laia.

—¿Tu hermanastro? Pero, entonces…

—Un vil cobarde, Laia. Un cruel asesino que mató a mi hermana cuando yo estaba vendimiando en Carcasone; y luego fue a por mi madre. Fue ella quien me pidió que lo matara, antes de morir, para que no hiciera ninguna fechoría más. Y me pidió que luego me confesara en el monasterio del Montserrat y que hiciera una misa en memoria de todas las mujeres que hubiera asesinado ese malnacido. Sé que al nombrar el Perthus, desconfiaste de mí. No podía ser de otra manera. No podía decirte más en aquel momento. Pero no soy mala persona, creo que puedo ofrecerte…

—Lo sé, Andreu —interrumpió, poniendo su dedo índice en sus labios—… shh. Lo supe desde que te vi tras la verja.

—Bueno, menos *romansos (entretenerse)* y vamos a espabilar, *chiquets* —dijo Chimo.

—Necesitamos una manta vieja para envolverlo.

—*Chiqueta*, nos llevamos los tres mulos: uno para él, pues se supone que nos lo ha robado, y los otros dos para perseguirlo nosotros, está claro —dijo con fundamento.

—Voy enseguida. Y desapareció tras la puerta de la habitación. No te preocupes —dijo al salir, con los ojos anegados—. Lo has hecho bien. Si no me hubieras defendido hoy, habría una muerta más. Quién sabe si no fue él quien despeñó al *tiet*, —dijo con una mirada desgarrada. Gracias. A los dos —dijo, dándole un beso en la mejilla a Chimo, y un fuerte abrazo al darle la manta.

—Bueno está, *Chiqueta*. Gracias. *¡Redéu!* ¡Vámonos ya, Andreu! —dijo limpiándose una lágrima silente que resbalaba de sus ojos—. ¡Anda, va! Que tenemos un buen trecho hasta el pozo.

—Tendrías que matar algún cordero encima de aquella mancha de sangre, ¿entiendes?

—Así lo haré. Descuida, Andreu.

—Es la única posibilidad que tenemos de retomar nuestras vidas en paz. No quiero guardar más distancia contigo de la que ahora me urge para solucionar esto, Laia. Guarda la pistola que me he dejado sobre la mesa del desván, por precaución, por si viniera el somatén. Volveremos por la noche. Y un día de estos, tú y yo subiremos al monasterio a confesarme, a hacer la misa de mi madre, y luego veremos el mar desde Sant Jeroni, y, si tú quieres…

—Te estaré esperando. La virgen negra nos protegerá.

—Lo sé —dijo Andreu, visiblemente emocionado.

—Cuando vuelva hoy mi cuadrilla, ponles una buena cena, *Chiqueta*, y escancia vino con generosidad para que no anden ociosos haciendo preguntas que no tocan, que los jornaleros se extrañarán de no verme aquí. Diles que vendremos a cenar si no conseguimos cogerlo. Eres espabilada y sabrás manejar la situación —dijo Chimo, guiñándole un ojo, con una mueca que solía hacerle su *tiet*—. Él, allá donde esté, estará orgulloso de la mujer en que te has convertido. ¡Sí, señor, muy orgulloso!

Laia y Andreu se miraron fijamente y se abrazaron. Acercaron sus labios con suavidad y se fundieron, húmedos y calientes, en la boca del otro, deslizándose placenteramente. Pero la situación era la que era, y Andreu, separándose de ella, la miró y le dio un beso de despedida en la frente.

—Vámonos ya, Andreu —apremió el capataz—, que puede venir cualquiera que no nos esperemos y se nos lía la troca. Que el Grau habrá ido a alertar al *somatent* al ver que no encuentra al chico.

Los dos hombres salieron de la casa apresuradamente. Laia subió al desván para esconder la pistola de Andreu, tal y como le había encargado, mientras ellos cargaban el muerto. Y entonces miró por la ventana y vio cómo, por la ladera de la montaña, subía Chimo montado en el mulo que iba en cabeza. Tras él, un mulo cargado con la manta que envolvía el cuerpo de Rufián, junto al que se veía su escopeta atada a la silla, y, tras ellos, en el tercero, cabalgaba Andreu. La muchacha se quedó mirándolos mientras subían por aquel sendero zigzagueante y observó cómo espoleaban a los mulos para ascender lo más rápido posible por la cara sur del Montserrat. Laia recordó la última palabra de Chimo, pues nombró el pozo, y entonces supo que seguramente se desviarían hacia el Serrat dels Pollegons, una ruta desconcertante, precisamente, para no desvelar el lugar al que pensaban dirigirse, dejando a la derecha la Serra dels Penitents. Una vuelta larga, pero necesaria para despistar sus verdaderas intenciones. Chimo no había dicho concretamente donde iban, pero ella conocía los secretos del Pou de Costa Dreta, un pozo cuya pequeña entrada está en la base de una de las crestas, difícil de encontrar, pero fácil para caer en él, según se lo había advertido su *tiet* una de las tardes que habían salido a observar a las cabras montesas de las peñas y a buscar algunas hierbas y té de roca, para hacer infusiones y remedios.

El Pou de Costa Dreta es un pozo con una caída libre y vertical de más de cien metros, que discurre hasta las profundidades del macizo montañoso. Laia supo entonces que las entrañas de la montaña mágica albergarían para siempre, al igual que ocurrió con franceses y bandoleros, el cuerpo de aquel asesino junto a su escopeta, al que no encontrarían jamás.

—Laiaaaa, on ets, nena?

—*¡Avia!* ¡Ya voy! —dijo, bajando las escaleras corriendo.

—¿Que ha pasado? ¿Dónde estás?

—Ya puede salir, *Avia*, que ese loco de Rufián nos ha robado un mulo y se ha ido montaña arriba galopando —dijo para calmar a la anciana, que andaba por el comedor inquieta y murmurando.

—¡Ay, nena, que ha sido un tiro! ¿No lo has oído? ¿Hay alguien herido? *¡Valgam Déu!* Me he quedado en el dormitorio quieta hasta ver que ocurría, pero, al no oír ruidos, he salido ahora a ver qué… ¿No has oído que te llamaba?

—Tranquila. No ha pasado nada, *Avia*. Rufián ha disparado un tiro, pero no ha herido a nadie. Han ido tras él Andreu y Chimo, que lo habían visto por el camino cuando se venía para aquí. Hay que esperar a que vengan los hombres para avisar al Grau.

—Todavía los va a matar. ¡Desgraciado! A ver que no se hagan daño por esos montes. ¡Qué lástima de mi hijo! —dijo con los ojos enrojecidos por el llanto.

—Chimo lleva una escopeta, no se preocupe. Si vuelven sin él, cuando lleguen los jornaleros daremos aviso al Grau y ya verá él lo que tenga que hacer. Tranquila —dijo, abrazándola fuertemente—. Me han dicho que, si no lo alcanzaban, volverían a la hora de cenar.

Un delicioso aroma salía del horno de bóveda, que había en la *eixida,* el patio que había adosado a la cocina.

—Saque el pan del horno, *Avia,* no se nos vaya a secar demasiado. Ahora vengo —dijo, cogiendo el cuchillo de la matanza.

Laia salió de nuevo por el pasillo que daba al chamizo de los corderos, con una sensación extraña y cierta repugnancia al observar el escenario de su agresión. Se quedó contemplando ensimismada el charco de sangre, con una opresión en el estómago. Pero oyó que venía *Avia,* en pos suyo, con el renquear de su bastón, y se apresuró a coger un cordero que había quedado cojo. Le ató las patas dos a dos y, armándose de valor, puesto que esta tarea siempre la había hecho su *tiet,* le clavó el cuchillo para desangrarlo rápidamente, pues su abuela no tenía que ver aquella mancha de sangre humana en la tierra.

—¡Está loco el chico del Grau! Que Dios me perdone —dijo en voz alta y santiguándose, mientras abría la puerta de los corrales. Entonces vio el cordero atado desangrándose en un lugar que no era el habitual para la matanza.

—Nenaa, pon la palangana, que se pierde la sangre y no haremos morcillas. ¿Dónde está *el gibrell?* ¿A qué viene matar un cordero hoy? *Redéu* —dijo extrañada *Avia*—. Nena, ¡que estamos de luto!

—Hoy no, *Avia.* ¡Hoy no! —dijo Laia muy resuelta—. Chimo y Andreu vendrán muy cansados y se merecen una buena cena y un buen descanso.

Entonces Laia escuchó un eco reverberante. Un silbido peculiar y conocido. Y se giró mirando hacia las cumbres del Montserrat, esbozando una sonrisa.